anagramma

660

Della stessa autrice:

Ti prego lasciati odiare
Come inciampare nel principe azzurro
Finché amore non ci separi
Tutti i difetti che amo di te
Un giorno perfetto per innamorarsi
L'amore non è mai una cosa semplice
L'importanza di chiamarti amore
È solo una storia d'amore
Un imprevisto chiamato amore
Non ho tempo per amarti

Prima edizione: settembre 2018

ISBN 978-88-227-2171-6

www.newtoncompton.com

Realizzazione a cura di Corpotre, Roma
Stampato nel settembre 2018 da Puntoweb s.r.l., Ariccia (Roma)
su carta prodotta con pasta termomeccanica, senza utilizzo
di cloro, proveniente da foreste controllate, nel rispetto
delle normative europee vigenti in tema ambientale

Anna Premoli

L'amore è sempre in ritardo

Newton Compton editori

Per mio marito. Perché, per quante storie d'amore
io possa mai arrivare a scrivere un giorno
(e, purtroppo per l'umanità, pare numerose),
nessuna batterà mai la nostra.

I wish you bluebirds in the Spring
To give your heart a song to sing
And then a kiss, but more than this, I wish you love
And in July a lemonade
To cool you in some leafy glade
I wish you health, but more than wealth, I wish you love.

Rachael Yamagata, *I Wish You Love*

Drink up with me now
And forget all about
The pressure of days
Do what I say
And I'll make you okay
And drive them away
The images stuck in your head.

People you've been before
That you don't want around anymore
That push and shove and won't bend to your will
I'll keep them still.

Elliott Smith, *Between The Bars*

Capitolo 1

Alex

Le ultime statistiche sostengono che del nostro maltrattato e sofferente pianeta siamo ormai in ben 7,5 miliardi a calpestare il polveroso suolo. Di questo impressionante numero di persone, circa la metà sono di sesso maschile. Quindi, conteggi alla mano, si può affermare con una certa attendibilità che una ragazza come me abbia un campione di circa 3,7 miliardi di esemplari tra cui scegliere un compagno di vita.

Ipotizziamo pure di togliere dal nutrito gruppo quelli attratti dal proprio sesso, quelli ancora indecisi da chi essere attratti, l'odiosa categoria degli attaccati alla gonna della mamma, i preti cattolici, quelli che credono nella bigamia e pure quelli che osano uscire di casa con camicie floreali (percentuale in crescita esponenziale, ahimè, per motivi che sfuggono del tutto alla mia comprensione). Rimangono a spanne sempre più di tre miliardi di uomini tra cui scegliere.

Tre – miliardi – di – uomini.

Insomma, razionalmente sono cosciente del fatto che il mondo brulichi di uomini per cui provare una qualche forma di attrazione. Fisica. Mentale. Caratteriale. Non mi ritengo un tipo difficile, mi basterebbe una delle tre.

Eppure certe volte ho come l'impressione che l'intera

popolazione maschile sia stata spazzata via dalla Terra e in vita sia stato lasciato un solo esemplare. Piuttosto difettoso, tra l'altro: Norman Morrison. Un nome ridicolo, per un uomo che si veste in modo ridicolo e si atteggia in modo ancor più ridicolo, ostinandosi a essere sempre il più serio di tutti, come se la gioia di vivere fosse una specie di male incurabile da cui ha paura di venire infettato. Oppure deve aver scambiato la vita per una gara a chi tiene il broncio più a lungo. Nel qual caso, non deve temere: la coppa sarà di certo sua. Non ho mai conosciuto nessuno che possa anche solo aspirare a fargli concorrenza.

Questa serata si è rivelata strana sin dall'inizio: quando uno dei miei soliti accompagnatori interscambiabili è passato a prendermi, due ore or sono, ho provato il forte impulso di fingermi morta e di rimanere segregata in casa a guardare *Game of Thrones* con la mia coinquilina Leila. Sì, nome per nulla casuale, ma pare che l'ossessione per la fantascienza e il fantasy viaggi per via genetica. Non faccio parte dei fan sfegatati della serie, ma amo poltrire sul divano. Senza contare che al momento non ho chissà quali altri scopi nobili nella vita.

Uscire di continuo con svariati ragazzi finisce con l'annoiarti: sono tutti differenti eppure terribilmente uguali, prevedibili e per di più fastidiosi. Ormai mi sento nauseata ancora prima che abbiano aperto bocca o che abbiano fatto qualche sciocchezza. Certo, io sarò anche prevenuta, ma mai una volta che qualcuno di loro mi smentisca…

Avrei dovuto dar retta al mio sesto senso. Potrei quasi aggiungerlo al mio curriculum: ottimo intuito, peccato che la demente non gli dia mai retta.

Perciò eccomi qui, in un appartamento newyorkese come

ce ne sono tanti, pavimento logoro spacciato per vintage e pareti da ridipingere esibite come una sorta di monumento neo marxista, seduta su un divano decisamente più scomodo del mio e per di più a pochi metri da Norman, altrimenti detto "l'uomo che non mette mai il naso fuori di casa". È una seccatura grande e grossa che abbia deciso di fare un'eccezione proprio oggi.

Mi liscio il tessuto dei pantaloni neri che indosso – chiaramente già perfetti – nella speranza di sottrarmi alla tentazione di sollevare di nuovo lo sguardo per controllare cosa stia combinando.

La risposta è niente, esattamente come tutte le altre volte in cui ho ceduto alla maledetta curiosità.

Deve esserci qualcosa di insolito nell'aria, perché questa sera si comporta in modo piuttosto strano anche lui. Voglio dire, è la *quinta* volta che mi capita di incrociare i suoi occhi dall'altra parte della stanza.

Sì, le sto contando, linciatemi pure.

Dal momento che è più o meno una sua regola di vita fingere che io non esista, è altamente sospetto che mi stia fissando. Per carità, la sua espressione è guardinga, ben attenta a non lasciar trapelare nulla di quello che gli sta passando per la mente, ma mi sta fissando.

La prima volta poteva anche essere un caso.

Arrivati ormai alla quinta, direi che c'è l'assoluta intenzione.

Penserei quasi che abbia bevuto, se non fosse che Norman non beve *mai*. Ormai da anni. Solo acqua e poco altro. Quando beve tè verde crede di vivere pericolosamente.

Le altre quattro volte ho distolto quasi subito lo sguardo, ma arrivati ormai a quota cinque sono seccata a sufficienza da incrociare con ostinazione i suoi occhi. Non solo, lo fisso con aria di sfida, come se questa guerra non verbale avesse un qualche senso.

So bene che non si avvicinerà. Sono anzi pronta a scommettere che andrà via da qui senza neanche avermi parlato. Perché noi non comunichiamo, non nel vero senso della parola. E in ogni caso non lo facciamo mai a meno che non sia strettamente necessario, come per esempio quando siamo intrappolati a qualche evento a casa dei miei genitori: buongiorno, buonasera, addio, rompiti una gamba. L'ultima frase benaugurante è mia e solitamente viene sospirata a bassa voce. Ho motivo di credere che la mia famiglia non approverebbe perché, a differenza della sottoscritta, ha una *ridicola* buona opinione del soggetto incriminato.

E pensare che esisteva un tempo in cui condividevo la loro idea...

Mi piace definire quel periodo buio come "madornale errore adolescenziale". Perché tutti fanno cose stupide quando non sanno ancora come gira il mondo, no? È il dopo che conta.

Quello che mi pesa molto di più è ricordare il drammatico numero di anni in cui il mio cuore ha battuto per lui, mister-non-ti-sorriderò-nemmeno-per-errore. Il-signor-completo-fuori-moda.

Che poi, a voler essere precisi, chi è qui ad aver avuto sul serio cattivo gusto? Potrebbe essere una durissima lotta... Dei diciassette anni che lo conosco, infatti, ne ho spesi ben nove a venerarlo peggio di una mucca in India e altri otto a odiarlo nemmeno fosse un serial killer. E sì, avrà anche ucciso il mio cuore, ma pare che non sia ancora un reato federale. Spero davvero che tra un anno, quando raggiungerò se non altro un pareggio matematico tra questi eccessi, i miei sentimenti si quieteranno finalmente, trasformandosi in una rasserenante indifferenza.

Per il momento, però, non posso fare a meno di digrignare i denti, con sommo fastidio del mio santo dentista. Sono ancora del tutto bloccata in una fase in cui, ahimè, lo odio. Odio me stessa. Odio il fatto che non ho smesso di contare gli anni che sono trascorsi da quando l'ho conosciuto. Insomma, odio. E il sentimento non sarebbe nemmeno tipico del mio carattere, perché sono sempre stata di indole solare. Allegra e spensierata. Con la risata pronta e le fossette giuste per far sorridere anche gli altri. Se mi fossi innamorata di una persona diversa o se non mi fossi proprio mai innamorata, credo che a quest'ora vivrei una di quelle esistenze idilliache, magari un po' vuote ma rassicuranti, con tanto di imbecille profilo social e milioni di foto in cui rido come una scema. Avevo molto potenziale frivolo prima di incontrare Norman Morrison. E invece ora pare che il mio destino sia segnato: conterò il passare degli anni senza incontrare un solo uomo decente, costretta a invecchiare con l'ulcera, lo smalto dentale rovinato e per di più nel più completo anonimato da social. Il che, ora che ci penso, potrebbe essere la sola consolazione in tutta questa faccenda…

Ci sono persone che in diciassette anni hanno trovato il modo di infilare quattro matrimoni e altrettanti divorzi. Beati loro: se non altro sono riusciti a voltare pagina. Mentre io… ecco, diciamo pure che mi piacerebbe moltissimo considerarmi del tutto guarita, ma sono cosciente che il risentimento sia pur sempre un legame. E non solo, che sia pure il genere di legame perverso più difficile da spezzare.

Ricordo come se fosse ieri la volta in cui mio fratello Aidan si portò appresso il suo compagno di stanza del college, durante le vacanze per il Ringraziamento del primo anno alla Cornell. I genitori di Norman si stavano separando e così Aidan pensò bene di estendere un invito al suo nuovo amico. E di rovinare per sempre la mia vita. Perché fu amore a prima vista. Letteralmente, cosa di cui mi vergogno non poco e che non confesserei mai a voce alta. Rimasi a fissare l'intruso alla nostra tavola come se avessi appena visto il Messia, e quella notte andai a dormire convinta di aver conosciuto il ragazzo più bello ed eccezionale del pianeta. Norman era rimasto per lo più in silenzio quella sera, ma a me erano bastate due frasi per capire che era intelligente, era speciale e che poteva essere la mia anima gemella. Il vero problema? Be', che all'epoca avevo nove anni e che, avendone lui il doppio, quasi non si accorse della mia presenza.

Impiegai anni a farmi se non altro notare da lui e lo feci con l'irruenza tipica dell'adolescenza. Davanti a lui divenni chiassosa ed esagerata, ma non m'importava. Mi sarei anche gettata dalla finestra, pur di attirare la sua attenzione. Per mia fortuna i miei genitori non aggiunsero mai un secondo piano alla casa e il mio eventuale volo non fu realmente necessario.

Se non altro, una volta terminato il college, Norman si ricordava del mio nome, ma solo perché nel frattempo era diventato una specie di terzo figlio per i miei. La separazione dei suoi con il tempo si trasformò in un brutto divorzio e Norman, essendo figlio unico e non potendosi dividere in due, preferì non schierarsi con nessuno e si ostinò invece a passare tutte le feste a casa mia con Aidan. E con me.

È imbarazzante ricordarsene oggi, ma lo seguivo peggio di un cane: se lui si metteva a leggere in una stanza, io facevo altrettanto, con grande stupore dei miei genitori, perché fino a quel momento non ero parsa a nessuno una grande lettrice. Ho divorato libri assolutamente improponibili, pur di mostrarmi all'altezza. *L'urlo e il furore* di Faulkner, di cui in effetti mi è rimasta impressa una massima che reputo sempre attuale («una volta una stronza, per sempre una stronza»). *1984* di Orwell. E poi Marquez, Hesse, Steinbeck, Beckett, Mann, Salinger, Bradbury, Hemingway e numerosi altri. Immagino quindi di dovergli, se non altro, quel minimo di cultura letteraria che possiedo. Per la serie, anni di sentimenti buttati nel cesso, ma almeno controbilanciati dalla conoscenza della letteratura del ventesimo secolo (il suo preferito).

E non è finita qui: se Norman decideva di passare in cucina per uno spuntino, io mi dichiaravo affamatissima. Se voleva uscire per prendere una boccata d'aria (cosa piuttosto rara, ma accadeva di tanto in tanto), io avevo le scarpe ai piedi prima di lui. Ora che ci penso, non è del tutto corretto paragonarmi a un amico a quattro zampe: il nostro cane aveva infatti molto più amor proprio di me. Scodinzolava meno, se non altro.

Non contenta, a tredici anni presi in mano carta e penna e scrissi a Norman la mia prima, vera, lettera d'amore. Era in rima perché per qualche strampalato motivo mi ero convinta che un laureando in Letteratura inglese avrebbe di certo apprezzato il mio sforzo disumano. Le rime erano atroci e le mie doti narrative piuttosto discutibili; a mente fredda non posso che ammettere che il suo far finta di niente avesse un fondamento. Le parole scritte non erano il mio forte allora e non lo sono oggi. È strano, dal momento che mio fratello ha vinto persino un Pulitzer, ma sono sprovvista della benché minima capacità letteraria. In compenso sono sempre stata un tipo dinamico, innamorata della natura e dello stare all'aria aperta. Da ragazza ho praticato un milione di sport, eccellendo in quasi tutti. Alla fine mi sono ritrovata anch'io alla Cornell con una borsa di studio grazie ai miei risultati nel tennis.

Se ho scelto a caso la facoltà? Ma certo che no. Volevo disperatamente respirare la stessa aria che era entrata nei polmoni di Norman, come se questa cosa idiota potesse avvicinarci. Non contenta, in un primo momento mi ero persino immatricolata a Letteratura inglese, salvo virare quasi subito sulle materie scientifiche e prendere alla fine una laurea in Geologia. Perché va bene l'amore folle e insensato, ma i miei professori si accorsero quasi subito di quanto in realtà io fossi pessima con le parole e mi aiutarono a trovare la mia strada. Con le rocce invece vado d'amore e d'accordo: nessuna finzione nella fisica e nella chimica.

Tutto bene quel che finisce bene, quindi?

Certo che no. La tragedia era alle porte e io nemmeno lo sapevo. Anzi, a diciott'anni, diventata finalmente adulta e maggiorenne, ero nel pieno del mio delirante autoconvincimento che Norman prima o poi si sarebbe innamorato di me. Dopo un milione di imbarazzanti lettere d'amore, infilate con premura dove capitava (sotto il cuscino, nella sua borsa, nel libro del momento), ero finalmente pronta a conquistare l'uomo della mia vita. Del fatto che lui avesse nove anni in più non mi importava nulla. Se mi è permesso dirlo senza falsa modestia, a quel punto ero ben cosciente di essere attraente e simpatica. Fuori avevo una fila di ragazzi che avrebbero dato il braccio destro e pure quello sinistro per uscire con mc, ma io avcvo questa fissazione per Norman che essenzialmente mi impediva di vivere. Il fatto che lui si fosse sempre rifiutato anche solo di nominare quelle maledette lettere in mia presenza avrebbe dovuto farmi venire più di un sospetto. Ma far ragionare la gente innamorata è una battaglia persa.

E così, ormai otto anni fa, quando Norman venne a casa nostra per le feste di Natale nel tentativo di riprendersi dopo la morte di suo padre, io decisi di giocarmi il tutto per tutto e feci la mia mossa. Lui era così triste, così cupo per il suo lutto, e io così stupidamente convinta che il mio amore avrebbe guarito tutte le sue ferite, che nessuno sarebbe riuscito a convincermi del contrario.

Cosa ne sapevo io di cosa volesse dire perdere un genitore? Avevo la presunzione tipica di quell'età di essere eccezionale e mi credevo la persona giusta per tirar fuori quel ragazzo così sensibile dal buco nero in cui era caduto.

Sensibile... Ah ah, che barzelletta. Norman Morrison non saprebbe riconoscere la sensibilità nemmeno se gli planasse addosso. Ora lo so. Ma all'epoca ero stupida e convinta che il fatto che io l'avessi aspettato avrebbe fatto una grande differenza nella vita di entrambi, che stare insieme sarebbe stato un punto di svolta e che da quel momento in poi la favola sarebbe stata la nostra realtà.

E pensare che mia madre mi aveva avvertito di non credere alle fiabe...

Ero praticamente una delle ultime vergini che c'erano in circolazione nel mio giro di amicizie, ma io avevo aspettato con fiducia, perché sapevo che Norman era una persona a modo, grato ai miei per tutto l'affetto di questi anni, e che avrebbe voluto attendere che fossi maggiorenne. D'altronde, era o non era l'uomo migliore sulla faccia della Terra?

Mi ero raccontata un sacco di storie sul perché non mi degnasse mai della sua attenzione. C'era in effetti il piccolo problema che parlava in generale poco, sia con me che con gli altri, per cui mi ero convinta che alla fine tutto si sarebbe sistemato, che saremmo stati felici per tutta la vita. A quel tempo quasi sragionavo; temo non sia stato il mio momento più brillante...

Una sera, per darmi coraggio, mandai giù un grosso bicchiere di rosso trovato in casa e mi infilai nella sua camera nel bel mezzo della notte. Mi avvicinai al suo letto e rimasi a fissarlo a lungo, incantata e convinta di quello che stavo per fare. La sua testa bionda era illuminata appena e i suoi lineamenti normalmente rigidi erano meno tesi del solito. La sua bocca era sempre contratta ma la cosa non mi preoccupava. Mia madre mi aveva spiegato che le persone che hanno subìto un lutto simile fanno fatica sia a lasciarsi andare del tutto al dolore che a continuare a vivere. Norman si trovava esattamente in questa specie di terra di mezzo: mascella serrata, ostinato a non farsi toccare da niente, ma alla deriva, in preda a emozioni negative. Ai miei occhi era palese che stesse aspettando che io lo salvassi.

Dopo aver atteso inutilmente che si svegliasse da solo, invocato dal mio profondo sguardo, piuttosto infreddolita avevo inspirato a lungo prima di scostare le coperte e infilarmi nel letto accanto a lui. Il materasso era singolo e lo spazio molto risicato, ma quello era l'ultimo dei miei problemi. Per qualche minuto rimasi ad annusare il profumo della sua pelle, avvicinandomi sempre di più come attratta dal fuoco, fino ad arrivare a toccarlo con reverenza. Il povero Norman impiegò non poco a capire che quello non era un sogno ma la terribile realtà. E se all'inizio mi si era avvicinato a sua volta in modo del tutto istintivo, il risveglio gli fece fare uno dei balzi più impressionanti che abbia mai visto in vita mia. Davvero, dovrebbe tenere un corso su come fuggire dai letti occupati da fanciulle mai invitate.

A questo punto potrei dilungarmi su quanto la scena sia

stata davvero patetica, ma la farò breve per il semplice fatto che con il tempo ho cercato di rimuovere dalla mia mente più elementi possibili. Uno non ama crogiolarsi nelle proprie figure di merda, no?

Gli feci una dichiarazione in piena regola, appassionata e sdolcinata come solo possono venire in mente agli adolescenti. Grazie al cielo prima o poi quel periodo della propria vita finisce...

Gli raccontai con minuzia di particolari come mi ero innamorata di lui al primo sguardo, di come non avessi dubbi sul fatto che lui fosse la mia metà e altre assurdità simili. Ripetei con insensata mancanza d'imbarazzo quello che gli avevo scritto negli anni, ovvero che dentro di me sapevo che eravamo destinati a stare insieme e che finalmente quel fatidico momento era arrivato.

Per un po' – davvero *un bel po'* – Normy rimase inebetito, seduto sul bordo del letto con i capelli arruffati e la bocca spalancata per l'orrore e poi, visto che non sembrava volermi rivelare il suo amore incondizionato e la cosa stava andando un po' troppo per le lunghe, mi lanciai addosso a lui e lo baciai. Le mie amiche mi avevano raccontato di come agli uomini maturi le ragazze intraprendenti piacessero non poco e io avevo avuto tutta l'intenzione di dimostrarmi all'altezza.

Sì, all'epoca non sapevo nemmeno per sbaglio cosa fosse l'orgoglio...

E neanche ci tenevo a scoprirlo, a dirla tutta: avevo in mente solo ed esclusivamente di coronare il mio sogno d'amore e non mi importava di apparire ridicola. È comunque curioso come già all'epoca, senza alcuna esperienza diretta in fatto di uomini, avessi intuito che innamoramento e orgoglio non andassero granché d'accordo. E forse è questo il mio problema più grande, oggi: dopo un'esperienza simile non ho potuto fare altro che rifugiarmi nell'orgoglio e ora non so bene come farne a meno. È diventata un'abitudine difficile da spezzare.

Mi sono convinta a fatica che l'uomo giusto prima o poi arriverà e che in quel momento non avrò problemi a tirar fuori quel fanciullesco lato di me, istintivo, capace di ogni gesto, anche quello più folle. Ma da allora sono passati più di otto anni, circa un milione di ragazzi, e le cose non sono affatto migliorate: all'orizzonte non si è visto nemmeno uno che sia stato in grado di sconvolgermi a tal punto da farmi tornare ai miei diciotto anni. Nessuno mi ha mai fatto battere il cuore nemmeno un centesimo di quello che ha fatto Norman, pur rifiutandomi.

Sarà perché innamorarsi da ragazzini è speciale e da adolescenti si tende a ingigantire tutto, nel bene e nel male? Non lo so. Inizio a convivere con il timore che certe sensazioni non torneranno mai più e che io faccia parte della categoria di persone a rischio d'estinzione che si innamorano sul serio una volta sola nella vita. E io ho sprecato nel modo peggiore la mia unica possibilità di essere felice, scegliendo la persona sbagliata.

Sono appoggiata alla spalla del mio accompagnatore con un bicchiere di rosso in mano, intenta a chiacchierare con una ragazza conosciuta da poco. Michael o come diavolo si chiama fa scorrere una mano sulla mia schiena con fare piuttosto possessivo, immagino perché stufo di essere tenuto fuori dalla conversazione. Be', colpa sua, non di certo mia. In un'altra circostanza il gesto mi avrebbe dato fastidio e gli avrei già strappato le dita a una a una, ma questa deve essere la sua serata fortunata: la presenza di Norman mi ha reso nervosa. Molto più agitata di quanto sia disposta ad ammettere persino a me stessa. Per carità, Norman è presente a un numero incredibilmente elevato di pranzi o cene della mia famiglia, ma in quel caso so a cosa vado incontro e vedo di farmi trovare pronta. Questa sera, invece, è sbucato letteralmente dal nulla e ha causato un'accelerazione così forte del mio cuore che sto pensando di passare prima o poi da un cardiologo: devo avere qualche grave difetto congenito, non vedo alternative.

«Di chi hai detto che è questa festa?», chiedo all'inutile uomo dalla mano molesta.

«Di Jenny, una mia amica», risponde vago.

Mi trattengo dal roteare gli occhi di fronte a una risposta così poco interessante. «Sì, ok, ma cosa fa la tua amica?», mi tocca insistere.

«Credo scriva o qualcosa di simile...», biascica leggermente brillo.

Lui crede? «E questa sera cosa si festeggia?».

Michael pare illuminarsi. «Ha appena firmato un contratto con una casa editrice!».

Eh già... di questi tempi pare che metà della popolazione terrestre pubblichi libri. È un bene che non mi sia mai passato per l'anticamera del cervello di unirmi al nutrito gruppo. Frequentare gli stessi ambienti di Normy potrebbe essere la famosa goccia capace di far traboccare il vaso.

Sollevo lo sguardo una sesta volta – lo so, lo so, dovrei *davvero* smettere di contare – pregando che se ne sia andato in qualche altro punto dell'appartamento, e invece no. È ancorato nell'esatta posizione di poco fa, con in mano un bicchiere di Coca-Cola. Ok, quindi nessuna possibilità di attribuire all'alcol la colpa di questo suo strano sguardo. Qui dentro siamo ufficialmente tutti anestetizzati dal vino, tranne lui.

Non che lo sguardo di Normy di solito non sia intenso – cielo se lo è – solo che fa sempre molta attenzione a non esserlo *con me*. E io, come contropartita, o lo ignoro a mia volta oppure lo insulto. Non sarà un atteggiamento maturo, ma almeno porto a casa il risultato voluto: distanza fisica ed emotiva, nonché la pace dei sensi.

Be', per placarli questa sera ci sarebbe bisogno di qualcosa di forte. Osservo il mio bicchiere ormai vuoto con particolare sconforto. Se il mio accompagnatore fosse una persona sveglia, se ne sarebbe già accorto e avrebbe rimediato. Ma no, questa proprio non è la mia serata. Mi sollevo dal divano, rassegnata a fare da me.

«Vado a prendermi dell'altro vino», lo informo e mi dirigo verso la cucina.

Come spesso capita con gli appartamenti a New York, i metri quadrati non abbondano, a differenza della gente. Anni e anni di esperienza nella lotta tra gomiti mi conducono in fretta fino al tavolo, dove è stato parcheggiato un considerevole numero di bottiglie aperte. Pare che questa Jenny abbia firmato davvero un gran bel contratto, a giudicare dalla quantità di vino presente alla festa.

Afferro prima una bottiglia e poi l'altra e scruto con attenzione le varie etichette. In realtà è fatica sprecata perché non capisco un accidente di vino. Alla fine mi decido per una a caso e sto per versarmi una dose generosa, quando vengo interrotta da una voce profonda alle mie spalle.

«Io non lo farei».

Mi volto sorpresa, con la bottiglia ancora in mano, in posizione semi inclinata. E lì sullo stipite, a poco più di un metro da me, vedo Norman, sguardo indecifrabile e occhi posati su di me.

«Scusami?». Il mio tono è molto più colpito di quanto vorrei far trapelare.

«Quello è un rosso da due soldi che saprà di certo di tappo. Scegli piuttosto quello accanto, è un Beringer Cabernet Sauvignon californiano del 2009. Ottimo, se vuoi il mio parere».

Sbatto le ciglia più e più volte. Ma quanto sono sbronza se sto immaginando di parlare con Norman? «Be', certo, detto da uno che di vini se ne intende...», ribatto sarcastica. Norman non beve più da quando è morto suo padre.

«Il fatto che non beva vino non vuole affatto dire che non me ne intenda. E si dà il caso che questo l'abbia portato io». Si avvicina al tavolo, afferra la bottiglia e me ne versa una dose non troppo generosa. «Assaggia», mi invita mentre io continuo a scrutarlo nervosa.

Presa in contropiede, mi trovo a ubbidire e a portare il bicchiere alla bocca. Di solito non sono nota per essere chissà quanto arrendevole.

Il contatto con il palato è denso e ricco, fruttato e speziato senza mai essere eccessivo. I miei occhi si spalancano per la sorpresa, perché questo è davvero un gran vino.

L'espressione di Norman si colora subito di presuntuosa soddisfazione. Sì, sì, sa cosa portare a una festa, a quanto pare, nonostante non sia di certo l'anima dei festeggiamenti... Uno a zero per lui.

C'è persino un vago accenno di sorriso sulle sue labbra. Sono così poco preparata a un simile evento che, prima che la serata mi sfugga del tutto di mano, faccio un mezzo passo indietro, decisa a scappare. Peccato che l'uomo a cui mi piace dare la colpa di tutto quello che è andato storto nella mia vita intuisca la mossa, bloccandomi il passaggio con il suo corpo. Anche questa sera ha optato per uno dei suoi amati e insulsi completi a tre pezzi. Ma chi diavolo indossa roba simile a una festa in casa il venerdì sera? Per cosa ha scambiato l'occasione, per l'inaugurazione di una mostra al MOMA?

«Ti dispiace?», gli domando, mentre fallisco in pieno il tentativo di nascondere la mia agitazione. Avrei dovuto incatenarmi al divano, altro che uscire.

Norman non solo non accenna a spostarsi, ma va avanti a scrutarmi serio e impenetrabile. «Senti, possiamo scambiare due parole?». La sua voce è così profonda perché la usa poco o semplicemente non sono abituata a udirla così da vicino?

Inspiro guardinga. Parlare? Ho capito bene? Lui ora vuole *parlare*? «Norman, non farmi ridere», mi sfugge. «Sappiamo entrambi che noi non parliamo. Noi non facciamo proprio niente», ci tengo a specificare.

Per un attimo la sua espressione perde il solito aspetto granitico, diventando quasi esasperata, e io mi trovo a provare dell'infantile ma molto appagante soddisfazione. Ci sono persone generose che desiderano solo il meglio per il prossimo. Be', io auguro a Norman Morrison di schiattare di stenti.

Non mi assegneranno il prossimo Nobel per la pace... Pazienza.

«Mi rendo conto che non parliamo. Ma pensavo che ormai, essendo entrambi adulti, potessimo lasciarci certi spiacevoli episodi alle spalle...», insiste.

«Io ero adulta anche otto anni fa», borbotto risentita.

«Tu *pensavi* di essere adulta, che è diverso», afferma serio.

«Ah no, lo ero eccome». Questa è una discussione che non ho la minima intenzione di perdere, sia chiaro. «Sai quanto ci ho messo per finire a letto con qualcuno dopo essere stata sbattuta fuori dalla tua camera?», gli chiedo con tono di sfida.

«Scusami?», domanda sorpreso per l'inaspettata direzione presa dalla discussione.

Non so nemmeno io perché ho tirato fuori l'argomento. Mi pare palese che è stato versato fin troppo vino. Ma non che questo serva a fermarmi... «Una settimana! Solo una settimana!».

Norman si passa una mano tra i capelli, chiaramente a disagio. «Alexandra...».

È questo che mi fa imbestialire, il fatto che riesca a pronunciare il mio nome come nessun altro, anche dopo avermi sbattuto la porta in faccia. La gente che ti ha rifiutato secoli fa non dovrebbe avere un così forte ascendente su di te.

«*Alex*», gli ricordo duramente.

«*Alexandra*, io davvero non capisco il senso di questa tua ultima affermazione...».

«Ah no? Allora te lo spiego». Ormai sono infervorata e partita per la tangente. «Vedi, tu pensi di avermi fatto chissà quale favore otto anni fa a buttarmi fuori dalla camera, ma la verità è che io ero innamorata. Intendo, innamorata sul serio. E tu mi hai ferito, hai riso dei miei sentimenti...».

«Tu *eri* una ragazzina. E io non ho riso», mi ricorda cupo.

Già, lui non ride mai. «Be', forse... ora non importa. Fatto sta che ero una donna, a quel punto. E ti amavo, o almeno lo credevo, che poi non fa molta differenza...».

«Mi permetto di dissentire», mormora tagliente.

Certo che deve dissentire. È nato per farlo, sebbene a modo suo: dove gli altri in genere usano fiumi di parole, Norman riesce nella titanica impresa di disapprovarti anche solo con uno sguardo. Ho così tanti anni di esperienza alle spalle riguardo al suo palese biasimo che potrei scrivere un'enciclopedia. «Il primo amore non è quasi mai destinato a durare, qualsiasi cosa uno creda in quel momento. Lo so io e lo sai anche tu». Lui solleva solo un sopracciglio in modo interrogativo perché non gli è ben chiaro dove voglia andare a parare. Sinceramente, non lo so nemmeno io. «In ogni caso, con quante donne in tutto eri stato a letto otto anni fa?»

«Non capisco cosa c'entri questo...».

«Rispondimi!», sbotto esasperata.

«All'epoca una decina», cede alla fine di fronte al mio umore.

«Appunto. Dieci o undici non avrebbe fatto chissà quale differenza, no?»

«Ma che diavolo stai cercando di dire?», chiede confuso.

«Che io avevo passato metà della mia vita a sognare di fare l'amore per la prima volta con te, e quando questo non solo non è potuto accadere, ma è stato anche accompagnato dal rifiuto più totale, ho finito per fare una miriade di sciocchezze. Mi sono buttata tra le braccia di uno di cui nemmeno ricordo la faccia. Ed è stato tremendo. Orribile. Davvero, è un miracolo che io mi sia tenuta lontana dal sesso per il resto della mia vita...».

«Cosa che non hai di certo fatto», puntualizza.

Ah, vuoi vedere che ora sono io dalla parte del torto? «No! E sai perché? Perché, se il vero amore non esiste, che diavolo aspetto a fare? Uno vale l'altro!».

«*Alexandra*...».

Se pronuncia ancora una volta il mio nome in questo modo, divento matta, giuro. Intendo, molto più di quanto già non lo sia. Sospetto che domani mattina, quando avrò smaltito la sbornia e la rabbia, mi flagellerò per tutte le cose che gli sto dicendo ora. Ma al momento non riesco a fermarmi. È più forte di me. Sono otto anni che mi trattengo.

«Quindi, mio caro, ora capisci perché io e te non potremo mai *parlare*. Hai rovinato la mia prima volta. Hai rovinato l'idea che avevo dell'amore. Hai ridotto tutto a spazzatura...». La mia voce si è abbassata e non sto più urlando. A dire il vero non sono nemmeno arrabbiata, ma solo molto triste. Forse lui non c'entra niente, forse è tutta colpa mia e di come sono fatta: non riesco più a innamorarmi o anche solo affezionarmi alle persone.

«Non era affatto spazzatura», mormora a bassa voce. «Ma io non avevo diciotto anni, a differenza di te, e avevo l'obbligo morale di fare la cosa giusta. Non era amore e te ne saresti accorta ben presto. E quando fosse successo, avresti finito con l'odiarmi».

Per poco non scoppio a ridere. «Perché invece da allora ti adoro...», lo provoco sarcastica.

Sbuffa e si ripassa la mano tra i capelli, gesto che è solito fare solo quando è sotto forte stress. «Che tu lo voglia ammettere o meno con te stessa, sarebbe stato peggio se avessimo fatto una simile sciocchezza insieme».

Sarà, ma faccio molta fatica a credergli. «Peggio di così? Cielo, è dura anche solo immaginarselo: io quasi non mi ricordo il nome del tizio con cui sono venuta qui questa sera e tu non frequenti nessuna da secoli...».

Solleva la testa di scatto. «Come fai a saperlo?».

Mi colpisce che non abbia cercato di negare e detesto il fatto che la cosa mi faccia sentire in qualche modo più leggera. Dovrebbe fregarmene altamente. Spero davvero che domani, con meno alcol in corpo, sarà così. «Hai presente Aidan e Laurel? Si lamentano che non possono mai uscire in quattro con te, perché a quanto pare ti comporti da eremita. Perché diavolo fai così? Vivi un po'... Brucia i tuoi maledetti completi e rimorchia una ragazza a una festa, per l'amor del cielo... Non è così difficile!».

E lo so che avevo appena terminato di maledirlo e di augurargli le peggiori cose, ma forse non lo pensavo sul serio. Norman è una delle persone meno felici che io conosca. Non so bene perché. E il sesso forse non sarà la soluzione a tutti i mali, ma aiuta. Anche solo per qualche minuto.

«Guarda quella donna lì, quella con il vestito viola: belle gambe, belle tette», gli indico appena fuori dalla cucina.

Norman solleva lo sguardo e poi torna a osservarmi incredulo. «Mi stai sul serio suggerendo di provarci con una solo perché ha delle belle tette?».

Detto così pare una cosa ridicola. Nella mia mente suonava meglio. «No, ti ho anche detto che ha belle gambe».

«Le tette saranno finte».

«Ma non puoi saperlo!», esclamo indispettita. L'avrà guardata sì e no per mezzo secondo.

«Sì che posso. Sono finte».

«Perché ora sei un grande intenditore...».

«Più di te».

«Impossibile. Se non altro io ne ho un paio a mia volta e posso giudicare».

«Tu non ti tocchi. Lo fanno gli altri».

Ma come diavolo siamo arrivati a discutere di argomenti simili? «Normy, io non so che razza di donne frequentavi quando ancora sapevi rimorchiare qualcuno o cosa fate voi vecchietti alla vostra età, ma io mi tocco. Assolutamente».

Una strana luce si accende nel suo sguardo e per un attimo mi pare che stia immaginando la scena.

All'improvviso ho caldo.

Ho sete.

Ho tutto.

Porto il bicchiere alle labbra e termino in due sorsi il vino. Eccezionale o meno, non me lo sono affatto gustato.

«Be', cosa te ne pare della tipa?», lo incalzo nella speranza di smorzare l'intensità degli sguardi tra di noi.

«Chi?», domanda sinceramente confuso.

«Quella con le tette finte!».

«Allora vedi che sei d'accordo con me?», mi fa notare tutto tronfio.

«Non rompere. Ci vai a parlare o no?». Ho disperatamente bisogno che si tolga di torno. Ha contaminato fin troppo l'ossigeno della stanza.

Si massaggia la mascella meditando. «Naaa, non è il mio genere».

«Se non altro respira. Sarebbe un inizio».

Sul suo volto compare un accenno di sorriso. La reazione è così inaspettata che la mia respirazione si blocca. Non sarebbe un bel modo di andarsene...

«Sono messo così male che ti fai carico del compito di cercarmi una donna? Certe volte ho l'impressione che tutto il mondo mi voglia rifilare qualcuno...», osserva.

«Questo perché sei solo. A nessuno piace stare da solo».

«A dire il vero, a me piace. È...».

«Noioso?», lo incalzo.

«Stavo per dire rilassante».

«È la stessa cosa. È la tipica parola che si usa quando si intende qualcosa di soporifero che non si vuole chiamare con il proprio nome. E poi tutti abbiamo bisogno di sesso», torno a insistere.

Cosa diavolo conteneva questo vino? Qualche strana sostanza?

Norman mi osserva spalancando le palpebre. La sua

espressione è comica per quanto è incredula. Alla fine arrossisce pure. Il mio cuore perde un altro colpo. Sì, credo che ci lascerà molto presto... «Tutti? Proprio tutti?», chiede con circospezione.

«Da quanto non fai sesso?», gli chiedo con tono distaccato. Sto cercando di convincere entrambi che il mio sia un interesse più che altro scientifico e astratto, che sia solo un modo come un altro di fare conversazione.

«Sicura che sia un argomento di cui vuoi parlare?», ha il buon senso di verificare una seconda volta.

«Perché, ti vergogni?».

Sospira. «No, Alexandra. *Io* non mi vergogno delle mie scelte». Il significato nemmeno tanto nascosto della frase è che io invece dovrei farlo. Credo alluda alla mia promiscuità sessuale. Se spera che mi offenda, resterà deluso.

«Ah, nemmeno io. Credo, anzi, di vivere molto più serenamente di te», gli ribatto serafica.

«E questo grazie al sesso...».

«Sì, grazie al sesso». E gli sorrido in modo forzato.

Per qualche attimo Norman non dice niente, poi scuote la testa. «Non parliamo da anni e finiamo per parlare di sesso? Davvero?», chiede più che altro a se stesso.

«È un argomento come un altro. Di cosa volevi parlare? Della vita e delle sue sofferenze?», gli faccio il verso.

«Non lo so. Non so nemmeno perché ti ho seguito in cucina, a dire il vero». L'ammissione è sorprendentemente sincera. Inaspettata.

«Perché sono simpatica e irresistibile?», ipotizzo.

Qualsiasi sia il motivo per cui sta sorridendo, forse è il caso che la smetta. Farà bene a lui, ma nuoce gravemente alla mia salute.

«Con me sei sempre simpatica come un calcio nelle zone vietate», mi fa notare.

Vero. Non intendo nemmeno negarlo. «Si vede che te lo sei meritato».

Lo osservo alzare gli occhi al cielo e sbuffare. «Sì, mi sono meritato le peggiori cose. E infatti questa mi pare una vita di espiazione...», commenta semiserio. «Per inciso, tu potrai anche avercela con me, ma io ti ho fatto un grande favore».

«Ma non mi dire...».

«Non mi augurerei al mio peggior nemico».

«In effetti, nemmeno io ti augurerei al mio peggior nemico», confermo senza problemi.

«Vedi? Alla fine siamo d'accordo. Quindi cosa ne dici? Possiamo finalmente voltare pagina dopo otto anni?». Mentre me lo chiede mi porge la mano, il palmo ben proteso verso di me. Una richiesta di pace ufficiale, a quanto pare.

Osservo prima la mano e poi il suo volto. Che sia inclinazione caratteriale o semplice esercizio, l'indifferenza in genere riesce molto bene a Norman Morrison; tuttavia, per qualche strana ragione, questa sera sembra agitato. Resisto alla tentazione di chiedergli cosa sia successo. D'altronde, non mi sta proponendo di diventare amici del cuore. Sono certa che vorrebbe solo che ci comportassimo in modo civile. Diciassette anni di conoscenza sono tanti, specie quando se ne spendono nove a venerarlo e otto a odiarlo. Non è colpa sua se non gli sono mai piaciuta e se non sono stata granché capace di liberarmi della mia ossessione per lui. Forse ho sbagliato metodo e con la rabbia non ho fatto altro che nutrire in modo perverso la mia attrazione nei suoi confronti.

Ha ragione, è venuto il momento di crescere una volta per tutte e smetterla di trattarlo in modo diverso dal resto del mondo. Otto anni fa avrei voluto che per me diventasse speciale e unico, ma non è successo, e ora è davvero arrivata l'ora di farla finita.

Stringo la sua mano prima di poter cambiare idea. «Certo, perché no?», gli rispondo mostrandomi molto più pragmatica e razionale di quanto mi senta. «Anche perché sarà molto facile mantenere la pace nei prossimi mesi...», mi sfugge di bocca.

La sua fronte si corruccia ma non lascia andare la mia mano. «Cosa intendi dire?»

«Be', che sono in partenza».

«Per dove?», chiede con una strana espressione.

È contento? Non è affatto contento? Con Norman è sempre molto difficile da dire.

«Ricerca sperimentale per il mio dottorato. Vado in Colorado per qualche mese». La Columbia mi ha lasciato scegliere tra una serie infinita di zone montagnose da studiare, ma un mese fa ero talmente esasperata che ho scelto quella più isolata e distante. Diciamo che togliermi per un po' di torno mi era parsa un'idea molto saggia. Se ci fosse stata una montagna di ottomila metri negli Stati Uniti, mi sarei registrata all'istante. Per mia fortuna, la destinazione più elevata che avevano era a quattromila metri.

Io e una mia collega.

Isolate sulla cima di un monte.

Meraviglioso.

«Dove, di preciso, in Colorado?».

Vorrei fargli notare che siamo passati un po' troppo velocemente dall'insulto al terzo grado. «Rocky Mountain National Park», lo accontento.

Il corrugamento del volto si trasforma in una smorfia di preoccupazione. «Questa estate?»

«No, parto la prossima settimana».

«Con chi?», domanda con tono inquisitorio. Io non sono del tutto certa che si renda conto di quello che sta dicendo. E di *come* lo sta facendo.

«In teoria con una collega di nome Rachael».

«Teoria?».

Mi ritrovo a dargli spiegazioni che nemmeno gli devo. «Aveva detto che sarebbe partita insieme a me, ma poi ha avuto un problema in famiglia e la sua presenza è ora in dubbio. Però, che Racheal alla fine decida di venire o meno, io ho già preso la mia decisione: andrò anche da sola».

«Alexandra, non mi sembra una buona idea...», parte con la paternale. Gli viene oggettivamente bene; è nato per riprendere la gente.

«Senti, a dispetto delle apparenze, non sono una sprovveduta. Sì, una testa calda, sì, non so scegliere un uomo decente nemmeno per sbaglio, ma in montagna so quello che faccio. Nel caso fosse necessario, io basto e avanzo». Gli sorrido nella speranza di convincerlo, ma senza che lui faccia altrettanto.

Non ha battuto ciglio mio fratello, non hanno detto niente i miei genitori e si preoccupa lui? È davvero comico. Ritraggo in modo forzato la mano, che stava iniziando a sudare per l'agitazione e la forza della stretta. «Non mi succederà niente. È solo neve. E se dovessi aver bisogno d'aiuto, ci sono sempre i ranger».

«Sono stato da ragazzo all'Alpine Visitor Center: è chiuso fino a giugno. Perché non puoi aspettare giugno?», insiste, avvicinandosi.

Cerco di non indietreggiare, dal momento che non amo le

debolezze. Ma è difficile. «Perché a giugno il Colorado si riempie di gente. Mi inquinano l'acqua. E io devo prendere campioni intatti. Aprile è un ottimo mese. Nevica anche poco…».

«Alexandra, a me pare una pessima idea».

Per lui tutte le mie idee sono sempre pessime. Cerco di non prenderla troppo sul personale. «Be', è un bene allora che non sia né tua sorella né la tua ragazza, no?», gli rispondo con un sorriso forzato.

Michael, il mio accompagnatore, compare miracolosamente sulla porta della cucina. È la prima volta che combina qualcosa di giusto.

«Ehi, Alex, mi sto annoiando. Ce ne andiamo a ballare da qualche parte?», mi propone.

È sorprendente il mio desiderio di rimanere qui, con i piedi ben piantati in questa piccola cucina, a continuare a parlare con Norman. Persino quando pensa che abbia preso solo decisioni sbagliate. Motivo per cui mi faccio forza e mi costringo ad accettare. «Certo, saluto solo una persona e arrivo».

Michael scruta con attenzione Norman, domandandosi probabilmente se rappresenti una qualche forma di concorrenza. È evidente che non lo ritenga per niente un pericolo, perché si volta quasi canticchiando. Ammetto che il suo maledetto doppiopetto potrebbe averlo in qualche modo rassicurato. Certo, Michael non è l'essere umano più perspicace del pianeta…

«Be', nel caso non dovessimo più vederci prima della mia partenza… stammi bene». Mentre saluto Norman, non so decidere se porgergli di nuovo la mano o se invece stampargli un bacio sulla guancia.

Sto arrossendo, lo sento, e solo perché ho immaginato

di sfiorare la sua guancia. Quanto sono patetica da uno a dieci?

«Sì, anche tu», dice infine, dopo aver lottato per mangiarsi un sacco di altre raccomandazioni. Ah, il buon vecchio Norman…

Mi volto per raggiungere Michael, quando mi afferra la mano e mi tira in modo del tutto imprevisto verso di sé. «Fa' attenzione, ok?», mi mormora all'orecchio, abbracciandomi.

La sensazione è così inaspettata e così forte che gli cingo le spalle, più che altro per evitare di avere un mancamento. È un bene che io parta la prossima settimana. Voglio dire, un conto è rendersi ridicoli a diciotto anni, ben altro alla soglia dei ventisette. Per quando sarò tornata dal Colorado, avrò avuto modo di elaborare una strategia di condotta normale in sua presenza. E mi terrò a distanza. Niente abbracci, grazie. Mi sarà del tutto indifferente, come gli altri 3,7 miliardi di uomini sulla Terra.

Norman mi stringe in modo sorprendentemente forte, come non ha mai fatto in tutti questi diciassette anni messi insieme.

«Tutto bene?», gli domando confusa.

«Cosa? Sì, certo. Scusa», mi dice scostandosi e scompigliando del tutto i suoi capelli.

Una fitta quasi dolorosa mi trapassa il petto perché la mia mano muore dalla voglia di rimetterli in ordine. Spero davvero che tutti gli amori adolescenziali siano così, che facciano parte di noi stessi anche se ormai li abbiamo superati.

Perché io *devo* averlo superato.

«Stammi bene», gli dico ancora una volta. E fuggo via da quella che è a tutti gli effetti una delle serate più strane che io ricordi.

Capitolo 2

Norman

Non so bene chi abbia messo in testa all'umanità intera che frequentare la palestra faccia bene alla salute. Personalmente, mi pare di rischiare la vita tutte le volte che ci metto piede. Una volta inciampo, una volta per poco non mi spacco la testa... Diciamo che preferirei di gran lunga trascorrere le mie mattinate libere facendo qualcosa di molto meno pericoloso. Tipo leggere. Ecco, un libro non ha mai ucciso nessuno. Persino un cattivo libro, a dispetto di quanto si dica. La palestra, invece...

«...e quindi stavo pensando di provare a convincere Laurel a trasferirsi definitivamente da me», mi sta raccontando Aidan, gesticolando con grande entusiasmo.

«È troppo presto». Esprimo il mio parere spassionato, mentre rallento la corsa per riprendere fiato. Non ne vado fiero, ma la mia resistenza non è esattamente leggendaria. Qualsiasi vecchietto mi batterebbe senza grandi problemi. Per quel che mi riguarda, o si corre o si parla. Non sono assolutamente in grado di conciliare le due cose.

«Non è troppo presto!», esclama come da copione, vagamente offeso. Aidan, come d'altronde molti degli scrittori "seri" che conosco, si offende facilmente.

«Aidan, sono passati solo pochi mesi da quando avete chiarito le cose...».

«Non pochi. Tre mesi», mi corregge prontamente, come se facesse chissà quale differenza.

Il mio sguardo è piuttosto eloquente. «Ok, *tre* mesi. Rimane il fatto che è troppo presto. Laurel non accetterà mai».

«Perché ora tu sei diventato un grande esperto in fatto di donne...», borbotta sarcastico.

La frase mi fa scappare una mezza risata. «Ovviamente no. Ma conosco Laurel, e da ben più tempo di te, se proprio vogliamo essere pignoli. Ti insulterà pesantemente per averglielo proposto così presto». Quello che apprezzo davvero di Laurel Miller è che, anche se è innamorata, non si è ammorbidita più di tanto. La sua spina dorsale è rimasta ostinatamente la stessa. Lo so io e lo sa anche Aidan, che finge di volerla più sensibile, ma sotto sotto si compiace tutte le volte che la sua dolce metà battaglia con lui senza cedere di un millimetro nelle sue opinioni.

«Devo ancora capire quand'è che le donne sono diventate così poco sensibili e romantiche...», si lamenta.

«Non lo sono mai state. Mere leggende metropolitane», mi duole informarlo.

Aidan scende dal tapis roulant e si incammina in direzione dei pesi. Io lo seguo nonostante li detesti quasi quanto la corsa. Ma in palestra odio tutto, per cui non faccio testo.

«Credo che glielo chiederò lo stesso», mi informa dopo averci pensato su.

È davvero ostinato, ma immagino faccia bene a voler andare a fondo nelle proprie battaglie. Gli invidio il fatto che abbia, se non altro, un obiettivo. E che sia così tanto felice da essere francamente insopportabile: sorride in continuazione, sghignazza per qualsiasi cosa, è sempre con la testa fra le nuvole. Ogni tanto, quando rientro a casa a tarda sera e non ho nessuno a cui telefonare, provo una sensazione di inadeguatezza a cui non sono affatto abituato. Sono stato solo per la maggior parte della mia vita. Io e la solitudine abbiamo sempre avuto un rapporto soddisfacente. Invece ora sono geloso marcio di Aidan e della sua relazione con Laurel. In modo del tutto irrazionale non voglio che vadano a vivere insieme, perché questo mi ricorderebbe ancora di più quanto io sia indietro rispetto a tutti i normali obiettivi di una vita. Davvero, non capisco cosa stia succedendo nella mia testa in questo ultimo periodo…

«Diciamo che hai dalla tua la determinazione», ammetto.

«Appunto. Laurel cederà. Magari non subito, ma vedrai che mi darà ragione, prima o poi: siamo pronti per la convivenza, me lo sento».

«Quindi tra di voi sempre tutto bene?», mi informo con delicatezza.

Mi sorride con aria vagamente sognante. Agli uomini dovrebbe essere vietato fare facce simili. Sembrano degli ebeti. «Meravigliosamente. Dopo tanti anni ho finalmente capito cosa fa funzionare un rapporto».

«Ovvero?»

«Stare con una donna intelligente. Tanto, hanno tutte la vagina, no?».

Il peso che sto cercando di sollevare mi sfugge di mano e per poco non mi centra un piede.

«Aidan!», lo rimprovero. «Puoi evitare di dire certe cose?».

Solleva le mani in segno di difesa. «La battuta non è nemmeno mia ma di Audrey, l'amica pazza di Laurel…».

Scuoto la testa e mi incammino per recuperare il peso rotolato in lontananza, ai piedi di una ragazza piuttosto carina: è molto alta, molto bionda e molto atletica. Mi sorride quando mi vede arrivare. Mi sforzo di ricambiare, perché di solito sono una persona gentile, ma non mi sfugge il fatto che mi stia sforzando. Io sono un caso che la scienza deve ancora spiegare.

«Questo è tuo?», mi chiede con una vocina sexy.

«Sì, grazie», le rispondo con un sorriso di circostanza, allungando il braccio per riprendermi il peso. Mentre me lo restituisce, fa scorrere le sue mani sulle mie.

«A proposito, io sono Shona».

È un bene che io abbia un grande autocontrollo, perché il nome in realtà mi fa rabbrividire. Ha l'aspetto di una Shona, ora che ci penso. «Norman», offro l'informazione, più per essere educato che per reale interesse.

«Ciao Norman, cosa fai uscito di qui?», continua a parlare con un tono di voce fastidiosissimo. Ma perché la gente finge di essere qualcosa che non è?

«Vado a pranzo con mia moglie», le rispondo serafico. Il suo sorriso si spegne all'istante e i suoi occhi si posano sulle mie mani. «La fede è a lucidare», mi ritrovo a mentire senza problemi.

Shona mugugna dubbiosa, scuote la testa e poi si gira nell'altra direzione. Direi che sono stato ufficialmente congedato.

Al mio ritorno Aidan sta ridendo come un pazzo. «Tu non sei normale…», constata.

«Mai preteso di esserlo».

«Era un bel pezzo di donna», insiste.

«Sì, probabile. Un po' vistosa, a dire il vero…». E sono stato delicato.

Il mio amico mi si piazza davanti e mi strappa di mano il peso. «Da' qui che rischi di ucciderti con questa cosa. Ok, quindi, ricapitolando, le vistose no. Le stupide no. Le bionde no… Una volta ti piacevano le bionde!», ricorda a entrambi i tempi dell'università.

«Una volta», confermo per togliermelo dai piedi e cerco di riprendermi il peso.

«Ma quindi chi diavolo ti piace?»

«Nessuno», replico senza esitazione.

L'uomo più cocciuto della Terra incrocia le braccia e mi scruta a lungo. «Non sarai mica innamorato infelice o qualcosa di simile?».

Per poco non scoppio a ridere. «Chi, io? Ma mi hai visto?».

Il suo sguardo è un po' troppo perspicace per i miei gusti. «Perché, non potrebbe essere?»

«No. E ora ridammi quel peso». Mi avvicino proprio mentre lui fa un mezzo passo indietro.

«Ah, ti stai infervorando! Interessante…». Sta davvero cercando di farmi perdere la pazienza.

«Aidan…», lo avverto con tono tagliente.

È sul punto di dire qualcosa di scomodo – lo posso già intuire – quando alla fine scuote la testa e cede il peso. «Fa' come vuoi», mi dice e si rimette a fare esercizi.

Dopo qualche minuto di fatica comune, Aidan si siede sulla panchina, osservandomi mentre continuo a sudare. «Tra due settimane è il compleanno di Alex», mi ricorda a un tratto.

Ma non ce n'era bisogno; come se potessi dimenticarmelo… Alexandra manca dalla città da un mese e a me pare sia trascorso un anno.

«Ah sì?», mi fingo disinteressato. Parola d'ordine "fingere", perché non credo di aver convinto nessuno con il tono stupito, in primis me stesso.

Aidan ha il buon gusto di non farmelo notare. «Laurel

insiste che dovremmo andarla a trovare in Colorado», replica.

«Non avreste nemmeno dovuto farla partire, se è per questo», borbotto. «Come sta?». Lo so che chiedere è da deboli, ma non riesco a resistere. Non faccio altro che preoccuparmi per lei, sapendola sola sulla cima di una montagna, e invece la sua famiglia lo considera del tutto normale. Va detto che i Tyler sono gente piuttosto peculiare.

«Benissimo, perché?», mi domanda confuso.

«Perché è in montagna. Isolata dal mondo», gli ricordo vagamente infastidito. Vuoi vedere che sono io quello strano, ora?

«Ah, ma non è così tanto sola! Pare che i ranger della zona facciano a gara per aiutarla», mi svela divertito, ridacchiando.

Inspiro. Espiro. Inspiro ancora una volta e poi trattengo a lungo il fiato. Non funziona, la rabbia non accenna a diminuire. «E tu lo trovi normale? Rassicurante?».

Aidan sbatte più volte gli occhi, non riuscendo proprio a comprendere il mio punto di vista. «Alex è adulta e vaccinata. Sa badare a se stessa».

«Lo so, però… metti che ci sia una tempesta di neve?»

«Eventualità già prevista: la sua casa è stracolma di cibo».

«E metti che sia fuori a prendere campioni di rocce e acqua quando si scatena l'inferno?»

«In quel caso, se non riesce a rientrare da sola – e ne dubito, perché Alex è più o meno Wonder Woman – chiamerà gli amici ranger che, come ti ho detto, darebbero il loro braccio destro per salvarla. Certo, se lei fosse davvero il genere di ragazza che ha bisogno di essere salvata…», commenta fiero.

Sì, va detto che Alexandra è una che sa il fatto suo. Ma ha un gusto terribile in fatto di uomini. Io ne sono stato un chiaro esempio. E non è che da allora abbia imparato a scegliere; gli esemplari maschili che ho visto sfilare in questi anni non brillavano di certo. No, per lei ci vorrebbe qualcuno di speciale, qualcuno di divertente, intraprendente, intelligente. Non credo di chiedere troppo: Alexandra è eccezionale e merita di avere al proprio fianco una persona che possieda almeno un decimo della sua luce. E non uno dei soliti parassiti che rischiano solo di succhiare la sua meravigliosa voglia di vivere.

«Dici che non vorrà trascorrere il suo compleanno con il suo ragazzo?», mi sforzo di pronunciare non senza fastidio.

«Quale ragazzo?», domanda sinceramente colpito Aidan.

«Come quale! Michael, no?»

«Io davvero non capisco come tu riesca a ricordarti sempre i loro nomi... Quanto fosforo prendi per tenerti così allenato?»

«Zero. Sono intelligente per natura», gli rispondo sarcastico.

Aidan scuote la testa, ridendo. «Sì, in effetti sei intelligente. Ma fossi in te lavorerei un po' sul tuo modo di fare: ho sentito dire che il broncio non sia più così tanto di moda. E comunque, tornando a mia sorella, quel tuo Michael lo ha piantato ancora prima di partire per il Colorado. Lo sai che Alex si stufa in fretta dei suoi ragazzi...».

Se lo so? Tengo una lista aggiornata. Una lista chilometrica, di cui avrei potuto essere il primo, se la mia forza di volontà non fosse stata sufficiente a non farmi cadere in tentazione. Sarei stato un potenziale parassita a mia volta: avrei potuto solo rubare la sua luce, di certo non avrei avuto nulla da aggiungere.

«Comunque, memoria eccezionale a parte, sei dei nostri?», torna alla carica il mio amico.

Lo osservo come se si fosse bevuto del tutto il cervello. «Chi, io? In Colorado? Guarda che non è mia sorella...», mi tocca ricordargli.

«Ah, lo so benissimo. Ma un po' è come se lo fosse, no?». Sospetto stia punzecchiando più che domandando.

Magari lo fosse. «Molto poco», rispondo cupo.

«Be', quel che basta. Devi venire con noi in Colorado», sentenzia fingendo una certa superficialità. A dispetto di quel che spesso vuole far apparire, Aidan non è affatto approssimativo. Il che significa che fa tutto parte del suo piano per convincermi a partire.

«No, non devo. E poi sarò via per una serie di riunioni in California, in quel periodo».

«Ancora meglio. Ci puoi raggiungere direttamente».

Osservo Aidan con una certa esasperazione. «Nel caso avessi battuto la testa e perso la memoria, ti ricordo che tua sorella e io non andiamo granché d'accordo. Dubito mi vorrebbe tra i piedi...».

«Ma non avevate fatto pace una volta per tutte?», chiede meravigliato.

«E questo chi te l'ha detto?», domando, preso in contropiede.

«Come chi? Alex! Le ho chiesto espressamente se avesse qualcosa in contrario al fatto che venissi anche tu e mi ha risposto in modo negativo, aggiungendo che vi eravate chiariti una volta per tutte. Bravi, era ora, tra l'altro», si congratula soddisfatto.

Il mio sospiro è appesantito da una certa rassegnazione. Mi trovo in una posizione antipatica e non so bene come tirarmene fuori. «Davvero? Ti ha detto proprio così?».

La mia incredulità ha ragion d'essere, d'altronde. Quella famosa sera era vagamente brilla e non so bene quanto ricordasse al mattino successivo dei nostri strampalati discorsi.

In generale da sobri si acconsentirebbe a circa un terzo delle cose che si fanno quando è l'alcol a guidare le tue azioni. O almeno ad abbassare le tue difese; se sono lì, è per una buona causa.

«Ok, a dire il vero mi ha risposto che per lei era uguale», sputa il rospo il mio amico.

Non equivale esattamente a fare i salti di gioia – e lo sa benissimo anche lui – ma immagino sia un inizio. E siccome veniamo da anni turbolenti, l'indifferenza è tutto sommato una buona cosa.

«Ok, vengo», cedo alla fine, dopo averci riflettuto. «Tanto, in mezzo a voi Tyler, nessuno si accorgerà della mia presenza…».

«È qui che sbagli: noi ci accorgiamo sempre della tua presenza», vengo rassicurato con tono sorprendentemente serio.

Mi volto per cercare un nuovo peso, quasi a disagio, perché la sua frase mi ha colpito ben più di quello che vorrei far trasparire.

Il mio volo da Los Angeles a Denver dura esattamente due ore e dieci minuti.

Trovo che ci sia dell'ironia nel ritrovarmi ad atterrare con quindici minuti di anticipo. Mai successo prima. Chiaramente accade oggi. Proprio quando non avrei avuto alcun problema ad aspettare l'ultimo passeggero ritardatario. Succede su tutti i voli, di solito: c'è sempre qualche genio che pretende di tenere in ostaggio un aereo intero perché si è svegliato tardi o perché non ha saputo sbrigarsi al duty free. Ma non oggi: i passeggeri di questo volo, facendo eccezione a ogni statistica che si rispetti, avevano tutti una fretta micidiale di arrivare a Denver. Chc poi... Dcnvcr... Nemmeno fosse un posto chissà quanto interessante.

Faccio passare più o meno tutti i passeggeri presenti sull'aereo e poi mi incammino anch'io, non avendo più scuse per rimandare. Il mio volo e quello proveniente da New York hanno solo mezz'ora di differenza, ma è una mezz'ora di troppo in cui non saprò cosa dire ad Alexandra. La verità è che ho terminato i miei impegni lavorativi ieri mattina, ma mi sono ben guardato dal confessarlo ad Aidan. Lo conosco fin troppo bene, avrebbe cercato di convincermi ad arrivare un giorno prima. E siccome mi piace pensare di avere dalla mia una certa esperienza in fatto di eventi potenzialmente catastrofici, eccomi qui. Con il minimo scarto possibile.

Mentre sto scendendo dall'aereo mi rendo conto di essere nervoso, a dispetto delle apparenze. Mantenere la perenne facciata di indifferenza nell'ultimo periodo ha richiesto molti più sforzi di quello che mi sarei potuto immaginare. Mi sono sempre considerato una persona per natura guidata più dalla razionalità che dall'emotività, pratica, schietta e ragionevole. Ma vivo uno strano momento della mia vita, nel quale mi sento molto poco padrone delle mie stesse emozioni. Sto facendo fatica a razionalizzare quello che provo e, inutile a dirsi, la cosa non mi piace nemmeno un po'.

Inspiro, seccato con me stesso. Visto il momento "particolare", una persona intelligente si sarebbe tenuta a debita distanza dal Colorado, anche perché è decisamente più semplice fingere di andare d'accordo con qualche migliaio di chilometri di distanza. Ma – a questo punto mi pare evidente – sono molto, molto più stupido di quel che credevo.

Vorrei che fosse chiaro che la mia è solo paura. E non paura generica, ma timore molto specifico verso una ragazza in particolare. Definirla una donna mi sembra ancora strano, anche se immagino lo sia diventata a tutti gli effetti. Non so quando sia successo. Probabilmente mentre cercavo di non notarlo.

Afferro malvolentieri la valigia, mi raddrizzo la cravatta e, mentre supero i cancelli di uscita, mi concentro sul non facile compito di mantenere ben salda sul volto la mia solita espressione imperturbabile.

Forse Alexandra si presenterà qui solo tra mezz'ora.

Forse ritiene inutile subire la mia compagnia prima che il volo della sua famiglia tocchi terra.

Forse, no.

E infatti eccola lì, vestita con la divisa da montagna, ovvero pantaloni pesanti, felpa abbondante e scarpe da trekking. Non dovrebbe in alcun modo essere uno splendore, e invece lo è, a tal punto che per un attimo mi indispettisco; dopo sei settimane che non posavo gli occhi su di lei, mi pare sia persino più attraente del solito e la mia acidità di stomaco è lì pronta a ricordarmelo.

Non che avessi sperato in chissà quale miracolo in questo periodo di lontananza, ma diciamo che mi ero autoimposto di non pensare a lei più dello stretto necessario e ci ero in qualche modo riuscito. Avevo segretamente fantasticato di essere salito se non altro di un gradino nella difficile scalata verso l'indifferenza. E invece niente da fare. Punto zero. Riprova e sarai più fortunato.

Alexandra si accorge subito della mia presenza e solleva

una mano per attirare la mia attenzione, come se potessi in qualche modo non notarla.

Sì, Alexandra, ti vedo. Fin troppo.

Il problema dei piccoli acroporti? Le distanze che si colmano troppo in fretta.

«Ciao», mi accoglie con un sorriso decisamente eccessivo e forzato, non appena mi fermo a mezzo metro da lei. Pare indecisa se avvicinarsi per salutarmi in modo appropriato o se rimanere invece con i piedi ben piantati per terra, con quel poco di distanza a tranquillizzare entrambi. Il fatto che scelga l'ultima opzione è insieme un sollievo e un fastidio.

«Ciao», ripeto con altrettanta scarsa fantasia. «Il volo da New York?», non perdo tempo. Ebbene sì, ho bisogno che il resto dei Taylor atterri qui quanto prima e ci sollevi dall'imbarazzo di dover interagire a tutti i costi.

«In perfetto orario!». Si è mangiata un "grazie al cielo" finale che però ha pensato, eccome.

Questa mezz'ora sarà eterna, temo. «Ottimo. Cosa vogliamo fare nell'attesa?»

«Caffè e ciambella?», mi propone, sorridendo per la seconda volta nel giro di pochi minuti. L'ultima volta che lo ha fatto in mia presenza non era ancora maggiorenne…

Alexandra ha uno di quei volti da fata che si illuminano quando ride e, per sua fortuna, lo fa spesso. In genere non mentre mi sta di fronte, ma è evidente che, per quanto brilla, quella famosa sera fosse seria. Siamo davvero in tregua, per la prima volta dopo anni.

«Caffè e ciambella sia. Proviamo da quella parte?».

Stiamo proprio per incamminarci, quando il mio telefono, che ho acceso appena atterrati, inizia a squillare. Il malefico cellulare squilla piuttosto spesso: scrittori nevrotici, copertine mal digerite, titoli stravolti, editori esasperati…

tutti si sentono in dovere di urlare contro l'agente letterario. È un ruolo che attira rogne. Specie in tempi come questi, in cui il livello generale di nervosismo dell'intera umanità è ai massimi storici. Sono quindi pronto a ignorare per una volta la telefonata in arrivo, quando noto che sullo schermo è comparsa la scritta "Aidan". Lo stesso Aidan che teoricamente dovrebbe trovarsi su un aereo in rapido avvicinamento a Denver. La United avrà anche fatto il miracolo di farmi arrivare puntuale, ma non sono di certo la Emirates; dubito vivamente che abbiano permesso le telefonate dal cellulare.

«Pronto?», rispondo con una strana sensazione.

«Non agitarti!», esclama come prima cosa il mio amico.

«Pensi sul serio sia possibile, dopo che hai esordito in questo modo?», gli faccio presente.

«E per l'amor del cielo, non far capire niente ad Alex...».

La signorina in questione mi scruta da sotto quelle sue sopracciglia scure, che ha aggrottato come una specie di falco. I miracoli non sono ancora alla mia portata. «Perché non sei sull'aereo?», arrivo al punto dell'annosa questione.

«Mio padre ha avuto un malore...».

«Cosa?».

Accanto a me Alexandra ha sgranato gli occhi. «Chi è? Cosa è successo?», mi domanda agitata.

«Ma ora sta bene», precisa Aidan poco dopo. Ho perso cinque anni di vita. Non poteva dirlo subito, dannazione a lui? «Si è trattato di un problema cardiaco. Lo hanno dovuto operare d'urgenza e gli hanno applicato tre stent, ma ora la cosa è sotto controllo e siamo in attesa che si svegli. È successo questa notte. Ho preferito che tu fossi lì con Alex, prima di dirlo a entrambi».

Alzo gli occhi al cielo.

Io odio i Tyler.

Profondamente.

Mi volto, prima di sibilare al mio amico: «Ah, non volevi darle la notizia, ma ti aspetti che lo faccia io?»

«Sì, be', visto che sei lì...», mi risponde con il massimo della faccia tosta.

A malapena trattengo un'imprecazione. Io lo sapevo, lo strasapevo, che non avrei mai dovuto mettere piede in Colorado!

Ma ormai sono qui, e non mi rimane altra scelta che ballare...

Stacco un attimo il telefono dall'orecchio per fronteggiare Alexandra, che chiaramente non è rimasta al suo posto, ma ha pensato bene di piazzarmisi davanti.

«Alexandra, c'è Aidan al telefono», cerco di prepararla. «Non sono sull'aereo perché tuo padre si è sentito male ed è stato operato per un problema cardiaco. Ma ora tutto bene. Tutto a posto, giuro», cerco di spiegarle con voce il più rassicurante possibile.

Sbatte le ciglia più volte, come se facesse fatica a elaborare la frase, e poi sbianca di colpo, tanto che mi sento in dovere di allungare la mano per controllare che non stramazzi al suolo. Per fortuna indossa parecchi strati e il contatto della mia mano è più con i suoi vestiti che con lei. Gli abiti posso anche digerirli. Con lei sarebbe più difficile.

È però evidente che la mia preoccupazione fosse eccessiva, perché Alexandra si guarda bene dall'avere un mancamento e mi strappa invece il telefono di mano, mettendosi a parlare concitata con il fratello. «In che senso è stato operato per un problema cardiaco? Sì... Sì... No. Ma certo che no! Prendo il primo aereo e vi raggiungo... Ma certo che devo!», esplode alla fine, dopo una serie di risposte concitate. «È che… merda…. Ho qui solo la patente! Mi lasceranno salire su un aereo con la patente? Ma io devo partire!».

Ok, è in modalità panico. Mio malgrado sono costretto a intervenire per farla ragionare.

«Alexandra, calma. È tutto a posto. Se Aidan dice che tuo padre sta bene, allora sta bene. Non ti mentirebbe mai su una cosa simile. Ora io e te ce ne andiamo al desk delle compagnie aeree a chiedere quando parte il prossimo volo per New York, ok?»

«Ok», acconsente dopo un po', fissandomi intensamente. Non ha due occhi, bensì due fanali azzurri e la mia reazione davanti a quello sguardo penetrante è come sempre immediata. Sono nato debole e morirò debole, quando si tratta di questa ragazza.

«Bene, andiamo». Ma Alexandra rimane immobile, con i piedi ancorati al pavimento dell'aeroporto. Sospetto sia ben più scossa di quello che vorrebbe dare a vedere. Dopotutto domani è il suo compleanno, immagino avesse ben altre aspettative per il fine settimana. È passata in un attimo dalla gioia di una persona che sta per riabbracciare la sua famiglia al terrore che il padre stia molto peggio di quello che le hanno detto. Allungo la mano e afferro la sua, conducendola nella giusta direzione.

Lei osserva confusa le mie dita che stringono le sue – evento piuttosto eccezionale, me ne rendo conto, ma nell'ultimo periodo mi pare che nulla riesca ad andare come dovrebbe – e finalmente muove i piedi, decidendosi a seguirmi. Continuo a tenerla per mano, mentre vaghiamo in cerca di dove acquistare due biglietti per New York. Alla fine ci compare davanti il banco della Delta. Vada per la Delta.

«Buongiorno, dovremmo comprare due biglietti per New York», provo a catturare l'attenzione di una donna che sta digitando annoiata.

«Per quando?», ci domanda senza mai spostare gli occhi dallo schermo.

«Il primo volo che avete», risponde concitata Alexandra.

«Domani. Sera», aggiunge quasi sadicamente.

«Ok, grazie, proveremo da un'altra parte», la liquido senza discutere oltre. Fatica sprecata. So riconoscere una causa persa quando ne incontro una. Ho anni di esperienza alle spalle.

Trascino Alexandra al banco della United, poco distante. «Buongiorno, avremmo bisogno di due biglietti per New York. Il primo volo possibile».

Questa volta un signore di mezza età scuote la testa sconsolato. «Quello in partenza tra un'ora è pieno».

«Ma...», prova ad aprire bocca Alexandra.

«Pieno», ribadisce intransigente.

«Anche la Business?», domando incredulo.

«Anche la Business», replica alzando le spalle. «Il primo volo disponibile, con posti ancora acquistabili, è quello di domani mattina dell'American Airlines. Qui a fianco».

«Grazie», mi congedo allontanandomi dal desk per poter fare il punto della situazione con la signorina Tyler. «Allora, cosa facciamo?», le domando.

«Prenotiamo il volo per domani mattina! Subito!», esclama agitata.

Vorrei interrogarla su quello che abbiamo intenzione di fare fino a domani, ma alla fine mi rendo conto che un problema alla volta basta e avanza. Prima il biglietto, poi tutto il resto.

Quindici minuti dopo abbiamo in mano due biglietti

aerei per New York per le dieci del mattino seguente. Questo significa circa diciotto ore da trascorrere insieme. In condizioni normali diciotto ore non sarebbero niente. In condizioni estreme, come lo è appunto questa, diciotto ore sono più o meno l'eternità. Un profondo senso di disagio si impadronisce di me senza che possa allontanarlo con la mia solita razionalità.

Non sono l'unico a giungere a una tale conclusione, perché all'improvviso Alexandra, messi al sicuro i biglietti, stacca la sua mano dalla mia e mi fissa vagamente allarmata.

«Oh...», mormora.

Eh già. "Oh".

Passi anni a evitarti reciprocamente, a fingere che l'altro non esista o che non sia mai avvenuto niente tra di voi, e poi ti ritrovi in un triste aeroporto a caso, in mezzo al nulla, e non sai bene come comportarti. «Quindi, cosa facciamo fino a domani mattina?», le domando cercando di mostrarmi tranquillo.

Alexandra mi osserva indecisa. «Be'... non vedo grandi alternative: ce ne andiamo all'Alpine Center. Devo mettere a posto la casa, preparare una valigia... Voglio dire, dovrò tornare qui tra qualche giorno – non posso mollare tutto, sono nel pieno della mia attività di ricerca...».

Non so bene cosa mi aspettassi da lei, ma non una proposta simile. «Io potrei anche rimanere a Denver. Probabilmente ti sarei d'intralcio. Voglio dire, non sono proprio il classico tipo da montagna...».

Alexandra mi osserva con una strana espressione. «Non mi sei d'impaccio», mi sorprende qualche attimo dopo. Ero pronto a scommettere che avrebbe colto al volo l'opportunità di liberarsi di me perché, siamo sinceri, fino a poco tempo fa non avrebbe esitato a spingermi lei stessa in fondo a un crepaccio. Certo, a meno che questa possibilità non sia ancora sul tavolo…

«Ah, be', se è così…», borbotto in difficoltà. C'è un limite alle scuse che si possono inventare, con mio sommo dispiacere. Un limite che io ho già toccato.

Così non mi rimane che seguirla.

Capitolo 3

Alex

Sono un'idiota.

Anzi, sono la nuova regina degli idioti.

Voglio dire, Sua Simpatia mi ha servito su un piatto d'argento l'insperata opportunità di piazzarlo in un albergo qualsiasi della città e invece io cosa ho fatto? L'ho praticamente costretto a seguirmi.

Il perché mi sfugge. Evidentemente perché sono molto, molto masochista. O forse una parte di me ama crogiolarsi nell'illusione che prima o poi Norman Morrison sarà solo un uomo come un altro. Voglio disperatamente che lo sia. Lo scriverò nella prossima letterina a Babbo Natale: «Caro Babbo, anche se non credo in te da quando, a sette anni, Melissa Meier, grandissima stronza, mi ha svelato in malo modo che le lettere che ti indirizzavo erano solo inchiostro sprecato, ti prego comunque di fare il miracolo. Compensami di anni e anni di richieste quasi mai esaudite e fa' in modo che Norman mi diventi indifferente al pari del tofu. Mi fa ancora specie pensare di pronunciare Norman Morrison e avere sempre mal di pancia. Sono stufa. Abbasso i mal di pancia. Voglio vivere serena. Fammi la grazia».

Mi maledico ancora un po' di volte, prima di cambiare umore perché, a voler vedere il bicchiere mezzo pieno, questa potrebbe essere la prova del nove. Per la serie, se sopravviverò a una notte intera in una baita con Norman senza dare di matto e cercare di soffocarlo, mi potrò considerare guarita una volta per tutte. Non sono disposta a contemplare insuccessi. Sono adulta e vaccinata, senza contare che negli anni ho imparato ad avere a che fare con ragazzi e uomini di tutti i tipi; Norman non sarà assolutamente un problema.

Durante queste sei settimane in Colorado sono stata davvero bene: ho vissuto a stretto contatto con la natura, ho vagato per le montagne raccogliendo campionari per la mia ricerca e mi sono tenuta lontano dagli uomini. I ranger non contano, perché in questo caso flirtare è stato solo fine a se stesso. Non pensavo di arrivare a dirlo, ma una volta tornata a New York sarà meglio che vada avanti con questa prolungata pausa dalla scena degli appuntamenti. Negli ultimi anni sono uscita con così tanta gente che sono schifata da tutto e da tutti. Sì, anche e soprattutto da me stessa. L'inaspettata solitudine forzata del Colorado mi ha permesso di rimettere a fuoco la mia vita e di tornare a respirare. E se ancora non so bene cosa voglio da un'ipotetica relazione, di certo so bene quello che *non* voglio. Perciò basta con uomini sbagliati solo per riempire il tempo e il vuoto, per placare il timore di rimanere da sola. Sono stata isolata con me stessa tutti questi giorni e ho scoperto con grande stupore che non è affatto terribile. Anzi.

A mente fredda mi sono resa conto che ho sopportato ragazzi mediocri solo perché avevo bisogno di essere rassicurata. Il cosiddetto "uomo della mia vita", quello con cui avevo programmato sin dalla tenera età di trascorrere tutta la mia esistenza, non ne ha voluto sentir parlare di arrivare, e io ho letteralmente buttato via anni nel tentativo di compensare la botta. È chiaro che la sola idea originaria fosse una follia totale e che non ci si può innamorare in modo definitivo quando si è solo dei ragazzini. Non è colpa di Norman se mi ero fatta film assurdi e se a quell'epoca non avevo ancora capito come girasse il mondo o quanto complesse fossero le relazioni umane.

È stato più che altro *facile* attribuire al povero Norman l'etichetta di causa delle mie sfortune successive. Ma la lontananza da tutto e da tutti mi ha fatto riflettere e mi ha costretto ad accettare la realtà: non è mai stata colpa di Norman, è semplicemente il mondo a funzionare così. Trovare la propria anima gemella è raro, fin troppo raro, e di certo impossibile al primo colpo. Non si possono posare gli occhi su una persona a nove anni ed esclamare: «Eccolo, il mio destino!». Punto primo, perché il concetto di destino è una grande stronzata. Punto secondo, perché affidare così tanto potere a una persona è sbagliato. Uno deve bastare a se stesso. Se arriva qualcuno, bene. Se non arriva, bene uguale. Sono grata alle montagne per questa lezione di vita fondamentale che avrebbe potuto benissimo arrivare prima, se non fossi stata così accecata dalla mia rabbia.

D'altronde l'amore è una cosa strana. Nessuna regola del gioco ti assicura che ci sarà reciprocità eppure, quando perdi davvero la testa per qualcuno, non puoi fare a meno di pretenderla. Per la serie, io ti amo così tanto che non puoi non amarmi…

Il povero Norman si merita che io gli chieda scusa. Sono stata una stronza colossale in questi anni, del tutto lunatica. Dargli addirittura la colpa della mia prima esperienza sessuale disastrosa! Ah, che assurdità! Giacché c'ero, perché non considerarlo come causa scatenante dell'effetto serra e dei cambiamenti climatici?

Norman avrà tanti, infiniti difetti, tra cui un abbigliamento non più di moda da una cinquantina di anni e un carattere chiuso e diffidente, ma si merita un po' più di correttezza da parte mia. Per cui, eccoci diretti verso la mia jeep piena di fango, noleggiata apposta per questi mesi di spostamenti difficoltosi.

«Ah, pulita...», constata ironicamente, dopo che gli ho fatto cenno di buttar dietro la sua valigia.

L'ironia tra di noi non è mai esistita prima d'ora. Immagino, quindi, che possa essere una sorta di progresso. «Cosa la pulisco a fare, se poi si risporca in continuazione? Ho deciso di risparmiare un po' di acqua e di farla lucidare una sola volta, prima di riconsegnarla».

«Le strade sono così malmesse? Ma la SS34 non era asfaltata?», si informa. Dovrei essere stupita che conosca alla perfezione la geografia del luogo, ma non lo sono affatto. Norman si ricorda quasi tutto. E se anche non lo ricorda, ripassa. È così, efficiente fino alla nausea.

«Certo che lo è. La strada asfaltata più elevata degli Stati Uniti. Peccato che io non la usi quasi mai».

Mi scruta dubbioso. «Perché? Come fai a raggiungere l'Alpine Visitor Center?».

Attendo che si sia sistemato accanto a me prima di inserire la chiave nel cruscotto e rispondergli come se nulla fosse. «Passo per l'Old Fall River Road».

Il viso di Norman si fa serio. Intendo, più serio di quello che è già di solito. «Scusami?». Il suo tono formale è piuttosto buffo.

Scrollo le spalle con fare rilassato. «Old. Fall. River. Road», gli ripeto sorridendo.

Il suo incarnato nordico vira verso il bianco cadavere. Dovrebbe prendere un po' di sole, a proposito. «Ma non è una strada sterrata? Stretta? A strapiombo sulla montagna?».

Sempre il solito esagerato… «Non si incontra mai anima viva. Ed è molto più rapido. Tutto tempo guadagnato».

«Intendi, guadagnato se arrivi viva», ci tiene a precisare.

«Scommetto che l'iperbole è la tua figura retorica preferita…», lo riprendo bonariamente mentre esco dal parcheggio. «Non mi è mai successo niente. Mica porterai sfiga tu? Ehi, cos'è quella faccia?»

«Sto cercando di non immaginarti mentre, da sola, sali e scendi dalla montagna lungo una strada pericolosa, senza anima viva intorno». Il suo abbigliamento, un completo grigio a tre pezzi, uno dei suoi marchi di fabbrica, decisamente assurdo per il Colorado, non fa che aumentare l'impressione di stizza del suo tono di voce.

«Bravo, continua a non pensare a me». E questa volta lo intendo davvero.

«Sto fallendo nell'impresa», replica cupo.

Scuoto la testa. È molto da Norman preoccuparsi sempre, per tutti, anche per le persone verso le quali non ha alcun obbligo. Io ne sono un chiaro esempio. Un tempo, la ragazzina romantica e un po' pazza che ero, avrebbe dato un grande valore alle sue parole. Ma la nuova me, quella cresciuta, ben più consapevole e realista, le sa prendere con il giusto peso. Norman è così, iperapprensivo.

«Impegnati di più. Vedrai che ce la puoi fare. O almeno orienta il pensiero verso altri membri della mia famiglia che se lo meritano davvero».

Sta per replicare, quando intuisce la mia necessità di farmi una sana risata in una giornata che ha preso una piega così complicata. L'idea che mio padre, un uomo forte, sia stato sottoposto a un intervento, mi ha colpito più di quello che può sembrare. Aidan ha detto e ripetuto che la situazione è completamente sotto controllo, ma io non riuscirò a tranquillizzarmi prima di aver verificato di persona. Voglio vedere mio padre con i miei occhi, ne ho davvero bisogno.

«Allora, come sono state queste sei settimane in Colorado?», mi chiede, cambiando volutamente argomento.

«Belle. Anzi, bellissime», gli rispondo con la massima sincerità.

«Niente neve?»

«Molto poca. Deve trattarsi di un anno mite». Mi sto dirigendo spedita verso la cittadina di Bolder, che attraverseremo in poco tempo e da cui prenderemo finalmente la direzione delle mie amate montagne.

«L'anno è sempre buono finché la neve non arriva all'improvviso. E qui in Colorado ti sommerge».

«Detto da un grande esperto di montagne…».

«Io mi informo. Sempre».

Oh, indubbiamente. Norman è l'uomo più informato del pianeta. Legge così tanto e di temi così disparati che in effetti può essere considerato un esperto dello scibile universale. Il suo problema è che rimane un esperto che non ha mai toccato direttamente con mano niente che non sia l'editoria, ma poco importa. Quando si tratta di snocciolare date, fatti, statistiche, Norman è l'uomo a cui rivolgersi. O con cui non competere mai, perché si perde sempre. Dovrebbe presentarsi a uno di quei quiz in televisione e sbancare la cassa.

Imbocco la Statale 36: gli ambienti cittadini presto iniziano a trasformarsi in paesaggi sempre meno antropici, finché lo scenario non diventa quello della natura vera e propria.

La SS36 cede poi il passo alla famosa SS34 nei pressi di Estes Park, ed è mia intenzione abbandonarla il prima possibile, non appena la scorciatoia mi comparirà davanti.

«Lo vedi quel cartello?», mi indica Norman agitandosi.

«Quale?», fingo di non comprendere. Ma vuoi perché i cartelli non abbondano da queste parti, vuoi perché so benissimo a cosa si sta riferendo, non riesco a rimanere del tutto imperturbabile. Sto sorridendo, dannazione a lui, in una giornata che sarebbe stata drammatica, se non fosse stato per la sua presenza.

«Strada chiusa», legge ad alta voce.

«Strada chiusa nei periodi invernali», lo correggo.

«Lo sai, vero, che in Colorado l'inverno dura da ottobre a giugno?», ribatte.

«Scusami, ma che newyorkese sei, se temi un po' di freddo e qualche fiocco di neve? Anche da noi nevica con una certa abbondanza tutti gli anni...».

«Sì, ma noi prendiamo la metro. Mica strade sterrate a precipizio».

Trattengo a fatica una risata. «Di questi tempi folli, prendere la metro potrebbe rivelarsi ben più pericoloso di questa stradina».

Sono quasi certa di aver avuto la meglio su Sua Maestà l'Eloquenza, quando con la coda dell'occhio noto che Norman ha iniziato a digitare qualcosa sul suo cellulare. «Ecco, bravo, se devi telefonare, fallo ora, finché siamo ancora in una zona a copertura assicurata».

«Perché, sulla montagna no?». Ha sbarrato gli occhi in modo quasi adorabile. Potrei anche mentirgli, ma non vedo perché farlo. Tanto, se ne accorgerà da solo.

«Sulla cima, dipende. Nel senso che, in una giornata con

zero vento, zero pioggia e zero neve, i telefoni cellulari possono anche prendere».

«E tu come fai a comunicare con il mondo?», mi chiede sempre più allarmato.

«Telefono satellitare», gli rivelo fiera. Non so perché si ostini ad agitarsi per me.

«Ci stai provando gusto, non è così?», mi chiede a un certo punto, proprio quando ho iniziato a percorrere il primo pezzo di strada sterrata. Sono certa che Normy si offrirebbe di guidare al mio posto, se non fosse un pessimo guidatore. Mio fratello mi ha raccomandato poche cose, ma una di queste è di non salire mai in macchina con Norman. Inutile dire che prima di oggi non ho avuto modo di trovarmi in un abitacolo con lui, per cui il problema non si è mai posto.

«Ah, ma pensa un po'! Nel caso non lo sapessi, esiste un sito che elenca tutte le più famose e pericolose strade del nostro Paese e indovina... quella che stiamo percorrendo è nella lista!».

Si dà il caso che quel sito lo abbia visitato anch'io tempo addietro. Ho letto l'articolo in questione e mi sono fatta una sana risata. Il sito racconta molti dettagli storici interessanti e uno come Normy dovrebbe apprezzarlo, se solo non si bloccasse alla prima parte del testo. Quella banale e prevedibile, che serve a perpetuare il mito. Ma immagino che anche il turismo debba vivere di qualche éscamotage, e la presunta pericolosità della strada è infatti la benzina necessaria. Fuori è pieno di gente adrenalinica che non vede l'ora di cimentarsi in qualche impresa. Uhm, ora che ci penso, potrei fare anch'io parte della categoria...

Ma non di certo Norman, che si è avvicinato per scrutare il tachimetro. L'ultima volta che Norman mi è venuto vicino di sua spontanea volontà, se escludiamo quello strano abbraccio la sera del nostro armistizio, correva l'anno 2007. Che io lo ricordi a oltre dieci anni di distanza è chiaro segno del mio stato di prostrazione mentale, perché mi si è avvicinato in tutto sei volte. Sei, in quasi diciotto anni che lo conosco. Be', voglio dire, sette, se consideriamo anche oggi.

«Ma il limite di velocità non era di quindici miglia orarie?».

Sorrido mio malgrado. Posso annoverare nell'elenco un avvicinamento dovuto solo alla volontà di farmi notare di essere in grave difetto? «Oh, lo era e immagino lo sia ancora... Ma ormai ho percorso questa strada talmente tante volte, che potrei arrivare al rifugio con gli occhi bendati».

«Ti prego, non farlo», sospira.

«Solo perché sei tu...», lo prendo un po' in giro. Premo l'acceleratore, arrivando ben oltre le trenta miglia.

«Se fossi rimasto in silenzio non avresti superato le venti, vero?», mi chiede.

Scoppio a ridere contro il mio volere. Per quanto la preoccupazione per mio padre non mi abbandoni un solo istante, nello stesso momento non riesco a rimanere seria. Probabilmente sarà lo stress e il fatto di avere davanti a me la prospettiva di una serata al limite del ridicolo. Io e Norman al Centro Alpino. Roba da non credere.

«Non darti tutta questa importanza, Normy. Sarei comunque andata forte. Sono undici miglia fino al rifugio. Vuoi metterci un'ora?»

«Vorrei metterci il tempo necessario. Dove per necessario si intende quello che ci consentirà di arrivare vivi, se non ti dispiace», sibila a denti stretti.

In genere da queste parti non si incontra mai nessuno,

ma oggi, in uno dei rarissimi punti in cui la strada si allarga leggermente, è parcheggiata la Range Rover dei Ranger. Per quel che mi riguarda, sono dei perfetti vicini di casa: presenti ma non troppo, visto che stazionano a tempo fisso nei pressi dell'Alpine Visitor Center solo nel periodo estivo, quando il posto si riempie di turisti, mentre si limitano a un giro di perlustrazione ogni tanto, nel resto dei mesi.

Dal momento che mi sono resa conto della macchina solo all'ultimo, freno bruscamente, sollevando una montagna di polvere. Non ho il tempo di attendere che scompaia tutta, così abbasso il finestrino di Norman e mi sporgo sopra di lui per salutare Alan. È uno dei ranger più giovani e attraenti, se proprio vogliamo essere precisi.

«Ehi, Alex! Come va?», mi riconosce subito. Inutile a dirsi, non ci sono molti avventurieri da queste parti.

Alan si avvicina con passo deciso verso la macchina, mettendo in risalto i suoi due metri imprigionati nella divisa d'ordinanza. Non so perché i ranger non mi facciano né caldo né freddo, nonostante la loro palese avvenenza. Devo essere malata.

I suoi occhi si posano subito su Norman che, la cravatta ancora al collo, si sta sventolando a più non posso, tossendo per mostrare tutto il suo disappunto.

«Tuo fratello?», chiede Alan, appoggiandosi alla mia macchina.

Ok, era più attraente mentre se ne stava a distanza. E non rompeva le scatole con questo tono inquisitorio.

«No, un amico. Norman, ti presento Alan. Alan, ti presento Norman». Avrei potuto anche aggiungere amico di famiglia, ma perché dare speranze a gente che in realtà non voglio ne abbia?

Norman si volta nella mia direzione, con l'espressione

confusa di chi ha capito qualcosa, ma non proprio tutto. Se non altro smette di sventagliarsi a causa della polvere e, attraverso il finestrino, porge la mano ad Alan. Che chiaramente la stritola. E se potesse, farebbe pure pipì sulla ruota della macchina. Così, giusto per marcare il territorio.

Norman rimane un po' spiazzato ma si riprende in fretta, restituendo pan per focaccia. Mai sottostimare un uomo solo perché indossa un brutto completo. O una brutta cravatta. O entrambe.

«Va bene, direi che vi siete stretti la mano fin troppo...», mi sento in dovere di intervenire.

Ognuno si riprende il proprio palmo, presuppongo dolorante, e finge serenità.

«Alex, fa' solo attenzione all'allerta meteo», si sporge dentro la macchina Alan.

«Quale allerta meteo?», domando aggrottando le sopracciglia.

«Hanno anche cercato di chiamarti al satellitare per avvisarti».

«Sì, quello l'ho lasciato al rifugio. Pesa».

«Be', sappi che è prevista una tempesta di neve. Per domani pomeriggio».

«Domani la mia sveglia sarà puntata all'alba perché abbiamo un volo per New York da prendere a tutti i costi. Quando sarò di ritorno, la tempesta sarà di certo passata. E poi non si vede neanche mezza nuvola in cielo...», gli faccio notare. E non sto esagerando: la giornata è da cartolina. C'è poco da fare, non ci sono colori simili nel bel mezzo di Manhattan. Il cielo di oggi assomiglia un po' al colore degli occhi di Norman... E con questo pensiero vedrò di farla finita e tornerò a essere una persona normale. Che fa associazioni normali.

«Non farti ingannare: sai bene com'è da queste parti, un attimo prima il tempo è meraviglioso e quello dopo terrificante. Mi raccomando, fa' attenzione. E usa la strada asfaltata domani», si raccomanda prima di staccarsi dalla portiera, alzare la mano in segno di saluto e rimanere avvolto in una nuova nube di polvere.

«Simpatici i locali», commenta Norman ben tre secondi dopo.

«Sì, simpatici. E mi aiutano molto, portandomi viveri o altro dalla valle. Senza di loro sarei costretta a fare avanti e indietro per questo sentiero ben più di quello che mi piacerebbe».

«Sarà, ma questo tipo era un po'... come dire... possessivo. Ha motivo per esserlo?».

Sopprimo a malapena una risata, perché come chiede certe cose Norman, non le chiede nessuno. Possessivo? Davvero?

«No, non ne ha assolutamente motivo. Sono in pausa», gli rivelo, pur non essendo obbligata a farlo.

«In che senso?»

«Pausa dagli uomini, no? Ho deciso di non uscire con nessuno per un po'».

Nonostante il mio sguardo sia incollato alla strada, sento perfettamente gli occhi di Norman che mi scrutano come se avessi appena pronunciato chissà quale assurdità.

«Chi, tu?», chiede infatti incredulo.

«Sì, io. Niente uomini, almeno per un po'».

«E il tuo po' sarebbe... quanto?», chiede senza riuscire a trattenersi.

La strada è piena di buche e una particolarmente profonda fa sobbalzare entrambi. «Non so, per iniziare i tre mesi che devo ancora trascorrere in Colorado. E poi vedremo. Mi sta piacendo questa storia della singletudine», gli confesso. «Sono in una fase della vita in cui avverto la necessità di prendermi del tempo per me stessa. Un po' come fai tu da anni...», lo punzecchio voltandomi brevemente a osservarlo.

Mi lancia una strana occhiata ma lascia cadere l'argomento. «Senti, quanto è seria la questione dell'allerta meteo?», mi chiede concentrandosi sul problema che ritiene più pressante.

«Da quando sono qui, avranno emesso almeno una decina di allerte. Il risultato? La perturbazione più significativa ha comportato qualche centimetro di neve, niente che una macchina come questa non possa sopportare», lo rassicuro.

«Sarà, ma se nevicherà, scenderemo lungo la SS34».

«In caso di maltempo scenderemo lungo la strada principale, promesso».

«Purché scendiamo», aggiunge a bassa voce.

Norman, altrimenti detto l'uomo sempre ottimista.

L'Alpine Visitor Center sorge all'impressionante altezza di quasi 3600 metri esattamente nel punto in cui la vecchia strada, quella che percorro sempre, incrocia la famosa 34, la strada asfaltata più elevata degli Stati Uniti. Il rifugio è gigante per essere una specie di baita di montagna, ma solo perché nei mesi estivi prevede che vengano messi in funzione un museo di scienze naturali e un grande negozio di souvenir, che espone rari pezzi d'artigianato degli indiani locali. Nei mesi in cui le strade sono chiuse al pubblico, l'unica parte agibile del rifugio è il piccolo appartamento che l'università della Columbia ha affittato dal Rocky Mountain National Park. Avevo intenzione di dormire con Aidan e

Norman in sacchi a pelo nel salotto/cucina e di cedere la camera da letto ai miei e a Laurel. Però, dato lo stato più che precario della brandina, contavo sul fatto che Laurel, donna grintosa e spiritosa, si sarebbe rifiutata e avrebbe anche lei scelto di dormire con noi. E poi un sacco a pelo richiama l'idea di avventura. Insomma, speravo che la mia famiglia non venisse qui per i letti ma si accontentasse di festeggiare il mio compleanno in modo rustico.

Mi ero quasi pregustata l'espressione beata dei miei famigliari di fronte alla vista assolutamente mozzafiato, una volta scesi dalla macchina, e invece...

«Ma che razza di freddo fa?», domanda allarmato Norman mezzo secondo dopo essere uscito dall'abitacolo.

Sì, ecco, ero pronta a scommettere che tutti *tranne* Norman avrebbero apprezzato lo scenario naturale.

Scuoto la testa, ridendo. «Sei a tremilaseicento metri di altezza. Esattamente, che clima ti aspettavi di trovare, uomo che si prepara sempre a tutto?»

«Non lo so. Non sono andato così a fondo della questione...», borbotta a disagio.

«Strano. Non è da te...».

Mi lancia un'occhiataccia di avvertimento, segno che il nostro ritrovato spirito collaborativo è ancora troppo recente perché si possa passare all'ironia pungente. «Sì. E nemmeno il Colorado è da me», mormora alla fine riflessivo.

In effetti sono rimasta non poco stupita quando Aidan mi ha riferito che si sarebbe unito alla spedizione familiare. Fino a poco tempo fa mi sarei scervellata per capire il perché di una simile azione, ma devo ammettere che vivo molto meglio da quando tutto il mio astio non ruota più intorno al signor Morrison. Detestare qualcuno richiede molta fatica e finisce con il creare un legame con la persona "odiata". Forse è questo il perverso meccanismo per cui mi sono tenuta stretta la mia rabbia: perché mi permetteva di rimanere legata a Norman. Inutile dire che rendersene conto non sia stato chissà quanto piacevole.

Perciò, in questa nuova normalità dove Norman è per me uguale a chiunque altro, quando mio fratello mi ha informato di aver esteso l'invito al suo amico in occasione del mio compleanno, mi sono stupita ma non ho proprio battuto ciglio. Primo perché una parte di me era quasi certa che alla fine si sarebbe aggrappato a una qualsiasi banale scusa pur di non venire e secondo perché, se invece si fosse davvero presentato, essere in cinque o in sei non avrebbe fatto alcuna differenza.

Certo, se ci fossero stati i miei...

Ma in due, solo io e lui, le cose iniziano a farsi già più tese e infatti mi pare di intuire in lui un certo nervosismo, seppure ben mascherato. Norman sarebbe un grande giocatore di poker, se solo non fosse costretto a sfidare l'unica persona al mondo che ha passato anni a studiare ogni minima espressione del suo volto.

Decisa a rendermi utile invece di crogiolarmi nei miei ricordi imbarazzanti, lo aiuto a tirar fuori la valigia dalla macchina e gli faccio cenno di seguirmi dentro la baita. Ho con me l'unico uomo al mondo che non sa apprezzare una vista meravigliosa come questa: cime ancora imbiancate e la tundra nel pieno della sua vitalità.

«Guarda, un alce!», non resisto dall'indicargli, fermandomi a pochi passi dalla porta d'ingresso. Ne ho incontrate un bel po' da quando sono qui, ma quante alci vuoi che abbia visto un newyorkese?

«Ottimo. Meraviglioso. Ora possiamo toglierci da questo freddo allucinante?», chiede non senza una punta di irritabilità.

Sarei quasi tentata di lasciarlo fuori a gelare ancora un po', se non fosse che oggi nelle mie vene scorre bontà non diluita. Vorrei però che venisse messo agli atti che, potendo scegliere, mi prenderei in casa l'alce.

Sospiro e apro con decisione la porta del rifugio; ogni tanto si blocca e ha bisogno di qualcuno che la strattoni a dovere.

«Ti direi il classico "mi casa es tu casa" ma, siccome questa non è esattamente casa mia, non me la sento di condividerla».

Mi osserva serio. E ridi... ho appena fatto una battuta! Anzi, una gran bella battuta, se mi è permesso dirlo.

Posa la valigia accanto alla porta d'ingresso (dovrei prenderla come una palese dichiarazione d'intenti?) e avanza senza fare commenti. Le numerose foto appese alle pareti della sala hanno catturato la sua attenzione. «Questa è la stessa strada che abbiamo percorso noi oggi?», domanda a un tratto, indicando i due metri di neve che sovrastano la carreggiata nella fotografia.

«Sì, esattamente. Negli anni in cui nevica tanto, nei tratti molto elevati, la neve fa fatica a sciogliersi».

«Ringraziamo il cielo allora che questo sia un anno buono. O ti troveresti bloccata qui».

Scrollo le spalle. «Sono foto vecchie, Norman. Sono sicura che nel frattempo i ranger si siano dotati di un'attrezzatura più efficace e che oggigiorno ripuliscano le strade in un baleno».

«Sì, forse hai ragione tu...», mi concede alla fine, staccandosi dalla parete. Stavo iniziando a pensare che volesse fondersi con la tappezzeria del posto.

Fino a questo momento non mi aveva nemmeno sfiorato l'idea che il mio imbarazzo potesse essere condiviso. E invece pare proprio che ci sia una radice comune: solo che nel mio caso deriva dalla precedente umiliazione e nel suo dal probabile timore di dover fronteggiare altre mie follie.

Forse dovrei... non so, rassicurarlo in qualche modo?

«Uhm, a proposito, visto che siamo qui solo in due, vorrei cogliere l'occasione per rincuorarti: quello che è successo la *famosa* sera di quasi nove anni fa era, appunto, nove anni fa. Da allora sono cambiata. Profondamente. E cerco nel mio piccolo di non saltare più addosso alla gente. Aspetto che saltino gli altri addosso a me, giusto per non rischiare».

Norman si è voltato e mi osserva con una strana espressione. «Ma certo che nove anni fa era nove anni fa. Mai pensato nulla di diverso».

«No, perché... mi sembri un po' teso», gli faccio notare. Non che io sia calma e serena, ovvio, ma lui pare aver ingoiato uno stoccafisso. Va detto che l'abbigliamento formale in un posto come questo, sulla cima di una montagna, non aiuta a farlo sembrare a suo agio. «Non vorresti cambiarti e metterti qualcosa di più...». Di questo secolo? Adatto? Meno ridicolo? «...*comodo*?»

«Uhm, potrei...», mi concede a fatica.

No Norman, *dovresti.* Credimi, dovresti farlo di corsa. «Usa pure il bagno e la camera da letto».

Afferra la sua valigia e si dirige nella camera che gli ho indicato. Una parte di me muore dalla curiosità di vedere cosa consideri comodo. Anche da ragazzo era piuttosto raro vederlo girare con dei banali jeans. Portava già le camicie quando tutto il mondo girava con la tuta.

Ricompare qualche minuto dopo con addosso un paio di

pantaloni beige a coste che suppongo lui consideri sportivi, una camicia a quadri e un golf. Dio, indossa il maglione più brutto che l'umanità abbia mai visto. È marrone. Anzi, è di infinite tonalità di marrone. E ha i bottoni…

Credo di aver bisogno di sedermi un attimo.

«Perdiana…», sospiro.

«Scusami?», chiede confuso.

«Io davvero non capisco come tu scelga cosa metterti addosso…».

Aggrotta le sopracciglia bionde. «Cosa c'è che non va nel mio abbigliamento?», domanda piccato.

«È da vecchi, Norman! È troppo antico persino per te. Con un po' di gelatina e una montatura di occhiali adatti saresti perfetto per gli anni Cinquanta».

«Oh, la montatura ce l'ho», ribatte fiero e scompare di nuovo in camera per tornare con un paio di occhiali piazzati sul naso. Non sono affatto anni Cinquanta e gli donano in modo quasi ridicolo. Trovarlo all'improvviso sexy, nonostante sia conciato in questo modo, è chiaro indice di malattia mentale.

«Da quando porti gli occhiali?»

«Da qualche anno. Sono occhiali da lettura. Sto invecchiando, temo».

La sua frase mi fa sorridere. «Tu non sei vecchio. Ti atteggi solo a vecchio».

«Mi porto avanti. Mi rendo conto che alla tua età la cosa può sembrare assurda, ma quando avrai i miei anni…».

Alzo gli occhi al cielo. «Norman, nemmeno mio padre fa discorsi simili. E, a proposito di papà, voglio provare di nuovo a chiamare Aidan». Così dicendo afferro il cellulare, mi infilo la giacca appena tolta e apro la porta.

«Ma dove vai?»

«Sulla cima. C'è una scaletta che porta comodamente fino alla vetta vera e propria. Lì prende meglio che da tutte le altre parti, quando il tempo è clemente. E poi ho bisogno di aria fresca. Mi aiuta a ragionare meglio».

«Non puoi andare da sola!», lo sento gridarmi dietro.

«Ci vado da sola tutti i giorni», gli ricordo.

«Be', sarà tutti i giorni tranne questo», insiste come al solito.

«In una vita passata devi essere stato un San Bernardo», commento mentre ci incamminiamo lungo la stretta stradina che dalla baita conduce verso la vetta panoramica. «E poi questa strada la potrebbe fare senza problemi anche mia zia novantenne».

«Chi, la zia Rose? Quella fuori di zucca?»

«Sì, ok, è un po' stralunata. Ma in quanto a forza fisica batterebbe me e te messi insieme».

«Ah, me di certo. Tu sei già un osso ben più duro da battere. È ancora viva?», chiede sinceramente stupito. La zia era vecchissima quando io avevo nove anni e ho conosciuto per la prima volta Norman. Non oso nemmeno pensare quanti anni abbia adesso.

«È ancora viva. Chiede sempre di te, a proposito». La notizia gli strappa un sorriso. Zia Rose batte la nipote uno a zero, a quanto pare. «Sostiene che tu assomigli a uno dei fidanzati che ha avuto quando era giovane».

«Plurale?», chiede curioso.

«Be', ha seppellito quattro mariti. Fa' un po' tu…».

«Ah, ecco da chi avresti preso, allora», mi assesta il colpo.

Mi blocco e mi volto minacciosa verso di lui. «Norman, chiariamo una cosuccia: su questa montagna sono in netto vantaggio. Non mi provocare o ti butto dalla cima».

Non mi pare granché preoccupato dall'eventualità, a

dire il vero. «Sei in netto vantaggio su qualsiasi montagna, Alexandra», mi fa notare.

«E non mi chiamare Alexandra o ti servirò agli orsi per la cena!».

«Minacci tutti i tuoi ospiti o sono un'eccezione?», vuole sapere.

«Si dà il caso che tu sia il primo, ma sono certa che mi comporterei analogamente con chiunque altro», cerco di cavarmela in qualche modo, perché mi butto *io* dalla cima, piuttosto che ammettere di considerarlo un'anomalia. Significherebbe dover ammettere di trovarlo unico. Speciale. Straordinario.

E invece non lo è affatto. Un uomo come tutti gli altri 3,7 miliardi.

«Sei tra di noi?», mi chiede mentre io scuoto la testa per tornare al presente.

«Certo. E tu faresti meglio a rientrare perché sei senza giacca», gli faccio notare.

«Mi sono dimenticato di prenderla. Parevi avere una tale fretta...».

Sbuffo e mi tolgo la mia, talmente grande e comoda che sono certa Norman non avrà problemi a indossarla. «Tieni», gli dico prima di continuare a marciare verso la vetta.

«Eh, non se ne parla!», esclama mentre mi corre dietro.

«Io non ho freddo. Tu sì», lo liquido senza smettere di camminare. E non sto affatto mentendo: ho addosso numerosi strati pensati appositamente per la montagna, senza contare che sono calorosa per natura.

«Alexandra, per favore rimettiti la giacca». Il suo tono è sorprendentemente seccato, se si considera che ho appena fatto una vera buona azione.

Non so come ho fatto a illudermi che saremmo riusciti a non litigare.

Arriviamo di corsa alla cima, il mio luogo preferito, quello dove rimango seduta per ore e ore a osservare l'orizzonte e a chiedermi cosa sia andato storto nella mia vita. Molte cose, temo.

«È inutile, non mi metto quella giacca», lo avviso mentre continua a porgermela. Se questa fosse una gara di resistenza, credo che finiremmo con il congelare entrambi fino a schiattare prima di cedere.

«Questa non è una competizione», mi fa notare.

«Certo che no. Siamo entrambi adulti e con la testa sulle spalle, no?», lo prendo in giro.

«Io almeno lo sono». Cade nella mia trappola.

Vedo che se n'è accorto e che sa bene quello che sto per dirgli prima ancora che lo faccia. «Ottimo, uomo adulto. Ora smetti di gelare e mettiti la giacca come farebbe qualsiasi persona razionale».

Vederlo cedere è proprio divertente.

«Posso telefonare, ora?»

«Sì», brontola seccato.

Prendo in mano il cellulare e attendo che compaia la magica tacchetta. «Perché non stai usando il famoso telefono satellitare?», vuole sapere.

«Lo tengo per le emergenze...».

«Quali emergenze?», chiede spalancando gli occhi.

Quella chiarissima tinta di azzurro è stata per anni il mio colore preferito. Da ragazzina, da adolescente, e persino negli anni che sono seguiti, ho posseduto un vergognoso numero di capi di vestiario del colore delle pupille di Norman. Mia madre era solita definirlo "l'azzurro Alex". E invece no, non è mai stato mio, bensì quello di Norman.

«Non lo so. Vengono definite emergenze proprio perché non puoi prevederle. E ora lasciami telefonare». Aidan risponde al primo squillo e questa volta mi passa papà, sveglio da poco, che mi rassicura in prima persona sulla sua salute. E non è che io non voglia credergli, ma la sua voce è affaticata e incerta, quando non lo è mai stata prima d'ora. Devo prendere quanto prima quel maledetto aereo e stringere forte i miei genitori.

Riattacco e rimango ancora un attimo a godermi la vista, cercando di superare l'angoscia. All'orizzonte è comparso un cumulo di nuvole minacciose che spero passino in fretta. Le osservo viaggiare spedite nella nostra direzione.

«Cosa c'è che non va?», mi chiede Norman, che ha avuto il buon senso di lasciarmi decomprimere in santa pace per qualche minuto.

«Intendi a parte il fatto che mio padre ha subìto un'operazione e che noi due ci siamo ritrovati su questa cima?», domando ironica.

«Sì, a parte tutto questo», conferma concedendomi un mezzo sorriso.

«Niente. Anche perché direi che abbiamo ampiamente esaurito il livello di sfiga della giornata, non trovi?».

Annuisce ma è comunque titubante. «Per come la vedo io, i guai arrivano sempre in gruppo».

«Chissà perché, ero certa che avresti detto qualcosa di simile...».

Mi scruta senza commentare. Quel suo sguardo dubbioso è una sorta di marchio di fabbrica. Sono pronta a scommettere che è nato così. Diffidente sempre e comunque. Deve esserlo stato anche nel grembo materno. «Diciamo che ho i miei motivi...».

«Sì, be', qualsiasi essi siano, ora è il caso di scendere e

pensare alla cena». Non so lui, ma io ho fame. Sempre. Ho un metabolismo folle che mi impone di pensare al cibo molto più spesso di quanto sia piacevole ammettere.

«E cosa prevede il menu?»

«Scatolette. A meno che tu non sappia cucinare...». All'improvviso mi rendo conto di conoscerlo da secoli ma, per quanto possa tracciare certi suoi dettagli fisici anche da bendata, so ben poco di come si comporti nella quotidianità. Non ho la più pallida idea se ami cucinare o invece mangiare cose d'asporto, non so che aspetto abbia la sua casa, non so se l'abbia arredata in maniera moderna o invece rétro. So e non so allo stesso tempo. Lo conosco e non lo conosco affatto. È una strana sensazione.

«So cucinare», conferma seguendomi per il sentiero.

«Splendido. Lo dicevo che doveva esserci una ragione per cui il karma ti ha mandato su questa montagna».

Il suo sguardo è così incredulo di fronte alla mia affermazione che non posso fare a meno di scoppiare a ridere. Qualcuno deve pur mantenere alto il morale, no?

Con l'aiuto del microonde Norman scongela della carne perfetta per uno spezzatino, che giaceva dimenticata nel grande freezer della baita, e prepara un meraviglioso stufato molto adatto al clima. Il tempo è infatti peggiorato e ora dalla finestra si intravede cadere qualche sporadico fiocco di neve. Spero che le nubi si spostino in fretta; le strade innevate sono, in effetti, una grande rottura di scatole. Prima con Norman ho minimizzato, anche perché mi pareva già abbastanza nervoso, ma la vita di montagna sa essere imprevedibile. Specie a quasi quattromila metri.

Ho finito di apparecchiare mentre lui continua a mescolare il suo pentolone, perché far attaccare patate e carne è di certo uno di quei sacrilegi che Norman Morrison non potrebbe mai tollerare. Avrei dovuto saperlo che non eravamo fatti l'uno per l'altra: ai tempi del college ero nota per essere quella da non far mai avvicinare a un fornello. Una volta sono riuscita nell'impresa titanica di fondere una pentola. Motivo per cui, a New York, convivo felicemente con la mia amica Leila, che cucina meglio di uno chef stellato e continua a impedirmi di avvicinarmi ai fuochi.

«Pronto», esclama soddisfatto, posando il pentolone in mezzo al tavolo. Il profumino è terribilmente invitante.

Attendo che abbia servito entrambi e assaggio con goduria l'esito della sua fatica. «Delizioso. Non l'avrei mai pensato, ma sei un uomo da sposare...». Norman si blocca e mi fissa. «Cosa ho detto di così drammatico?»

«Niente. Ma escludo di sposarmi», afferma come se nulla fosse, iniziando a mangiare a sua volta.

Ora sono io che mi fermo per osservarlo. «In che senso lo escludi?», chiedo confusa.

«Semplice. Lo escludo».

«Spiegami il motivo», mi trovo a insistere.

Solleva gli occhi, chiaramente seccato. «Non c'è un motivo. È così. Non sono fatto per il matrimonio. Non mi sposerò».

«Mi vuoi dire che passerai il resto dei tuoi giorni chiuso in casa con i tuoi libri?». Il mio tono è apertamente incredulo.

«Lo spero».

«Non vuoi dei figli?»

«No». Secco, diretto, d'effetto.

Una parte di me, quella che ogni tanto riaffiora senza che io possa farci niente, si sente ferita, suo malgrado dalla risposta.

Ho realmente amato quest'uomo. E vorrei che fosse felice. Lo so, lo so, spesso e volentieri ho detto esattamente il contrario, ma mentivo. Era solo banale e stupida rabbia. Ora, mentre mi siede di fronte a questo tavolo in una baita a oltre tremila metri, vestito peggio dell'aiutante di Babbo Natale nei giorni liberi, mi trovo a fare i conti con i ricordi di tutti quegli anni trascorsi ad amarlo. Anni che ho cercato di dimenticare ma che mi hanno inevitabilmente plasmato, facendo di me la persona che sono. E tutto sommato sono soddisfatta di quello che sono diventata.

Non sono certa di arrivare mai più a provare sentimenti così totalizzanti per un altro uomo, ma amo la natura, gli animali, i bambini. Amo ridere, correre, scalare montagne. Sono una persona che ama a pieni polmoni tutto quello che fa e che la circonda. E forse, anche solo in parte, il merito di tutto questo è degli anni che ho trascorso ad amare Norman Morrison. Lui è stato l'inizio, la mia prima nota, il la con cui ho intonato tutto il resto. Ecco perché voglio che sia felice; sarebbe la degna chiusura di un cerchio.

«A cosa stai pensando?», mi chiede preoccupato.

«Chi, io? A nulla...».

«Alexandra, il nulla non ha quell'espressione», mi fa notare.

Gli sorrido mio malgrado. «Ah, e quale avrebbe, per curiosità?»

«Sguardo vuoto, assente. Tu, dall'altro lato, hai esattamente l'aspetto di una persona che sta pensando troppo».

«Ragionare fino allo sfinimento è più un tuo difetto che mio, se vogliamo essere sinceri».

«Tutti i difetti sono miei, no?», chiede provocatorio.

Sposto lo sguardo dal suo volto per prendere fiato. Parlare con Norman è come andare in apnea, da certi punti di vista. Non è uno da gran discorsi, ma quando si decide a usare quella voce la sua intensità non ti lascia scampo.

Fuori il vento ha preso vigore e sposta con violenza fiocchi di neve sempre più grossi. Questa non ci voleva proprio.

«Controllo velocemente una cosa», gli dico alzandomi dalla sedia e afferrando la mia giacca. Apro la porta e la richiudo con un tonfo per evitare che l'aria fredda entri in cucina. La temperatura si è drasticamente abbassata e qui fuori si gela. Per terra si è creato un manto di almeno quindici/venti centimetri di neve. Questi fiocchi stanno cadendo troppo in fretta perché sia solo una nube passeggera.

Afferro un bel po' di tronchi tagliati diligentemente dai ranger per eventualità simili e li trasporto dentro casa. L'elettricità non è il massimo da queste parti e, sebbene io sia dotata di un generatore d'emergenza, meglio non rischiare. Con cibo e legna non ci saranno problemi.

Norman mi osserva rientrare e inarca un sopracciglio. «Cosa succede?». Questa volta sono pronta a giustificare il suo tono allarmato.

«Temo che fuori ci sia una specie di tempesta di neve...».

Si alza dal tavolo e apre la porta d'ingresso. Salvo richiuderla pochi secondi dopo, travolto dal vento. «Una specie? Fuori c'è l'inferno!», mi fa notare.

«Calma, stiamo calmi. È solo vento e neve», cerco di rassicurarlo. Ma le persone poco abituate alla montagna hanno sempre reazioni esagerate di fronte al maltempo improvviso. «Abbiamo cibo e legna a sufficienza per sopravvivere non solo un mese, ma addirittura a una glaciazione...».

Si volta allarmato a guardarmi. Credo che, piuttosto che

rimanere un mese con me qui dentro, preferirebbe sfidare le intemperie e scendere a piedi.

«Era una battuta», chiarisco. «Potrebbe benissimo smettere tra un'ora. Capitano spesso perturbazioni veloci».

«Oppure potrebbe non smettere...».

Eccolo il suo solito buonumore, mi era mancato.

«Be' sì, potrebbe anche non smettere tanto in fretta».

«Quindi cosa facciamo? Chiamiamo aiuto? Possono venire a tirarci fuori di qui?», chiede agitato.

«Norman, non siamo in difficoltà. Non possiamo far correre rischi inutili ai ranger. Io e te stiamo benone, no? Abbiamo cibo, abbiamo luce, siamo al caldo...».

Non faccio però in tempo a finire la frase che la cucina viene avvolta dal buio.

«Dicevi?», scandisce lentamente Norman. Mi pare più seccato che spaventato, a essere sinceri.

«Ok, non abbiamo la luce. Ma abbiamo delle candele...». E così dicendo, tastando con attenzione il buio davanti a me, arrivo fino all'armadio da cui estraggo numerosi esemplari di quello che, fino a qualche secolo fa, era in fin dei conti l'unica forma di illuminazione conosciuta. Con l'aiuto di un fiammifero accendo una prima candela. «Come vedi, potremmo illuminare una sala da ballo con tutto quello che ho da parte».

«Ti è già successo di rimanere senza corrente», intuisce al volo, osservandomi mentre distribuisco per la stanza i vari candelabri.

«Sì, più volte. E come vedi sono viva e vegeta. Non c'è motivo di avere paura».

Mi lancia un'occhiataccia. «La mia non era paura. Solo una ragionevole apprensione», ci tiene a rimarcare.

«Sarà... Comunque, in verità abbiamo anche un generatore ma, come per il telefono, in montagna la prudenza non è mai troppa. Inutile sprecare corrente se possiamo avere luce anche in questo modo».

Gli faccio segno di tornare a sedersi e riprendere a mangiare. La serata a lume di candela sarebbe stata più adatta in altre occasioni, con altre persone, ma cerco di scacciare il pensiero scomodo. «Bravo Normy, ottimo stufato», mi complimento mentre ripulisco il mio piatto e mi servo ancora.

«Quando ti sposi, ricordati di trovarti uno che sappia cucinare».

Scoppio a ridere. «Perché io mi dovrei sposare, scusami, se a te è permesso morire scapolo?».

Sarà l'atmosfera creata dalle candele, sarà che ci troviamo in una baita in mezzo al nulla, ma per un attimo mi dimentico di respirare quando solleva quei suoi occhi e mi fissa. «Ti sposerai», afferma senza alcun dubbio. «Sei giovane. Vedrai che quello giusto arriverà».

Diciamo che lo spero ma che non ho alcuna intenzione di sprecare la mia vita nell'attesa. Ho già dato, grazie. «O magari no. Pazienza», gli rispondo con sincerità.

«Hai davvero cambiato punto di vista», commenta meravigliato. «O forse hai solo finito gli uomini con cui uscire», mi punzecchia.

«Ah ah, molto spiritoso signor Morrison... Ho solo altro da fare, in questo momento. E non avrei mai pensato di darti ragione, ma queste settimane di relativa solitudine sono state in qualche modo... illuminanti».

«Sarà, ma tu non sei il tipo di persona nata per stare da sola».

«Non lo è nessuno, nonostante ti piaccia pensarlo. E poi a stare soli si impara, al pari di tutto il resto».

Norman sospira mentre mi scruta riflessivo. «Sì, ma fino a un certo punto. E ti pregherei di non passare da un estremo all'altro. Trovati un bravo ragazzo, piuttosto».

«E come? Mettendo un annuncio?», rido.

«Non ci sarà bisogno di ricorrere a sistemi così estremi. Sei una ragazza attraente, intelligente, con la testa sulle spalle...».

Lo so che dovrei focalizzarmi su tutto quello che ha detto, ma temo di essere bloccata sul suo primo complimento. «Mi trovi attraente?», lo interrompo incredula.

All'improvviso Norman mi pare a disagio, come se nemmeno si fosse accorto di quello che gli è uscito di bocca. «Non è che sia io a trovarti tale. È un dato inconfutabile».

«Uhm...». Era un complimento o no? Non capisco mai nulla quando mi è di fronte. Giuro, avrei problemi anche a fare due più due. «In questo momento, struccata e con addosso i vestiti da montagna, dubito di esserlo granché».

«Be', lo sei», esclama, quasi seccato di dovermi dare una simile conferma.

«Grazie. Ti confesso che ho sempre pensato che tu mi trovassi orribile».

«*Orribile*», ripete sarcastico. «No. *Terribile*. Questo sì».

«Orribile o terribile che io sia, al momento non ho comunque intenzione di fare un bel niente. Non mi fidanzo, non mi sposo. Vivo felice sulla mia montagna. Hai finito di mangiare?», gli chiedo alzandomi, perché mi pare che passi molto più tempo a fissarmi che a portare la forchetta alla bocca e all'improvviso mi sento a disagio.

Lui annuisce alzandosi a sua volta e incamminandosi in direzione del lavello. «Tu hai cucinato e io lavo i piatti», gli dico con il tono di chi non ammette discussioni.

«Domani è il tuo compleanno. Fammi lavare i piatti», insiste, avvicinandosi al mio fianco.

«Appunto, domani. Oggi non ho alcuna scusa per non muovere un dito». Immergo le mani nella poca acqua calda che ho appena finito di far scorrere, perché anche lo scaldabagno è elettrico e giustamente è il caso di preservare quella poca che abbiamo a disposizione.

Ma Norman, essendo ostinato, fa altrettanto. «Forza, torna a sederti».

«Grazie, ma no. Ci tengo a lavare i piatti». La mia frase è così ridicola e poco adatta a me che qualche secondo dopo scoppiamo a ridere entrambi. Forse è per il troppo ridere che nemmeno ci accorgiamo che nell'acqua piena di schiuma la mia mano ha trovato la sua, al posto del piatto. L'ha trovata e ora pare non avere alcuna intenzione di mollarla.

La risata collettiva si spegne e uno strano silenzio si impadronisce della scena. All'improvviso sono così cosciente della presenza di Norman, a pochi centimetri da me, che non posso non notare l'accelerazione del suo respiro.

Ti prego, signore, toglici quanto prima da questa montagna, prima che io possa rendermi ancora più ridicola di quanto già non abbia fatto negli ultimi diciassette anni della mia esistenza...

Il mio panico è tale che mi trovo a fare un passo indietro, cosa che non avevo intenzione di fare nemmeno morta fino a un minuto fa.

«Allora, visto che ci tieni tanto, lavali tu. Riesco un secondo a controllare la situazione meteo, ok?».

Mi rimetto per l'ennesima volta la giacca. L'aria gelida della montagna è proprio quello che mi serve per calmare i miei sensi agitati. O almeno spero...

Capitolo 4

Norman

Che diavolo è successo?

Sollevo le mie mani e le osservo per qualche attimo, bagnate e piene di schiuma. Il mio battito cardiaco non è ancora del tutto sotto controllo, sebbene Alex sia uscita dalla stanza. Anzi, dalla baita.

Deve aver annusato aria di guai e ha giustamente preferito tagliare la corda. Perché ancora qualche secondo di un banale contatto e avrei fatto qualche sciocchezza.

Tipo afferrarle anche l'altra mano.

E lo so che in un mondo normale le mani che si toccano sono quanto di più innocente possa esistere, ma nel mio mondo, quello in cui fingo di non accorgermi di quanto sia attraente la Tyler più piccola, anche un banale contatto è troppo. Un lusso che non potevo permettermi allora e tanto meno oggi. Perché, che a me piaccia o meno, non è cambiato quasi nulla in questi otto anni. Se possibile, sono persino peggiorato. D'altronde, raramente si invecchia e si migliora. I miei difetti, i miei limiti, il mio vissuto non mi hanno in alcun modo reso una persona più divertente. Mai stato divertente, se non in modo completamente involontario e con risultati discutibili. Non so chi mai potrebbe condividere la propria vita con me. Io stesso faccio fatica a sopportarmi la maggior parte del tempo. Avrei bisogno di una persona giudiziosa e razionale al mio fianco. Peccato sia sempre stato attratto da donne completamente opposte. Donne per me del tutto sbagliate.

Innamorarsi della persona meno adatta a lui ha finito con il distruggere mio padre perché, nonostante sia morto per un malfunzionamento del fegato, la realtà dei fatti è che dopo il divorzio ha preso a bere in modo esagerato e ha finito per uccidersi. Credo in modo alquanto deliberato. È probabile che la vedesse come una sorta di ultima punizione nei confronti di mia madre, che ai suoi occhi ha commesso il grande reato di voler uscire da una relazione che sana non era di certo.

Ho fatto il possibile per non farmi influenzare dalle loro vicende, ma temo sia successo comunque: i miei si sono amati in modo quasi viscerale finché non hanno iniziato a odiarsi con la stessa passione. Era un amore distruttivo e la separazione è stata ancora peggiore. Il problema è che sono sempre stati diversi, troppo diversi per poter vivere insieme. Mio padre era un professore innamorato dei suoi libri, timido e silenzioso. Mia madre, invece, la persona più energica e sorridente che io abbia mai conosciuto. O, almeno, questo prima di incrociare Alexandra Tyler, che ho avuto l'onore e il tormento di veder diventare una donna che da molti punti di vista mi ricorda mia madre da giovane. La sua esuberanza la portava a interagire con tutti, a chiacchierare con chiunque fosse ben disposto nei suoi confronti. In genere erano uomini. Cosa che mandava in bestia mio padre, che da calmo e pacato ha finito per diventare insicuro e rancoroso.

Da ragazzo ho sempre considerato mio padre un debole, ma a distanza di anni riesco a comprenderlo meglio di quanto non abbia mai fatto. Sarebbe fin troppo facile innamorarsi di una donna come Alexandra, allegra e spensierata, e poi finire per rimproverarle quel suo sorriso, quel suo essere una magnetica attrazione per tutti. Donne come lei non possono fare a meno di brillare. Gli uomini come me non sanno nemmeno da dove iniziare e brancolano perennemente nel buio.

Amare non sempre ti aiuta a essere una persona migliore. In alcuni casi l'amore ti offusca a tal punto la vista che finisci col trascinare in basso la stessa persona che dicevi di voler proteggere da tutto e da tutti. Esattamente come è accaduto nel corso del matrimonio dei miei.

Il caso della mia famiglia non è affatto isolato: il mondo è pieno di coppie male assortite, che smettono di amarsi da un giorno all'altro e pensano solo a distruggersi. Mi piacerebbe poter affermare senza alcuna esitazione che io non sono come mio padre, che mai potrei trasformarmi in quello che è diventato lui alla fine, ma non ne sono affatto certo. La verità è che invece potrei eccome.

Perciò, per quanto ad Alexandra piaccia attribuirmi la colpa di tutti i mali del mondo, almeno non mi sono mai reso responsabile di averla cambiata in peggio. Otto anni fa, oltre al piccolo e non così indifferente problema della differenza d'età, a me era già chiaro quello che era destinata a diventare. E quello che io non sarei mai stato.

Il suo non era amore, solo un'infatuazione tipica di un'adolescente. Ma era fondamentale allontanarla prima che il suo sentimento si fortificasse. E prima che io cedessi.

Quella sera di otto anni fa è stata una delle più difficili della mia vita e ho avuto bisogno di una volontà di ferro per dirle quello che le ho detto. No, certo che non ho riso, ma ammetto di essere stato brusco. Alexandra è sempre stata bellissima e spontanea e i miei sentimenti nei suoi confronti hanno virato verso lidi poco opportuni da molto più tempo di quello che si potrebbe pensare. I Tyler mi hanno fatto quasi da genitori adottivi in quegli anni infernali; era fuori discussione che ripagassi la loro gentilezza seducendo la figlia. Maggiorenne o meno. Sono dettagli che non avrebbero aiutato la mia coscienza.

L'agitazione odierna serve a ricordarmi il motivo del mio ferreo autocontrollo quando si tratta di questa ragazza: non avvicinarsi, non toccarla e possibilmente non parlarci. Be', è assolutamente difficile anche una sola di queste cose, quando ci si ritrova intrappolati in mezzo al nulla, da soli con lei. Maledico Aidan per avermi costretto ad accettare l'invito di recarmi qui e poi maledico me stesso per non aver gestito meglio la situazione qualche minuto fa.

Credo di aver in qualche modo spaventato Alexandra. Non so bene come, perché in verità è una specie di super eroina che non ha mai paura di nulla – non di rimanere isolata su una montagna, non di accettare qualsiasi sfida – eppure questa volta qualcosa l'ha turbata.

Finisco di lavare i piatti e mi dirigo a passo deciso verso la porta da cui è uscita quella pazza. Vengo subito investito da fiocchi di neve ben più pungenti di quelli newyorkesi. Il manto bianco ha coperto tutto in poche ore, rendendo il buio molto meno severo del solito. Identificare Alexandra si rivela facile: è seduta a qualche metro di distanza e sta osservando i suoi piedi.

«Ehi, tutto bene?», richiamo la sua attenzione, facendola sobbalzare.

«Benissimo».

Ma certo, come ipotizzare qualcosa di differente... «Temevo ti congelassi».

Quasi scoppia a ridere. «Chi, io? Non ho mai freddo. Tu, piuttosto, rientra subito».

«Io rientro solo se lo fai anche tu».

Alexandra mi scruta con espressione esasperata. «Possibile che dobbiamo litigare su tutto? E per di più nel bel mezzo di una tempesta di neve?»

«Non stiamo litigando. Ti sto solo ricattando, se proprio vogliamo trovare il pelo nell'uovo».

Mi osserva confusa: credo non sappia se ridere o se tirarmi una palla di neve in faccia.

Alla fine decide di fare entrambe le cose in maniera simultanea. Il suo tiro è preciso e mi centra in pieno volto, sulla guancia destra. I miei primi tre tiri invece non la sfiorano nemmeno.

«Cielo, fai pena con le palle di neve», ride divertita.

«Avevi dei dubbi in proposito?», le domando mentre lancio la quarta e la quinta. Quest'ultima, se non altro, colpisce la sua gamba. Sono intenzionato a considerarlo un progresso.

«Vieni, entriamo, ricattatore che non sei altro», mi dice alzandosi e scuotendosi di dosso il manto nevoso che l'ha coperta in così poco tempo.

«Quanto è grave la situazione?», le chiedo dopo che ci siamo richiusi la porta alle spalle.

«Non c'è niente di davvero *grave*», replica cercando di sminuire quello che in realtà abbiamo visto entrambi. Fuori c'è neve, tanta, tantissima neve. «Al massimo potremmo definirla una situazione meteo non proprio ottimale...».

La osservo con sorprendente calma, visti gli eventi. «Tu dici?»

«Potrai raccontare di aver fatto a palle di neve a maggio, se non altro».

«Non aspettavo altro», ribatto sarcastico. «Sarà materiale di grande successo agli appuntamenti galanti, ne sono certo».

Alexandra appende la giacca e si toglie gli stivali che porta da quando è venuta a prendermi all'aeroporto, limitandosi a camminare indisturbata per la baita con le calze ai piedi. All'improvviso la scena diventa piuttosto intima perché, per quanto si tratti di un gesto estremamente banale, è lo specchio di una quotidianità che non condivido con qualcuno da tanto di quel tempo da aver dimenticato che forma abbia. A quanto pare quello dei calzettoni giallo canarino.

«Intendi gli appuntamenti galanti a cui non vai mai?».

Mi siedo sul divano e la osservo mentre apre e richiude i cassetti della cucina, in cerca di chissà che cosa. Alla fine emette un suono trionfale e mi mostra una grossa stecca di cioccolato. «Lo so che non bevi ma non puoi rifiutare il cioccolato...», mi tenta avvicinandosi.

«No, in effetti non posso».

Mi sorride soddisfatta mentre si siede al centro del vecchio tavolino in legno, proprio di fronte al divano. I Tyler avrebbero dovuto chiamarla Eva: è la tentazione fatta persona.

«Sono uscito con una donna la settimana scorsa», le rivelo dopo aver finito di masticare. Non so proprio perché l'ho fatto.

Alexandra sgrana quei suoi occhi blu, smettendo di rosicchiare la tavoletta. Non sa bene cosa rispondere. E io non so nemmeno cosa vorrei sentir uscire dalla sua bocca.

«Davvero? Con chi?», chiede con una certa circospezione.

«Julie, l'amica scrittrice di Laurel».

«Ah, Julie Morgan», è veloce a collegare la persona. «Be', in effetti, potrebbe essere il tuo tipo...».

Io sollevo solo le spalle senza aggiungere granché.

«E lo è stata?», cede alla curiosità, dopo aver inutilmente atteso qualche altro dettaglio da parte mia.

«Uhm, no». Mi sporgo verso la sua direzione e le prendo di mano la stecca. Ho bisogno di altro cioccolato. Subito. «Io di certo non ero il suo».

«Perché?»

«Perché ho motivo di credere che abbia un debole per il suo giovane e aitante vicino di casa».

«Com'eri vestito?», chiede seria.

«E questo cosa c'entra, adesso?»

«C'entra. Se avevi addosso il tuo solito completo da nonno, posso capire che ti abbia preferito il vicino. Giovane e aitante, hai detto?», mi prende in giro.

«Io mi vesto in modo assolutamente normale», cerco di ribattere.

«Cielo Norman, non so se te l'hanno mai fatto notare prima, ma la tua normalità cozza non poco con quella di tutti gli altri».

«Perché? Cosa mai avrei dovuto mettermi?», chiedo seccato.

Ci riflette per qualche momento. «Un paio di jeans e una camicia bianca, per esempio».

«Non si entra in jeans al ristorante stellato dove avevo prenotato, si dà il caso», le ribatto soddisfatto.

«Oddio, pure un posto da puzza sotto il naso!», esclama ridendo.

«Due stelle Michelin e review stellari sul "New York Times", a dire il vero».

Alexandra mi si avvicina in modo da riprendersi il cioccolato. «Non stai migliorando la tua situazione. Anzi. Non si porta mai una donna in un posto così ingessato quando si tratta di un primo appuntamento».

«Lo dici perché scommetto che nessuno dei tuoi spasimanti ha mai ottenuto una prenotazione in un posto simile...». Temo di non essere riuscito a nascondere molto bene il fatto di essere seccato dalla palese critica.

«Be', certo che no», non ha nessun problema a confermare tutta allegra. «Ma nel tuo caso, visto che tu sei già rigido, un posto più alla mano avrebbe aiutato».

«Io non sono rigido», affermo fin troppo celermente.

Alexandra mi lancia un'occhiata di malcelata ironia. «Normy...», mi prende in giro.

«Normy un corno», esclamo con fin troppa enfasi. Non mi piace perdere le staffe, mi capita molto di rado.

«Normy», ripete fregandosene come al solito delle mie parole, «...la prossima volta prova con una pizzeria e un paio di jeans con annessa camicia. Non c'è niente di più divertente per una donna che infilarsi la camicia maschile il giorno seguente, mentre lui le prepara la colazione con solo i jeans addosso».

Temo che sulla mia faccia si sia dipinta un'espressione più allarmata di quello che avevo intenzione di far trasparire. «Cosa diavolo ne è stato della classica regola del non andare mai a letto con un uomo al primo appuntamento?».

Alexandra scoppia a ridere divertita. «Mamma mia come sei vecchio... E non intendo d'età. Tu sei un trentacinquenne vecchio! Sulla carta dovresti essere nel fiore dell'età e conquistare donne su donne e invece le porti in ristoranti pretenziosi indossando vestiti che nessuna sana di mente ti strapperebbe mai di dosso».

«Spero bene», ribatto risentito. «Il consumismo moderno finirà per seppellire il nostro pianeta».

«E questa è, credo, la prima cosa su cui possiamo definirci d'accordo».

«Quindi, come sta il pianeta secondo l'esperta?», le domando cercando di rilassarmi, lasciandomi cadere contro lo schienale del divano.

«Male. E non pensare che non mi sia accorta del tuo tentativo di cambiare discorso».

Mi fingo indignato. «E io che pensavo che a una geologa le questioni ambientali stessero più a cuore del mio abbigliamento...».

Alexandra scuote la testa ridendo. «Sei bravo, te lo concedo. Anche se non ti sai vestire».

«Grazie. Quindi, tornando al tuo mondo, cosa si dice negli ambienti scientifici?»

«Che siamo a livelli di caldo record. Sono anni che non abbiamo più un inverno degno di questo nome», dice seria.

«C'è dell'ironia nel fatto che si sia scatenata una tempesta di neve l'unica volta che ho messo piede in montagna...», cerco di farla sorridere.

«I fiumi di alta montagna erano a secco. Una nevicata come si deve mancava da un sacco di tempo», cerca di vedere il bicchiere mezzo pieno.

«E infatti sta nevicando alla grande. I tuoi amati fiumi ne trarranno giovamento. Dici che domani mattina riusciremo a scendere?».

Alexandra si alza dal tavolino e si avvicina alla finestra, scrutando con attenzione la situazione. «Il mio innato ottimismo mi porterebbe a risponderti in maniera affermativa; ma il triste realismo che hai portato con te mi suggerisce di essere più prudente nella risposta».

Esattamente come temevo anch'io, che pure di montagna mi intendo meno di zero. «Che facciamo?»

«Andiamo avanti a parlare dei tuoi appuntamenti mentre attendiamo che liberino la strada?», replica sarcastica.

«Ho detto appuntamento. Singolare. Non so proprio di cosa potremmo parlare...».

«Allora potremmo prepararci per dormire. Voglio dire, lo so che è presto...».

«Sì, ma non importa. Sono stanco», accetto con ritrovato entusiasmo. Questa storia della baita immersa nella luce delle candele, di lei che gira per casa come se all'improvviso fosse quasi a suo agio con me, che mi tenta con zuccheri che normalmente non consumo nemmeno in un mese intero mi sta mettendo a dura prova. L'idea di spegnere tutto e pretendere di dormire all'improvviso mi pare il male minore.

«Ok, ma per precauzione suggerisco di non sprecare troppa legna e di andare avanti ad alimentare un camino solo. Questo della sala. Spero che per te non sia un problema...».

«Io non ho alcun problema a dormire di là al freddo».

Alexandra solleva un sopracciglio e mi scruta pensierosa. «Non ci stavamo comportando in modo quasi ragionevole?»

«Certo. E allora?». Ma so bene cosa vuole dire ancora prima che lo abbia pronunciato a voce alta.

«E allora non fare il cretino: non c'è alcun motivo per dormire in una stanza fredda quando possiamo benissimo arrangiarci qui. Tu dormi sul divano e io per terra nel sacco a pelo».

«Cosa? No!». In quale mondo parallelo pensa che io potrei mai permetterle di dormire per terra mentre me ne sto sdraiato su un divano?

«E non ti inalberare...», ride della mia reazione oggettivamente un po' troppo sentita. «Se preferisci, possiamo fare a cambio».

«Preferisco», sono rapido nell'affermare.

«Però il divano si apre e volendo può diventare matrimoniale...». La mia occhiataccia è una risposta sufficiente. «Ok, come non detto... È evidente che hai ancora paura che io possa reiterare le mie avance», ride.

Non riesco proprio a capire cosa ci sia di così divertente. «Ma certo che non ho paura di una simile eventualità! Sei cresciuta e sei intelligente, non lo faresti mai», borbotto. Certe volte penso che esasperarmi sia il suo passatempo preferito. Riesce sempre a scombussolarmi, sia quando lo fa di proposito che quando nemmeno ci prova. «Vado a lavarmi i denti e cambiarmi in bagno, ok?».

Lei annuisce indicandomi la strada.

Con una mano afferro un candelabro, con l'altra la mia valigia e mi chiudo in bagno, dove ho finalmente diritto a cinque minuti di pace. E se non fosse che apparirei ancora più ridicolo, sono quasi tentato di proporle di dormire in bagno. Perché sono un uomo prudente. Lo so. E oggi quasi me ne vanto.

Capitolo 5

Alex

Osservo per qualche attimo la porta del bagno dove si è rifugiato Norman. Perché è questo che ha fatto, è scappato.

Se qualcuno un giorno mi avesse predetto che mi sarei ritrovata da sola in alta montagna con Norman Morrison, gli avrei dato del pazzo. Una simile eventualità era stimata fino a poche ore fa nell'ordine di una su un miliardo. Felice di essere riuscita a confutare la teoria della probabilità.

Cerco di non rimuginare troppo intensamente sugli eventi della giornata perché, se non altro, mio padre ha superato in maniera brillante l'operazione, e mi rendo invece utile preparando il divano. È davvero enorme, una volta aperto. Ci sarebbe spazio a sufficienza per sistemare comodamente entrambi e pure un vero muro. Mica come quello immaginario tra Messico e Stati Uniti…

Dall'armadio posto nella gelida camera da letto recupero in fretta due sacchi a pelo, richiudendomi la porta alle spalle.

Quando, parecchi minuti dopo, emerge dal bagno confermandomi di non essere fuggito dalla finestra, mi trova seduta a gambe incrociate mentre bevo del cognac dalla bottiglia. Beccata…

«Ne vuoi un po'?», gli chiedo mentre cerco di tenere

a bada la lingua per non uscirmene con commenti poco lusinghieri sul suo pigiama da nonno: è blu scuro, con il colletto messo in evidenza da un tremendo bordo bianco e annessi bottoncini dello stesso colore. È così buffo che per un secondo mi sono dimenticata di quanto assurda sia la mia domanda. «Ah, già, certo, tu non bevi...», mi rispondo da sola, alzandomi per rimettere al suo posto la bottiglia.

«L'alcol non è la risposta alle situazioni difficili», lo sento pronunciare alle mie spalle con tono paternale.

«Sarà, ma a mali estremi, estremi rimedi».

«*Io* sarei il male estremo?», chiede incredulo.

Mi volto e ispeziono ancora una volta il suo pigiama. «Sì, tu sei quello che io definisco senza ombra di dubbio un *male estremo*».

«Avresti potuto dissimulare...», mi rinfaccia seccato.

Quel suo colletto racconta tutt'altra storia. «Credimi, no. Comunque sarai felice di apprendere che ho smesso di interrogarmi sul motivo per cui non riesci a trovarti una donna: è il pigiama. Decisamente».

Norman alza gli occhi al cielo. «Siccome sono la persona più matura qui dentro, sia messo agli atti che sto volontariamente lasciando perdere. Basta con ridicole discussioni sui pigiami. E poi sono proprio curioso di vedere il tuo», mi sfida incrociando le braccia.

È un peccato che non mi sia portata niente di sexy qui in montagna, perché a quest'ora avrei già tirato fuori il pizzo dall'armadio. Tutto pur di scombussolare un po' le sue penne fin troppo dritte.

«È una tuta da koala», gli rivelo mentre lo osservo strabuzzare gli occhi.

«Scusami?»

«Il mio pigiama è in verità una specie di maxi tuta a forma di koala con tanto di cappuccio incorporato e tutto il resto». La sua faccia è tutta un programma. «In montagna fa freddo», mi difendo.

«E poi vai in giro sostenendo di essere cresciuta...», mi deride.

Sollevo un dito con aria minacciosa. «È un regalo».

«Di chi? Di un ex ragazzo con uno spiccato feticismo per il mondo animale?»

«Ah ah, molto spiritoso signor Morrison».

«A dire il vero no. Di solito non lo sono affatto», ci tiene a precisare.

«Be', lo sei appena stato perciò ti consiglio di dare un taglio a questa tua presunta compostezza. E sei pure l'unica persona che conosco che potrebbe offendersi per essere stato definito divertente».

«Questo perché non lo sono. È un dato di fatto».

Cielo, ma cos'ha questa sera? «Ok, ci rinuncio. Vado a lavarmi i denti e cambiarmi. Il sacco a pelo è lì, e sappi che se per caso, al mio ritorno, tu avessi cambiato idea circa il fatto di dormire per terra, non te ne farò una colpa».

Norman mi scruta seccato. «Non cambierò idea».

Ma certo che no.

«Ok...», mi astengo da altri commenti. Con lui sono fatica sprecata.

Il tempo di infilarmi la tuta da koala e lavarmi i denti e sono di nuovo di ritorno nel salone, dove Norman sta lottando in modo molto maldestro con il sacco a pelo. Sì, è probabile che i suoi non lo abbiano mai mandato in campeggio... nemmeno io lo avrei mai fatto se fossi stata sua madre. Non ha la tempra per simili avventure.

«Tutto bene?», gli chiedo sedendomi sul divano e sporgendomi dal bordo. Avrei dovuto bere molto più cognac: sono troppo sobria per fingere di non notarlo.

«Me-ra-vi-glio-sa-men-te», scandisce a denti stretti mentre cerca di chiudere la cerniera, a quanto pare impigliata nel materiale del sacco.

«No, perché avrei potuto dire il contrario…».

Norman solleva lo sguardo: è palesemente incazzato. Non sono riuscita a farlo uscire dai gangheri in anni di tentativi ed ecco che il mio sacco a pelo fa centro al primo colpo. Potrei quasi offendermi.

Rimango a osservarlo sadicamente mentre prova e riprova a sbloccare la cerniera, la sua granitica pazienza sempre più provata, finché alla fine non mi alzo per accorrere in suo soccorso. Non che lui voglia essere aiutato, sia chiaro… È pur sempre un uomo.

«Tu tira la stoffa che io cerco di sbloccare la cerniera», lo istruisco incurante della sua ira funesta, inginocchiandomi. Sono una che ama vivere pericolosamente, in fin dei conti.

«È quello che sto facendo da due ore», mi fa notare risentito, salvo ubbidire perché in fin dei conti Norman non è tipo da polemiche inutili.

E sarà che la mia manualità è migliore della sua, o che semplicemente io e i sacchi a pelo ci frequentiamo da un sacco di tempo, ma sblocco la cerniera più o meno al primo tentativo. Gli sorrido con espressione piuttosto soddisfatta.

«Grazie», mugugna a disagio. Poi i suoi occhi si spostano dal mio viso e scendono per osservare da vicino la mia meravigliosa tuta da koala. Mi pare piuttosto impressionato. «È… carina», gli tocca ammettere. «Contro ogni previsione, sia chiaro».

«Certo che lo è! Ho pessimo gusto in fatto di uomini

ma me ne intendo di pigiami felpati». Mi rimetto in piedi mentre lui si rinchiude dentro il sacco, rabbrividendo.

«Non si può avere tutto dalla vita», commenta.

«No, ma si può avere un materasso al posto di un pavimento duro e freddo. Sei proprio certo di voler rimanere lì per terra? Il divano è grandissimo. Non potrei finire sulla tua metà nemmeno se lo volessi», provo a farlo ragionare. «Non che lo voglia, sia chiaro», mi affretto poi a precisare.

«Sto bene qui», ripete. «Anzi, sto *benissimo*».

«Allora, se sei sicuro, spengo le candele».

Norman annuisce con una convinzione un tantino esagerata. Faccio il giro della stanza soffiando su una candela alla volta: non sarà piacevole essere rimasti senza elettricità, ma l'odore di cera mi solletica sempre il naso, facendomi ricordare di quando ero bambina e ogni tanto, durante i temporali particolarmente violenti, la luce andava via, costringendoci a ricorrere alle candele nella casa in campagna che affittavamo per le vacanze.

Non ho appositamente chiuso le imposte per poter tenere d'occhio la situazione nel corso della notte, e il manto di neve esterno aiuta a rendere la stanza molto più luminosa di quello che sarebbe stata in altre circostanze. La montagna potrebbe quasi sembrare poetica questa sera, se non fosse che mio padre è reduce da un intervento al cuore, che domani mattina ho un aereo da prendere e ai piedi del divano si sente il rumore di una grossa salsiccia che si rigira in continuazione, alla disperata ricerca di una posizione decente.

«Qual è il tuo colore preferito?», gli chiedo girandomi nella sua direzione, con la speranza di fargli smettere con i movimenti continui.

Lo sento sbuffare e arrendersi, stanco dalla lotta con il pavimento. «Non ho un colore preferito».

«Impossibile. Devi averne uno».

«No, non devo. Non mi importa un accidente dei colori, se proprio vuoi saperlo. Uno vale l'altro».

«Io ho un colore preferito».

«Che sarebbe l'azzurro. Lo so».

Mi sollevo di scatto, mettendomi a sedere. «Come fai a saperlo?», chiedo stupita.

«Perché si nota. Indossi spesso vestiti azzurri. Ti dona, a proposito. Sei l'unica persona che conosco che possa permettersi di indossare un simile celeste pur non avendo più dodici anni». Credo che, sebbene in modo del tutto suo, mi abbia appena fatto un complimento. Sorrido mio malgrado.

«Anche a te starebbe bene l'azzurro», cerco di convincerlo. E chiaramente non lo porta mai. «Sai cosa dovremmo fare quando sarò tornata a New York in pianta stabile?»

«No, cosa?», domanda con voce poco convinta.

«Dovrei portarti a fare shopping».

«Grazie, ma sono capacissimo di scegliermi da solo i vestiti». Peccato che il suo guardaroba dica tutto il contrario...

«Uhm...», commento.

«Guarda che ho sentito il mugolio di disapprovazione».

«Perché volevo che sentissi», non mi faccio problemi a confermargli.

«E poi uno si stupisce che io voglia rimanere da solo tutta la vita. Voi donne siete pesanti. E invadenti. Non conosco un solo uomo che pretenderebbe di cambiare il guardaroba di una donna».

«Be', perché non c'è un motivo per farlo».

«Sciocchezze. E poi il guardaroba è una cosa strettamente privata», è la sua ultima difesa.

«Una cosa privata? Non pensi che, dato il nostro passato burrascoso, tu e io siamo oltre queste scuse?».

Norman emette un sonoro sospiro da qualche parte ai piedi del divano. «Propongo un patto: tu la smetti di parlare del passato e io in cambio ti faccio scegliere una camicia».

«Tre camicie e tre golf», rilancio quasi divertita. Non capisco bene perché non abbia voglia di sguazzare nel torbido ricordo di quella che, fino a prova contraria, è stata una mia colossale figura di merda, ma l'occasione di mettere mano al suo armadio è troppo ghiotta.

«Due. Due camicie e un solo golf».

«Norman, non so se te ne rendi conto o meno, ma avresti disperatamente bisogno che *tutto* il tuo guardaroba prendesse fuoco... O finirai per perdere sempre di fronte ad aitanti vicini di casa», lo punzecchio a dovere nella speranza di convincerlo.

Altro sospiro esasperato ai piedi del divano. «Ne riparleremo a New York. Ho bisogno di essere più comodo di così per poter contrattare con un'esperta negoziatrice come te».

«Sei davvero, davvero sicuro di non voler scambiare il tuo posto col mio? Io sono molto più abituata di te alle situazioni scomode...».

Lo scruto lottare inutilmente ancora per un minuto, poi inspirare esasperato e alla fine mettersi seduto, incrociando il mio sguardo. «Se cedo penserai molto male di me?», vuole sapere.

«Intendi, più di quello che già faccio?», gli domando ridendo.

«Appunto...». Poi si alza da terra e, trascinandosi dietro il suo sacco a pelo, fa la prima cosa intelligente della giornata. Si sdraia accanto a me.

Mi sono svegliata diverse volte nel corso della notte e, cercando di non fare troppo rumore, sono sgattaiolata a controllare la tempesta di neve. La situazione meteo si è finalmente placata attorno alle cinque del mattino, ma a quel punto il danno era fatto: neve, neve e ancora neve ovunque. È fuori discussione che i ranger riescano a ripulire la strada in tempo per farci prendere il volo per New York.

La mia solita fortuna: rimanere bloccata in alta montagna con al mio fianco un uomo che riesce nell'impossibile impresa di apparire corrucciato anche da addormentato.

Lo so che dovrei alzarmi dal divano e smettere di fissarlo una buona volta, ma è una questione alquanto complicata. L'ultima volta che gli sono stata così vicino avevo diciotto anni e un sacco di idee demenziali in testa. Oggi sono tutt'altra persona: realista, disillusa, cosciente di non poter salvare proprio nessuno. Forse nemmeno me stessa perché, per quanto io mi sia sempre considerata capace di far fronte più o meno a ogni situazione, il lieve dolore che provo mentre vado avanti a osservarlo mi spiazza non poco. Cos'è, esattamente, questa strana sensazione che non ha alcuna ragione d'essere? Preoccupazione? Rabbia per come ha deciso di vivere la sua vita, tenendo tutti a distanza?

Attorno ai suoi occhi ci sono molte più rughe d'espressione di quelle che ricordavo. Dubito francamente che derivino dal troppo ridere.

Ah Norman Morrison, cosa diavolo passa per quella tua testa?

Mi libero del sacco a pelo e mi metto seduta, stiracchiandomi piano. Poso poi i piedi sul pavimento gelido e mi avvicino alla stufa, per accendere di nuovo il fuoco. Quando ho terminato l'operazione che ormai eseguo tutti i santi giorni, mi volto e mi trovo a fissare un Norman appena sveglio.

«Ho fatto troppo rumore?», gli chiedo mentre si stropiccia la faccia. È un gesto che ho visto fare a un sacco di uomini negli ultimi anni e mai una volta che la cosa mi abbia colpito. Ma questa mattina deve esserci qualcosa di particolare nell'aria, perché mi sento sulle spine come non mai, nemmeno io e Norman avessimo condiviso fluidi corporei invece che qualche banale molecola d'ossigeno.

«Buon compleanno», è la prima cosa che pronuncia con una voce roca tipica di chi deve ancora riprendersi dal sonno.

«Grazie». Confesso che me ne ero del tutto dimenticata.

«Cosa vuole per colazione la festeggiata?», domanda mentre ripone con la sua solita meticolosa precisione il sacco a pelo. «Pancake?», mi tenta.

Sono così colpita dal fatto che si ricordi del mio amore per i pancake che quasi non riesco a rispondere. «Ma... non devi metterti a cucinare...».

«Lo so che non devo. Ma voglio. È o non è il tuo compleanno?»

«Be', sì, lo è...».

«E questa è o non è una situazione di quelle che tu definiresti piuttosto di merda?».

Scoppio a ridere. «Sì, in effetti lo è».

«Strade non agibili?», chiede conferma, avvicinandosi alla finestra, ma il manto nevoso è così spesso che la sua è una sorta di domanda scontata.

«A quanto pare», confermo, alzando le spalle.

«Allora pancake. È il minimo».

Chi sono io per dissentire di fronte a una simile affermazione? «Mentre tu spadelli voglio mettere in funzione il telefono satellitare e chiamare i miei e i ranger».

«Fa' pure», mi dice, incamminandosi a piedi nudi verso l'armadio della cucina.

Incredibile, Norman che gira a piedi scalzi... Che evento poco ortodosso...

Aidan risponde quasi subito e per fortuna il suo tono è tranquillo. «Ciao fratellone, come ha passato la notte papà?»

«Bene, molto bene. Pensano di dimetterlo domani», mi rassicura.

«Davvero?»

«Sì. Giuro, non ti sto raccontando storie. Ora sono fuori a prendermi un caffè ma vedo di rientrare nella sua camera in modo che possa confermartelo direttamente. Lo sai com'è papà, un osso duro». Per fortuna. «A proposito, buon compleanno sorellina. Un compleanno un po' merdoso, eh? Ma vedremo di rifarci quando arriverete qui».

«Ecco, a questo proposito, direi che non sarà prima di domani...».

«Perché? Mi sento di escludere che tu e Norman abbiate deciso di passare insieme ancora un po' di tempo'...», mi punzecchia. «Non è che l'hai ucciso e hai bisogno di tempo per sbarazzarti del suo corpo?», chiede poi a bassa voce, con un tono che non è del tutto scherzoso.

«Aidan, non ho ucciso Norman».

«Ma ci hai pensato?»

«Nel corso degli ultimi anni? Infinite volte», non ho problemi a confermargli. «In queste ore? No, perché ha delle doti nascoste».

Mio fratello scoppia a ridere a crepapelle.
«Sa cucinare», mi affretto a precisare. «Cosa vai a pensare...».
«Chi, io? Le peggiori cose. E tu lo sai... Certo, di solito ho anche motivo per farlo».
Alzo gli occhi al cielo. «Comunque, c'è stata una tempesta di neve e siamo più o meno sepolti dal manto bianco, in attesa che i ranger liberino la strada. Non credo avverrà prima di sera. È un bel pezzo di strada, senza considerare che magari avranno altre urgenze».
«Intendi, oltre a te e Norman che litigate sulla cima di una montagna?». Ma è sempre stato così oppure è peggiorato nell'ultimo periodo?
«Non stiamo litigando, vero?», domando avvicinandomi a Norman.
Lui mi lancia un'occhiata interrogativa. «Cosa devo rispondere?», chiede istruzioni.
«La verità», mormoro esasperata. Aidan e Norman sono un'accoppiata pericolosissima.
«Allora posso dire a tuo fratello che non stiamo litigando tutto il tempo», puntualizza.
«Visto? Non litighiamo», torno a rivolgermi ad Aidan.
Lo sento ridere sonoramente. «Ce la farete ad arrivare vivi a domani?».
Il profumo dei pancake di Norman mi invade le narici: sì, credo di poterlo sopportare ancora per ventiquattro ore, se si impegna a cucinare... «Certo! Per chi ci prendi? Siamo due adulti con la testa sulle spalle», provo a convincerlo.
«Sarà...», mormora non troppo convinto. «Ora ti passo papà e mamma che vogliono farti gli auguri».
Per fortuna la voce di papà è tornata sicura e convincente, perciò mi rilasso di fronte all'eventualità di dover atten-

dere ancora un giorno per riabbracciarli. Terminiamo la telefonata con la promessa di aggiornarci più avanti sulla nostra situazione meteo.

La seconda telefonata che faccio è alla sede dei ranger: li rassicuro sulle nostre condizioni, sulla scorta di cibo e legna e sullo stato del mio generatore. Come era logico aspettarsi, la strada verrà liberata probabilmente verso la fine del pomeriggio.

A quel punto spengo il telefono per non consumare batteria inutile e mi concentro sulla colazione, che in condizioni abituali non è il pasto della giornata che preferisco. Sono troppo pigra per preparare qualcosa di decente solo per me. Ma oggi ha un aspetto decisamente invitante.

«Avrai un milione di difetti, ma questi pancake...», mugugno addentando un primo, generoso boccone. «Credimi, una fidanzata la potresti trovare solo per questa tua dote culinaria».

All'altro lato del tavolo Norman mi osserva divertito. «Basta così poco? Niente bontà d'animo? Spirito cavalleresco? Buon carattere?»

«No: sesso e cibo e sei a posto», gli rispondo con la bocca piena. Mi scruta vagamente allarmato. «Sul cibo ci sei. Ora devi solo lavorare sul sesso».

«Non so se te l'ha mai fatto notare nessuno, ma tu sei ossessionata».

«Da cosa, dal sesso? Non più di qualsiasi altra donna... Magari le altre sono solo più brave a fingere che a loro importi poco. Ma mentono. Se hai bisogno di un parere esperto, eccomi qui. A tua disposizione».

L'allarme del suo sguardo cresce a dismisura. «Grazie, ma no. Credo che farò a meno della gentile offerta».

Scrollo le spalle. «Peggio per te. Lo mangi quello?», gli domando indicando il pancake sopravvissuto al mio attacco di fame. Credo che lui ne abbia presi due, mentre io me ne sarò fagocitata almeno cinque.

«No, fa' pure», mi dice avvicinandomi il piatto.

«Perché sono la festeggiata, eh?»

«Alexandra, ti darei l'ultimo pancake anche gli altri trecentosessantaquattro giorni dell'anno», se ne esce a un certo punto, facendomi andare di traverso il boccone che stavo masticando. Dovrei davvero imparare a mangiare meno voracemente.

Resosi conto di aver pronunciato una frase piuttosto impegnativa, si alza dal tavolo e inizia a trafficare con i piatti. Io invece rimango seduta a fissare la sua schiena e quell'orrendo pigiama, indecisa se chiedergli o meno di esplicitare meglio il significato della frase.

Impiego molto più tempo a tranquillizzarmi di quanto mi sia servito per ingoiare ben sei pancake. Mi vergogno non poco.

Il maniaco dei piatti puliti mi strappa di mano anche quello che ho davanti al naso e, soddisfatto di aver lavato tutto quello che gli è capitato a tiro, mi domanda: «Allora, che si fa oggi?»

«Usciamo», gli rispondo senza nemmeno un briciolo di esitazione. Perché è evidente che starcene qui segregati non ci sta facendo bene. Almeno, non a me. E per oggi sceglie la festeggiata.

Capitolo 6

Norman

«Io odio la montagna», mugugno a bassa voce, sperando di non farmi udire dalla festeggiata, che non pare avere il mio stesso problema con il paesaggio davanti a noi.

Alexandra si blocca e si volta nella mia direzione. «Cosa stavi dicendo, puffo brontolone?», vuole sapere.

«Niente, niente, proseguiamo pure. Sempre che ci sia chiaro dove stiamo andando...». Lo so che dovrebbe essere lei a lamentarsi, visto che mi precede e mi sta creando una sorta di terreno calpestabile in mezzo alla neve. Ma oggi sono così, a quanto pare. Polemico.

«Certo che lo sappiamo. Al ruscello. A prendere dei campioni d'acqua. Come vanno gli stivali, a proposito?», si informa riprendendo la camminata.

«Un po' grandi, ma sopravvivrò». Dal momento che non avevo messo in conto di finire sommerso da strati e strati di neve fresca a maggio, ho con me vestiti non del tutto adatti. Per mia fortuna Alexandra ha trovato nell'armadio della baita dell'attrezzatura maschile che giaceva lì abbandonata da chissà quanto e mi ha convinto a provarmi qualcosa. Mi sta bene. Più o meno.

«Tutti non fanno che lamentarsi del caldo, i ghiacciai dell'Artico si sono ridotti del trentotto per cento dal 1979 a oggi e io becco la nevicata del secolo...».

Alexandra mi lancia una veloce occhiata impressionata. «Ne conosci di cose sull'ambiente», commenta.

«Leggo. Cosa che dovrebbe fare anche la nostra amministrazione a Washington. Ma pare che studiare geografia e leggere le pubblicazioni scientifiche non sia più un requisito per governare un Paese».

«Di questi tempi ogni volta che la stampa pubblica qualcosa di scomodo, viene additata di creare fake news», commenta arrabbiata.

«Fossi un giornalista, quasi quasi me ne vanterei. Pretenderei la spilla con lo slogan "fake news" e ci andrei in giro molto fiero».

«Non dare idee ad Aidan. È già pieno di sé».

«E per una volta ha persino ragione di esserlo. Hai letto i suoi recenti pezzi di politica estera?». La domanda è per lo più retorica perché Alexandra è sempre stata la fan numero uno della carriera giornalistica del fratello. Dubito che rinunci ai suoi pezzi anche in cima a una montagna.

«Certo! Il ragazzo è in forma, non trovi?»

«Trovo, trovo eccome. Per sua stessa ammissione, la sua professione non è mai stata così divertente». Perché è tipico di Aidan deliziarsi quando le cose sono toste. Quelle facili lo annoiano a morte.

«Più che altro, essere un bravo e imparziale giornalista ha una forte utilità sociale. C'è bisogno di gente che non abbia nessuna intenzione di piegarsi, in questi tempi bui», aggiunge, bloccandosi poi poco dopo.

«Persone rare nell'ultimo periodo...».

Alexandra solleva la mano e mi indica il suo famoso ruscello. L'immagine è quasi bucolica, con tutto quel bianco in contrasto con il cielo che sta lasciando spazio all'azzurro, ed è probabile che persino il mio cuore di pietra ne rimarrebbe colpito, se non fosse che ho il fiatone per essermi trascinato fino a qui, i miei pantaloni non sono granché impermeabili e la sciarpa mi infastidisce da morire. E tutto questo senza contare che non ho la più pallida idea di come arriveremo all'acqua.

«Bellissimo ma come ci arriviamo fino a lì? Voliamo?», le chiedo sarcastico.

«No. Tu stai qui e io vado a prendere i campioni».

Non ho nemmeno il tempo di dirle quello che penso – ovvero che la sua mi sembra una pessima idea – che si mette in moto, costeggiando la parete della montagna. Parete molto, molto ripida, con tanto di precipizio finale.

«Alexandra, non lo fare», la supplico con la voce piena di panico. Non provo nemmeno a dissimularlo.

«Tutto a posto! L'ho fatto un sacco di volte!», esclama con il solito tono allegro.

Giuro, preferivo vivere nell'ignoranza. «Comunque, non farlo con me presente. Ti scongiuro».

Lei si ferma nella sua avanzata – confesso piuttosto sicura – e mi sorride. «Ho fatto diversi corsi di alpinismo, non lo sapevi?».

Ma certo che li ha fatti. Mi stupisco che non si sia offerta volontaria per una spedizione sull'Everest. Sarebbe esattamente nella sua natura. O magari lo ha fatto e non ce l'ha ancora confessato e scesa da questa montagna andrà in Nepal. Forse potrebbe essere una buona idea.

Arriva in fretta fino al torrente, estrae due contenitori di plastica da una tasca della sua giacca e li riempie con i campioni d'acqua. Non contenta, rimane sul bordo del precipizio mentre cerca qualcos'altro – ah, il pennarello – con cui provvede a contrassegnare i reperti.

«Non potresti scrivere qui? Dove non rischi di cadere?», le urlo.

«Non rischio di cadere!», mi ribatte prontamente.

Sarà, ma io al suo posto sarei già in fondo al burrone. Non posso che limitarmi a osservarla terrorizzato, mentre ripercorre il sentiero al contrario, allungando una mano quando ormai è giunta alla fine.

«Grazie!».

«Prego. Ti supplico, per oggi basta con le missioni pericolose...».

Alexandra mi scruta con espressione condiscendente. «Guarda lì, fifone...». E mi mostra a breve distanza un gruppo di cervi, probabilmente alla ricerca di cibo.

«Lo so che vorresti sorridere», mi tenta Alexandra avvicinandosi. «Non lo dirò a nessuno», aggiunge poi con tono cospiratorio.

Alzo gli occhi al cielo ma sorrido. È più forte di me.

«Ah, l'ho visto!», esclama tutta felice. Spero che non perda mai questa sua esuberanza, ma che la sappia preservare anche da ottantenne. È una delle caratteristiche che le invidio di più.

«Ulteriori piani per la giornata?», provo a cambiare argomento, vagamente a disagio.

«Ci sono altri ruscelli da cui raccogliere campioni, ma credo che attenderò che le strade tornino praticabili», mi concede.

«Molto saggio».

«Però potremmo andare a cercare marmotte!», suggerisce all'improvviso con quel suo tono elettrizzato.

È un bene che voglia andare a scovare animali selvatici perché, quando mi guarda con quegli occhi blu tutti animati, acconsentirei a qualsiasi cosa. Qualsiasi.

«Scommetto che non ne hai mai vista una in libertà...».

«Mordono?», domando diffidente.

Alexandra scoppia a ridere. «Cosa? Le marmotte? Ma sono deliziose! L'unica cosa che sono disposte a mordere è il cibo. Ho giusto delle carote nello zaino».

«Per me potrebbero fare un'eccezione».

Scuote la testa. «Non lo facciamo tutti? Comunque no, le carote le attraggono molto di più. Forza, vieni, conosco un posto dove le troveremo di sicuro. Non avere paura...».

«Paura, io?». E la seguo cercando di darmi un tono. Anche se una parte di me è assolutamente certa che verrò morso. In genere va sempre a finire così.

Con mia grandissima sorpresa le marmotte hanno compassione di me. Sono carine al punto da essere quasi ridicole.

«Non ti portavano allo zoo da piccolo?», mi prende in giro Alexandra, osservandomi affascinato contro il mio volere.

«No. Mai stato tipo da animali».

«Prima», aggiunge lei ridendo. «Mai stato tipo da animali *prima.* Credo che dovresti comprarti un cane».

«Io, un cane?»

«La trovi un'idea così folle?», chiede ridendo.

«Assolutamente».

«Se non vuoi una donna, almeno scegliti un cane».

«Non se ne parla».

«Vorrà dire che te ne regalerò uno», insiste con la sua classica ostinazione.

«Guarda che prima dovrai trovare il modo per scendere da questa montagna», le faccio notare.

«Scenderemo, scenderemo, pessimista dei miei stivali. Scommetto che avremo persino l'elettricità questa sera», azzarda.

Mi domando quante volte sia rimasta senza luce in queste settimane. Sola. Sulla cima di una montagna. La calma con cui ne parla indica che ci è abituata. E per quanto non mi piaccia ammetterlo, sono colpito perché io al posto suo me la sarei fatta sotto.

«Ah, con tutti questi eventi naturali catastrofici mi sono completamente dimenticato di darti il tuo regalo di compleanno questa mattina. Ti chiedo scusa», mi ricordo all'improvviso.

«Perché, mi hai portato un regalo?», ride incredula.

«Certo. Chi diavolo si presenta a un compleanno senza un regalo?»

«Sì, be', i nostri rapporti non sono esattamente così tanto amichevoli. Non mi aspettavo un regalo da te...». Mi pare a disagio mentre lo dice.

«Non lo erano, al massimo. Siamo appena sopravvissuti alla nevicata del secolo. Direi che questo possa riuscire nell'improbabile impresa di fortificare amicizie ben più disastrate della nostra».

Alexandra sta provando a contenere l'ilarità. «Perché, ne esistono?»

«Intendi rapporti peggiori dei nostri? Ma certo! Giulietta e Romeo...».

Questa volta il tentativo di non ridere fallisce miseramente. «Montecchi e Capuleti, sul serio? Non sprecare i tuoi mostri sacri della letteratura per una cosa banale come una cotta non corrisposta... Giulietta e Romeo si piacevano reciprocamente, a differenza di noi».

Mi serve un certo autocontrollo per ignorare la sua ultima affermazione. «Ma in questo momento non ci piacciamo in modo molto reciproco, no?»

«Questo è poco ma sicuro», è veloce ad acconsentire. «Torniamo alla baita? Quei pantaloni mi sembrano bagnati fradici», mi dice indicando il mio abbigliamento.

Ho così tanto freddo che ho smesso persino di sentirlo, a un certo punto. «Torniamo, così posso prepararti la cena di compleanno».

«E io scarterò questo tuo famoso regalo mente cucini».

«Affare fatto», acconsento, seguendola lungo il percorso. E non so se sia il freddo, la follia o un mix letale di entrambi, ma all'improvviso non ho affatto fretta di scendere da questa montagna.

Capitolo 7

Alex

Norman ha lasciato il pacchetto sul tavolo della cucina e ha iniziato a tirar fuori pentole e padelle per preparare la cena. L'elettricità, come gli avevo annunciato, è tornata e la baita è perfettamente funzionante.

«Che faccio, lo apro?», gli chiedo alle sue spalle, incapace di contenere oltre la curiosità. Norman non mi ha mai fatto regali, che io ricordi.

«È lì per quello», mi risponde, voltandosi verso di me con una pentola di acqua in mano. «Mac&cheese?».

Mi colpisce il fatto che mi conosca, che sappia alla perfezione quello che mi piace e quello che invece detesto. Immagino dipenda dal fatto di aver trascorso così tanto tempo insieme alla mia famiglia. Il tempo spesso dona quest'illusione di familiarità che si potrebbe quasi scambiare per attenzione. Ma non lo è.

«Se ritieni che quel formaggio nascosto lì in fondo non abbia subito mutamenti transgenici mentre eravamo senza corrente…».

«Direi che possiamo provare a vivere pericolosamente».

Lo scruto impressionata. «Detto da te, trovo che sia una grande cosa».

«Me ne rendo conto». E poi rimane lì, immobile, come in attesa.

«Oh, il pacchetto! Lo apro subito!». Inizio a scartare il regalo cercando di contenere la mia irruenza. Ma in fin dei conti sono una donna irruenta, e Norman lo sa.

Da dentro la carta affiora un libro. Ma non un libro qualsiasi, bensì un volume che pare portare sulle spalle tutto il passare del tempo.

«*Den afrikanske farm*», leggo a voce alta, tracciando il contorno delle parole con le dita.

«*La mia Africa*», mi traduce Norman. «È una prima edizione».

«Oh», mormoro colpita, aprendo il libro. Dentro c'è un biglietto. Recita: «Ad Alexandra, perché possa realizzare tutti i suoi sogni e trovare la sua Africa». Deglutisco a fatica la saliva che mi sta impedendo di proferire parola. Scorro le pagine del libro, in cerca di un pretesto per guadagnare tempo e riprendere il controllo della mia respirazione. «È in olandese?», chiedo curiosa.

«No, danese», conferma con una risata. «Karen Blixen era danese e la prima edizione è stata appunto pubblicata nella sua lingua madre. In inglese non avrebbe avuto lo stesso valore».

«Wow», commento impressionata.

Norman deve interpretare in maniera sbagliata il mio atteggiamento controllato perché all'improvviso pare mortificato. «Idea demenziale, vero? Chi diavolo regala un libro in danese...».

«No, no, mi piace!», mi affretto a rassicurarlo. «È che sono... colpita», confesso alla fine.

«Per un libro in danese?», chiede accennando un breve sorriso.

«Be', mai nessuno mi aveva regalato una prima edizione. Danese o meno».

«C'è da sperare che tu conosca gente più normale di me, allora». Posa finalmente quella maledetta pentola e si passa la mano tra i capelli. È ancora nervoso, per qualche strano motivo. «Un libro in danese nella vita basta e avanza».

C'è stato un tempo in cui non avrei voluto altro che conoscere lui. Strano o meno. «A meno che uno non parli danese, ovvio», gli ricordo.

«Ovvio». Fa un mezzo passo nella mia direzione, piuttosto incerto. «Senti, potresti venderlo e comprarti qualcosa che ti piace veramente...».

D'istinto stringo al petto il prezioso volume. E non perché sia chissà quanto quotato, ma per quello che rappresenta. «Assolutamente no», affermo perentoria.

«È che non sono abituato a fare regali... Sono drammaticamente fuori allenamento», si scusa arrivando persino ad arrossire per il disagio.

«Norman, smettila subito».

«Non so cosa avessi per la testa. Probabilmente la mia solita ossessione letteraria... e tu, in un certo senso, mi sei sempre parsa avventurosa al pari di una Karen Blixen moderna... ma posso pensare a qualcosa d'altro».

«Non voglio altro. Voglio questo!». E quel meraviglioso biglietto custodito al suo interno. Sono le prime righe che Norman mi ha scritto in diciassette anni e, sebbene non dovrebbe più importare perché esiste un tempo massimo per qualsiasi cosa, pare che conti.

La mia espressione determinata sembra finalmente convincerlo. «Ok, se è davvero quello che pensi...».

«È davvero quello che penso. E poi, cosa ne sai, potrei sempre decidere di imparare il danese».

L'ilarità di Norman è palese nel suo sguardo. «Il danese?», scandisce divertito.

«Perché no?»

«Se io dovessi mettermi a studiare una nuova lingua straniera, di questi tempi, sceglierei il cinese. Sono quelli che governano il mondo, no? E poi sono piuttosto numerosi».

«Scelta banale. New York è piena zeppa di bambini che frequentano corsi di cinese. Mi piacerebbe essere più estrosa, se permetti».

«Perciò danese...», ripete incredulo.

«Perché no?».

Norman solleva le mani in segno di resa e io approfitto del suo momento di ritrovata serenità per stampargli un velocissimo bacio sulla guancia. «Grazie. Dico davvero», mormoro prima di incamminarmi per mettere in salvo il mio volume. Non sia mai che cerchi di portarmelo via.

«Non c'è di che», gli sento rispondere. E sarà forse la situazione improbabile, sarà il freddo di prima che potrebbe avergli raggelato il cervello, ma pare che nella sua voce ci sia affetto. Un affetto che riattiva per un brevissimo istante una zona del mio cuore che pensavo si fosse addormentata per sempre.

Siamo nel bel mezzo della cena quando i ranger portano a compimento il non facile compito di liberare la strada con lo spazzaneve. Il peggio sembra alle nostre spalle: le previsioni del tempo per le prossime ore sono molto rassicuranti e la strada di nuovo percorribile. Questo vuol dire una cosa sola: domani saremo in grado di abbandonare queste vette innevate e prendere finalmente il volo per New York, dal momento che abbiamo posticipato con successo i biglietti. Per quanto mi riguarda sarà solo una toccata e fuga, per accertarmi di persona dello stato di salute di mio padre, ma per Norman si tratterà del volo che lo riporterà a casa. Tra i suoi libri e i suoi scrittori, che poi sono le uniche persone di cui gli importi.

Non mi metto a discutere quando insiste per lavare di nuovo i piatti, giudicandolo tempo sprecato, e mi concentro invece sul preparare il divano e i sacchi a pelo per dormire. Visto che siamo sopravvissuti con successo a una notte intera, non vedo perché cambiare la nostra sistemazione. C'è una fastidiosa vocina nella testa che mi suggerisce che lo sto facendo per ben altri motivi oltre alla mera praticità, ma la scaccio con decisione e penso ad altro, come per esempio telefonare a mio padre e controllare con la compagnia aerea lo stato del volo di domani. È tutto a posto. Per fortuna.

«Vuoi essere il primo a cambiarti e lavarti i denti?», gli chiedo, ma lui mi fa cenno di andare avanti. Quando riemergo dal bagno, Norman è sdraiato sul divano, intento a fissare le assi di legno del soffitto. «Grandi riflessioni?».

Si mette a sedere e mi osserva per qualche attimo. «Io rifletto sempre molto. È un mio grosso limite», mi confessa con sorprendente schiettezza.

«Per qualcun altro sarebbe solo un vantaggio».

«No, Alexandra. Spesso e volentieri è un limite. Si passa così tanto tempo a riflettere su ogni singola sfumatura che ci si dimentica di vivere».

«E su cosa stavi riflettendo?». Mi avvicino con circospezione alla mia metà del divano, quasi timorosa di allarmare Norman. Lui però pare volersi prendere ancora del tempo, così alla fine apro il mio sacco a pelo e mi ci sistemo dentro.

Sospira diverse volte. «Lasciamo perdere... Allora, sei contenta che domani potrai riabbracciare tuo padre?». È palese che voglia cambiare argomento e io lo lascio fare.

«Molto. Anche se – e sono sorpresa io per prima – non è stato poi così malaccio rimanere qui con te...». La frase mi pareva piuttosto innocua finché non mi è uscita di bocca. Per fortuna Norman è con la testa da tutt'altra parte e non coglie le sfumature della mia voce.

«Affatto. Ci siamo quasi divertiti, no?», chiede conferma.

Allora non sono stata l'unica a pensarlo... «Contro ogni possibile previsione».

«Vedi? Possiamo essere amici, in fin dei conti».

«Così pare...».

Essere amici è una cosa bella, mi ripeto più volte. È la migliore soluzione per due come noi, che hanno tanti amici in comune e che saranno costretti a incrociarsi di tanto in tanto. Avremmo dovuto esserlo solo sin dal primo momento, ora che ci penso. Altro che innamoramenti adolescenziali demenziali...

«Quando torni a New York potremmo... non so... andare avanti a essere amici?», chiede conferma, sporgendosi nella mia direzione.

Non riesco a rispondergli subito. Mi prendo il mio tempo. Faccio rimbalzare la parola "amici" più e più volte nella mia testa, come se ci fosse necessità di collaudarla a dovere. «Ok», rispondo alla fine.

«Ok», ripete a sua volta, quasi a voler ufficializzare l'accordo. «Tutta quest'aria fresca deve avermi dato alla testa. Mi cambio e poi andiamo a dormire, se per te va bene».

Annuisco e lo seguo con lo sguardo mentre si alza dal divano e s'incammina verso il bagno. Probabilmente non riuscirei mai a confessarlo a Norman, ma ho annidata in fondo allo stomaco una strana sensazione; vorrei evaporasse e mi lasciasse senza il benché minimo pensiero. Per quanto essere amici sia senza ombra di dubbio la scelta più matura, quella che permetterebbe di risolvere molti dei nostri problemi, una parte di me ha il terrore di non avere la forza necessaria per mantenere la promessa.

Perché, che io lo voglia o meno, il mio cuore continua ad accelerare ogni volta che Norman compare sulla scena. È troppo sperare che sia solo un caso?

Capitolo 8

Fine maggio

ALEX: Ehi, straniero! Cosa succede? Come mai questa botta di vita?

NORMAN: Quale botta di vita, esattamente?

ALEX: Questa tua anomala conversione alle tecnologie moderne.

NORMAN: Intendi la chat?

ALEX: Certo. Hai avuto altre botte di vita di recente?

NORMAN: No.

ALEX: Comunque, non si fa così via chat. Non puoi scrivere solo una sillaba!

NORMAN: Rettifico, allora: no, ovviamente.

ALEX: Mi prendo una pausa per ridere.

NORMAN: Spero non ti offenda se non faccio altrettanto.

ALEX: Normy, mi preoccuperei se tu facessi altrettanto…

NORMAN: Lo sapevo che avrei fatto meglio a non installare questa applicazione. Stiamo perdendo tempo a parlare di niente.

ALEX: È qualcosa che la gente fa spesso.

NORMAN: Io no. Non ne ho il tempo.

ALEX: Rettifico io per te, se permetti: non ne hai l'interesse, che è ben diverso.

NORMAN: Anche.

ALEX: Quindi, perché hai ceduto?

NORMAN: Pare che nel 2018 non si possa più concordare un appuntamento di qualsiasi natura, personale o professionale, se non hai installato diverse chat. WhatsApp per i conformisti, Telegram per i complottisti, WeChat se vieni dalla terra del dragone e così via. Cosa diavolo ne è stato delle email? Comode e molto meno invasive di questa roba…

ALEX: Be', questa roba, come la chiami tu, può anche mandare foto o filmati.

NORMAN: Secondo te manderò mai una foto a qualcuno?

ALEX: Be', magari la foto di una copertina a qualche tuo autore...

NORMAN: Uhm...

ALEX: Ah, noto dell'interesse!

NORMAN: Tiepido.

ALEX: E puoi anche riceverle.

NORMAN: Mi hai appena inviato una foto?

ALEX: Ahah, sì.

NORMAN: Sei di nuovo su quella cavolo di vetta?

ALEX: Qui prende...

NORMAN: Quanto ha nevicato ieri sera?

ALEX: Come fai a sapere che ha di nuovo nevicato?

NORMAN: Si vede dalla foto. E controllo il meteo.

ALEX: Davvero, il meteo? Un nuovo hobby particolarmente spregiudicato? E controlli solo quello del Colorado o segui tutta la nazione?

NORMAN: Spiritosa...

ALEX: Non stai rispondendo, Normy.

NORMAN: Le possibilità che lo faccia calano drasticamente ogni volta che mi chiami Normy.

ALEX: Non ti sto chiamando, te lo sto scrivendo, il che è diverso.

NORMAN: Spiritosa proprio oltre ogni immaginazione...

ALEX: Sì, lo so, sono nata divertente, cosa posso farci?

NORMAN: Niente, rimanere divertente per il resto dei tuoi giorni.

ALEX: Frase carina??? Ho capito bene?

NORMAN: Invece di fare la scema, scendi per favore da quella vetta e rifugiati al caldo. Attenzione agli scalini ghiacciati.

ALEX: Non sono ghiacciati. E solo perché hai detto per favore. Comunque, a quasi tremila chilometri di distanza sei più simpatico che di persona.

NORMAN: Frase carina??? Ho capito bene?

ALEX: Spiritosone...

NORMAN: Affatto, a dire il vero.

ALEX: Motivo per cui sono piuttosto sconcertata, se vuoi proprio saperla tutta.

NORMAN: Vedi di non scivolare per lo sconcerto, per favore.

ALEX: La tua è una fissazione… Dovresti trovartene di più salutari.

NORMAN: Dovrei lavorare, a dire il vero.

ALEX: Anch'io. Ho un paper da completare. Pare verrà pubblicato su una rivista specializzata.

NORMAN: Congratulazioni, è una grande cosa.

ALEX: Non così grande, ma è un inizio.

NORMAN: Per una volta, fa' come Aidan e non ti sminuire.

ALEX: Lui esagera…

NORMAN: Lo so. Ma di tanto in tanto si può fare. Mi raccomando, non dirglielo. E ora scendi. Piano.

ALEX: Ahah, sto correndo…

NORMAN: Inserire il sospiro di chi ha appena perso la pazienza.

ALEX: Pensa, con la tecnologia moderna puoi persino registrare e mandare il tuo sospiro! E io l'urlo mentre sto cadendo.

NORMAN: Hai tre secondi per dirmi che stai bene o giuro che chiamo il 911.

ALEX: Sto scherzando, scemo! Sono scesa e sto bene.

NORMAN: Ecco, vedi di continuare a farlo.

Metà giugno

ALEX: *Godaften! Jeg taler ikke dansk.*

NORMAN: Tutto bene Alexandra? Devo chiamare l'elicottero?

ALEX: Sto bene, grazie. È solo danese. Vuole dire buonasera, io non parlo danese.

NORMAN: Ah, utile dire *in danese* di non sapere *il danese*…

ALEX: Sono partita dalla lezione numero uno. Non puoi pretendere molto.

NORMAN: Non dovevi proprio partire…

ALEX: Detto da uno che mi ha regalato una prima edizione in danese…

NORMAN: Che verso fanno i giovani per esprimere la mortificazione? Non trovo alcuna faccetta adatta.

ALEX: Questo perché i giovani non sono mai mortificati, oramai. Pensano sempre di essere nel giusto. Comunque, nessun motivo per essere avvilito. Cercavo da tempo la giusta spinta per imparare una nuova lingua.

NORMAN: *Il danese…* sono incredulo.

ALEX: Te l'ho già detto: mi puoi anche mandare un messaggio vocale. In questo modo il tuo sarcasmo mi potrebbe arrivare forte e chiaro.

NORMAN: Ti sembro il tipo da messaggi vocali?

ALEX: Ah, ah, no. Ma non mi sembravi nemmeno il tipo da conversazioni sconclusionate via chat.

NORMAN: Infatti non lo sono.

ALEX: Mah, non ne sono convinta. Mi sembri più a tuo agio di quello che vorresti far credere.

NORMAN: Lasciamo perdere, va'. Più che altro, stai bene? Tutto a posto lassù?

ALEX: Sì, *mamma.* Sto bene. Mi rompo solo un po' le scatole il venerdì sera.

NORMAN: Comprensibile. Mai capito perché tu ti sia voluta isolare sulla cima di una montagna.

ALEX: Era una sfida. E poi si ragiona in modo sorprendentemente lucido quando si ha tutto questo tempo. A proposito, ti sto rompendo le scatole? È venerdì sera anche da te. Magari sei fuori a cena con qualche tipa sedotta via chat…

NORMAN: Sappi che ho riso. A voce alta.

ALEX: Wow, evento… Aspetta che lo segno sul calendario.

NORMAN: E ora ho sorriso.

ALEX: Normy, stai facendo accelerare il mio cuore…

ALEX: Mi è uscita male. Intendevo, metaforicamente parlando. Non volevo dire sul serio che il mio cuore aveva accelerato…

NORMAN: Lo so cosa intendevi. Non devi andare subito in paranoia.

ALEX: Non è paranoia. Non vorrei che tu pensassi che io penso…

NORMAN: Questo è *già* strano. Non sto affatto pensando quello che tu pensi io abbia pensato.

ALEX: Cielo, che modo contorto per esprimere un concetto banale.

NORMAN: Alexandra, piccola parentesi al di fuori del ridicolo, guarda che lo so benissimo che non provi più alcun tipo di sentimento nei miei confronti. Da quasi un decennio. Perciò, sentiti cortesemente libera di scherzare e fare battute senza timore che io possa male interpretare. Perché non lo farò. Ho tanti difetti ma non questo.

ALEX: Ok. E sì, hai tanti difetti.

NORMAN: Ok. E sì, ne sono cosciente.

ALEX: *Det er jeg ked af alt.*

NORMAN: Cosa vuol dire?

ALEX: Lo devi scoprire da solo.

NORMAN: Vuoi parlare in danese per il rischio di fraintendimenti? Davvero?

ALEX: Idea stramba?

NORMAN: E chi sono io per giudicare... *Godnat*!

ALEX: Ahah, *Godnat*!

Inizio luglio

ALEX: *Goddag*!

NORMAN: Lezione numero due?».

ALEX: Persino meglio! Sono alla numero tre.

NORMAN: Impressionante. Pronta per trasferirti in Danimarca, insomma...

ALEX: Hanno montagne in Danimcarca?

NORMAN: Non credo particolarmente degne di nota.

ALEX: Peccato. Be', poco male, dopo il danese mi toccherà darmi al nepalese.

NORMAN: Perché, è in programma una trasferta in terre asiatiche?

ALEX: No. Ma prima o poi spero lo sarà.

NORMAN: Quando succederà, non dirmelo. La gente muore sul serio a quelle altezze.

ALEX: Per il momento non vedo l'ora di tornare tra il caos metropolitano. La donna di città che è in me è pronta a riabbracciare la vita di sempre.

NORMAN: Proprio ora che le montagne hanno iniziato a popolarsi di turisti?

ALEX: Appunto, troppa gente per i miei gusti. Anche le marmotte sono stufe marce. La settimana scorsa c'è persino stato un matrimonio non distante da qui. Ma ti rendi conto?

NORMAN: Un ricevimento ad alta quota? Davvero?

ALEX: Ahah, non solo. Un vero matrimonio: si sono scambiati i voti su una delle cime. Per carità, gli sposi hanno dato pochi grattacapi, essendosi conosciuti mentre scalavano una montagna, ma i loro invitati sono stati più problematici. Inutile a dirsi, i ranger non hanno apprezzato.

NORMAN: Non mi sposerei sulla cima di una montagna nemmeno morto.

ALEX: Tu non ti sposeresti comunque, mi duole ricordarti.

NORMAN: Appunto. A maggior ragione sulla cima di una montagna.

ALEX: Be', è romantico, in un certo senso.

NORMAN: Lo pensi solo perché sei una geologa e soffri poco il freddo.

ALEX: Può darsi, ma pensaci...

NORMAN: Se ti dovessi sposare in Nepal, non invitarmi per favore.

ALEX: Non credo che mi sposerò nemmeno io.

NORMAN: Sciocchezze.

ALEX: Ne dico tante, ma in questo caso ho proprio questa sensazione...

NORMAN: Cambiamo argomento, per favore. Quindi, tra qualche settimana si ritorna alla normalità. Pronta per il gran caldo?

ALEX: È stato bello ma sì, sono più che pronta per tornare.

NORMAN: E riabbracciare la scena degli appuntamenti, presumo.

ALEX: Non ho particolarmente fretta. Credo di aver capito finalmente quello che ti piace dello stare da solo: non devi fingere.

NORMAN: Totale libertà di essere davvero quello che sei. Nessuno da far felice. Nessuno da rendere infelice senza nemmeno capire perché.

ALEX: Sai, credo esistano anche relazioni sane...

NORMAN: Parli per esperienza diretta?

ALEX: Ahah, no. Ma l'ho sentito dire.

NORMAN: Potrebbero essere mere leggende metropolitane.

ALEX: Certo che ti ha davvero spezzato il cuore...

NORMAN: Chi?

ALEX: Questa donna del passato.

NORMAN: Non è come intendi.

ALEX: Ovvero?

NORMAN: Possiamo nuovamente cambiare argomento?

ALEX: Avevi un solo jolly e l'hai già usato. Perché non vuoi mai andare a fondo di quello che pensi?

NORMAN: Io vado a fondo. Ma la gente nemmeno se ne rende conto.

ALEX: Tu sottintendi, alludi, azzardi e infine abbandoni.

NORMAN: Sono perfido, insomma. Nulla che tu non sappia già, no?

ALEX: Perfino, non so. Ma difficile di certo…

NORMAN: Non devi per forza perdere tempo con me. Anzi, sarebbe meglio che tu non lo facessi.

ALEX: Avevi detto amici, o sbaglio?

NORMAN: Amici. L'ho detto e lo penso.

ALEX: Be', *amico*, comprenderti è davvero, davvero difficile.

NORMAN: Impossibile, rettificherei.

ALEX: E quindi come si fa a esserti amico?

NORMAN: È necessario comprendersi fino in fondo per essere amici?

ALEX: Dipende da come si è diventati amici, immagino.

NORMAN: Ah, capisco… Mi stai dicendo che se fossimo solo due persone qualsiasi che si sono incontrate a una cena non avresti problemi a lasciar correre.

ALEX: È probabile che in quel caso sarei più amichevole che amica.

NORMAN: Allora potremmo essere solo amichevoli.

ALEX: Quella nave è saltata tanto tempo fa, temo.

NORMAN: Certa di non volerla raggiungere a nuoto?

ALEX: Ahah, sono tentata. Ma no, è troppo distante, ormai. È difficile essere semplicemente amichevoli con una persona che conosci come le tue tasche.

NORMAN: Mi conosci? Ne sei certa?

ALEX: Diciamo che ti conosco e non ti conosco allo stesso modo. Ma quello che so, non riesco più a dimenticarlo.

ALEX: E non interpretarlo in modo romantico, per favore.

NORMAN: Affatto. Stavo solo assaporando le tue parole. Sei migliorata dai tempi di quelle famose lettere...

ALEX: Che bastardo che sei a nominarle. Un gentiluomo avrebbe fatto finta di non averle mai lette.

NORMAN: Mai stato un gentiluomo. Mi pareva fosse assodato.

ALEX: Non so, c'è molto di gentile in te. Ma nello stesso momento c'è anche molto di algido. Non comprendo mai cosa predomini.

NORMAN: Siamo in due...

Fine luglio

ALEX: A proposito, le hai bruciate?

NORMAN: Buongiorno anche a te. Cosa avrei dovuto bruciare, per la precisione?

ALEX: Le mie lettere. Le hai bruciate o semplicemente buttate nella spazzatura?

NORMAN: Sono passati secoli. E lo intendo in modo quasi letterale. Perché mi fai questa domanda tutto a un tratto?

ALEX: Facevo colazione e mi sono ricordata di non averti mai chiesto cosa ne avessi fatto di preciso.

NORMAN: Be', sono mie. Non hai più alcun diritto su di loro...

ALEX: No, sono mie, le ho scritte io. E sono atroci. Dimmi che hanno fatto la giusta fine.

NORMAN: Voi Tyler avete una pronunciata vena drammatica.

ALEX: Aidan di certo. Io speravo di no. Però, in effetti, le ho scritte. Non mi ricordo nemmeno quale fosse di preciso il testo, ma questo perché non desidero farlo.

NORMAN: Non ricordo che fine abbiano fatto...

ALEX: Oh... Be', allora le avrai buttate.

NORMAN: Pronta per tornare la prossima settimana?

ALEX: Pronta! Sono felice di rientrare in città. Credo...

NORMAN: La tua partenza spezzerà molti cuori lì in montagna?

ALEX: Non ho mai spezzato nemmeno un cuore, se proprio vuoi saperlo...

NORMAN: Ci credo poco. Ma voi donne siete brave a tormentarci senza nemmeno accorgervene.

ALEX: Ah, Normy, stai forse frequentando qualcuna?

NORMAN: Chi è la pazza che uscirebbe mai con me?

ALEX: Lo stai chiedendo a quella che ti ha scritto mille lettere d'amore? Non sono certa di essere la persona più adatta per rispondere a una simile domanda...

NORMAN: Avevi dieci anni. Tendo a non prendere particolarmente sul serio simili dichiarazioni.

ALEX: E fai bene, in linea di principio. Ma sono quasi certa di avertene scritta un'ultima quando ero già vicina alla maggiore età...

NORMAN: Comunque bambina. Non ti preoccupare, la tua fedina sentimentale non lo riporta.

ALEX: La mia fedina sentimentale... cielo, spero sul serio che non esista nulla di simile perché ci sarebbero riportate solo cose terribili su di me.

NORMAN: Sciocchezze.

ALEX: Ti ricordo che sei sempre stato piuttosto critico verso la mia vita sentimentale...

NORMAN: Lascia perdere il passato. Vivi serena Alexandra. E che vadano a fottersi tutti. Me compreso.

ALEX: Sono vagamente scioccata dalle tue parole... Non è da te. Ma scioccata in positivo, sia chiaro. Ora torno a fare le valigie perché ho un mucchio di attrezzatura da impacchettare.

NORMAN: Fa' buon viaggio Alexandra.

ALEX: Grazie. Comunque, Alexandra è terribilmente lungo da scrivere. Perdi solo tempo. Perché non lo abbrevi con Alex?

NORMAN: Perché mi piace molto perdere il tempo, come dici tu, con le cose che reputo se lo meritino. Ci vediamo a New York, Alexandra.

Capitolo 9

Alex

È ormai passata qualche settimana dal mio rientro dal Colorado ma non posso affermare di aver superato del tutto lo shock climatico. New York ad agosto è sinonimo di un caldo opprimente e di un'umidità a cui francamente non sono quasi più abituata. Ucciderei per poter uscire di casa senza necessariamente trovarmi con le ascelle stile Niagara dopo appena cinque secondi. A proposito, maledetti produttori di deodoranti, cosa diavolo state aspettando per produrne uno davvero efficace? Spostarsi in metropolitana è un'esperienza assolutamente drammatica.

«Non sei più abituata a certe temperature estreme, eh?», ride Laurel al mio fianco, osservando la mia espressione sfinita mentre ci dirigiamo verso il ristorante prescelto per un veloce pranzo tra donne. Sono così fuori allenamento che per ben due volte ho seriamente rischiato di venire falciata dalla folla mentre attraversavo il marciapiede. Ma dove corrono tutti, di preciso?

«Sono scesa da poco da quattromila metri. Sconvolta non rende nemmeno l'idea di come mi sento», le rispondo con sincerità.

Adoro Laurel, è una donna spettacolare, nonché una delle poche decisioni giuste di mio fratello. E sebbene io voglia un gran bene ad Aidan, non mi è ancora del tutto chiaro come sia riuscito a far breccia nel cuore di questa donna intelligente e così tanto divertente. Motivo per cui, quando mi ha chiamato due giorni fa per invitarmi a un pranzo tra donne, ho subito accettato.

«Hai problemi di sonno?»

«Lo hai dedotto dalle mie occhiaie? Diciamo che in montagna si dormiva molto bene, a differenza di qui. Sono ormai parecchie notti che non chiudo occhio e trascorro le ore a scorrere foto di completi estranei su Instagram».

Mi osserva con comprensione. «Be', puoi sempre ripartire. È il vantaggio di essere una geologa, no?»

«Ho uno strano rapporto con la città: da un lato la amo, dall'altro la detesto».

«Io la amo e basta, ma confesso di amarla ancora di più all'interno di un ambiente dotato di aria condizionata», ammette ridendo.

Per fortuna il nostro tragitto fino al ristorante è breve e presto ci sediamo al tavolo di un delizioso bistrot nel West Village.

«Apprezzo molto questo tuo invito», le dico. Laurel e io abbiamo legato sin dal primo istante ma, a eccezione di occasioni familiari, non abbiamo mai avuto modo di parlare tra di noi. Di certo non in santa pace.

«Be', prima Aidan e io abbiamo avuto quel periodo complicato di tira e molla e poi sei partita... Insomma, mi è sembrato che fosse il momento giusto per conoscerci meglio. Anche perché, se non complotto con le donne della famiglia di Aidan, con chi mai potrò farlo?», domanda facendomi l'occhiolino.

Rido con comprensione mentre il cameriere ci porge il menu. «Hai ragione da vendere».

«Avrei voluto parlarti già l'altra sera dai tuoi, ma non ho

fatto in tempo. Flash ti fa un baffo», mi punzecchia. La sta buttando sull'ironia, ma è evidente che non le sia sfuggita la fretta che ho avuto di dileguarmi da casa dei miei.

«Ho avuto un po' di cose da fare dopo il rientro», le rispondo senza addentrarmi volutamente in chissà quali particolari. Sono un cane a mentire e, per quanto possibile, evito di incriminarmi da sola.

«Cose?», insiste Laurel. Sorriso angelico ma carattere d'acciaio.

«Sono andata spesso all'università a mettere a posto tutti i dati raccolti in Colorado. Voglio dire, era meglio che mettessi mano ai numeri finché ancora mi ricordavo i dettagli…».

«Anche di domenica sera?». Sollevo gli occhi dal menu: Laurel ha l'espressione di chi non ci pensa nemmeno a giudicarmi, ma vuole solo capire come stanno le cose.

Sono complicate. Da morire.

«No, in effetti la domenica sera no».

«Tuo fratello e io ci siamo domandati se stessi cercando di evitare qualcosa. O *qualcuno*». Richiude il suo menu e mi fissa con palese interesse.

È difficile fingere indifferenza quando ti scrutano con così tanta attenzione. «Assolutamente no. Cosa ti fa pensare una cosa simile?», rido, sebbene in modo un po' forzato.

«Ah, non so… Qualche mese fa non avrei avuto problemi a ipotizzare che volessi evitare di litigare con Norman. Ma da allora le cose sono cambiate, no? Mi ha riferito che ora siete amici e che siete andati piuttosto d'accordo quando vi siete trovati intrappolati in Colorado. Eppure…».

Non c'è bisogno che vada avanti. Mi è chiaro quello che mi sta domandando.

Inspiro e deglutisco.

Non ho la più pallida idea di cosa rispondere.

«Guarda che non dirò niente a tuo fratello», mi rassicura prontamente. «Il fatto che io sia la sua fidanzata non vuol dire che non possa essere tua amica».

Giochicchio nervosa con un bicchiere vuoto. «Ecco, Laurel, il fatto è che non so se ci sia qualcosa da dire». E sono sincera.

«Ho trovato Norman molto meno burbero del solito negli ultimi mesi ed ero convinta che avesse a che fare con il fatto che vi foste finalmente chiariti. Tuttavia, vista la tua espressione, sto iniziando a dubitarne».

Mi colpisce molto più di quanto dovrebbe l'idea che il cambiamento di Norman sia tangibile e in qualche modo collegabile a me, ma so che non può essere così. «Magari ha solo piazzato qualche ottimo colpo editoriale...», azzardo.

«Norman fa spesso colpi simili. Mai una volta che l'abbia visto sorridere per un simile motivo in cinque anni che lo conosco».

«Perché, sorride?», non riesco a resistere.

«Sorrideva, a dire il vero. Ha sorriso poco nelle ultime settimane».

Appunto. Io torno e lui smette di sorridere. Forse dovrei semplicemente rifare le valigie e salpare per qualche posto più remoto del Colorado.

«Se mi è permesso ficcare il naso in questioni che non mi riguardano, cosa avete chiarito di preciso voi due? Perché, nel caso non te ne fossi accorta, lui è arrivato sorridendo la prima volta dai tuoi, come in attesa di qualche reazione da parte tua e, non trovandola, si è di nuovo spento».

Apro e richiudo la bocca numerose volte prima di riuscire a emettere un suono. «Davvero?». Il mio tentativo di dissimulare un qualche coinvolgimento è durato circa mezzo secondo, temo.

Laurel annuisce. «Così mi è parso…».

E a me no perché, all'improvviso imbarazzata a morte per tutti i demenziali scambi di messaggi che – piccolo particolare – ho sempre iniziato io, ho tenuto la testa bassa e mi sono solo occupata di fuggire alla prima occasione possibile. È facile essere spiritosi e amichevoli quando si è a distanza, quando non senti quel certo timbro della voce, quando tutto quello che hai a disposizione è uno schermo che lampeggia. È ben altra cosa essere a proprio agio con la persona che ti sta di fronte, ti osserva, ti giudica.

La verità è che non so nemmeno io cosa ci siamo detti di preciso. Un mucchio di cose. Ma qualcosa d'importante? Non so, non ci metterei la mano sul fuoco.

Sia in Colorado che poi via chat, si è creata una strana atmosfera scherzosa che non sono riuscita a spiegarmi del tutto. Che non mi sono voluta spiegare. Almeno, finché non mi sono trovata seduta sul volo di ritorno per New York. A quel punto sono andata nel pallone perché mi sono resa conto di non aver mai soppesato così tanto ogni singola parola, virgola, sfumatura scritta da un semplice amico. Mi sono chiesta se sarei mai riuscita ad arrivare a una tale tranquillità di spirito nel mio rapporto quotidiano con Norman e mi sono risposta che… boh, non ne ero affatto convinta. Così ho preso tempo, in attesa di riuscire a domare il folle desiderio che ho di scrivergli ogni volta che prendo in mano il telefono. E vivendo noi tutti in una società che non si reca più in bagno senza cellulare, ne ho di ostacoli da superare. Approssimativamente uno ogni cinque minuti.

«Laurel, tra Norman e me le cose non potrebbero essere più chiare di così», rispondo con una punta di esasperazione.

Laurel mi versa dell'acqua minerale che mando giù di colpo. «Ah...», commenta solo. Non so se si tratti dell'intuito classico di una scrittrice di storie d'amore o se invece il suo sesto senso dipenda da altro, ma sospetto che abbia iniziato a capire.

«Già, ah...», le faccio il verso sprofondando nella mia sedia. «Non so se te l'hanno raccontato, ma avevo una terribile cotta per lui da ragazzina. Credo di aver fatto la figura più barbina che un essere umano possa fare, dichiarandomi a lui un secolo fa».

«Mi è giunta qualche voce...», ammette diplomatica.

«Solo qualche? Guarda che non mi offendo: ero patetica. Chiamiamo pure le cose con il loro nome».

«Quanti anni avevi all'epoca?»

«Diciotto. Ma ti eviterò i dettagli degli anni che ho passato a venerare la sua foto, rubata da un album di mio fratello, perché la vergogna è ancora piuttosto forte».

Laurel mi sorride scuotendo la testa. «Tranquilla, tutte abbiamo fatto pessime figure con gli uomini. È una sorta di rito di passaggio. Non puoi crescere prima di aver preso i tuoi pali in faccia».

«Be', questo non era un palo ma direttamente un transatlantico. Credimi, in fatto di figure di merda, detengo ogni record possibile».

Laurel continua a ridere, non troppo convinta di quello che le sto confessando sotto effetto solo di acqua naturale. «Gli ho scritto terribili lettere d'amore. Per anni. In rima». I suoi occhi si spalancano mentre cerca di soffocare una risata ancora più forte. «Ti autorizzo a ridere. Ormai sono arrivata al punto in cui rido persino io, il che è tutto dire...».

«Voi Tyler siete gente da lettere, a quanto pare».

«Forse Aidan. Ma io di certo non lo sono. Nessuno correrà ad assegnarmi alcun premio letterario per tutto quello che ho prodotto. Spero sul serio che Norman abbia incendiato tutte le mie lettere durante uno di quei falò estivi».

«Figurati se le ha bruciate», esclama Laurel con piglio sicuro.

La osservo curiosa. «Perché lo dici?»

«Alex, Norman è un romantico. Non ce lo vedo a dar fuoco ai propri cimeli d'amore».

Mi sfugge un grugnito di derisione. «Per favore... Per lui sono sempre stata una specie di zecca noiosa. Comunque aveva ragione. Solo che ho impiegato qualche annetto per rendermene conto. Però, sul fatto che Norman sia un romantico, permettimi di dissentire».

Laurel richiama il cameriere per le nostre ordinazioni e poi torna sul tema. «Credimi, è un gran romantico. Dovresti vedere gli appunti che mi lascia quando visiona i miei manoscritti. Per quel che vale la mia esperienza con il sesso maschile, posso dirti che a mio avviso gli uomini sono spesso più sentimentali delle donne. Sono solo più bravi di noi a tenersi dentro tutto».

È piacevole chiacchierare con una donna intelligente che non ti giudica e che ha abbastanza esperienza da poterti consigliare. «Sarà, ma non è il caso di Norman. Pare di granito. Mai che qualcosa lo scalfisca».

«Be', tu lo scalfisci», se ne esce a un certo punto. È un bene che in quel preciso momento stessi di nuovo mandando giù acqua e non il vino rosso portato dal cameriere. La mia camicetta avrebbe fatto una brutta fine.

«Cosa? Non credo proprio...», mormoro tossendo.

«Ho naso per queste cose e credimi, tu lo scalfisci parecchio».

«Io non gli piaccio nemmeno», affermo sicura.

«Oh, sono piuttosto certa che tu gli piaccia, a dire il vero», ribatte senza la minima esitazione. «Quello che invece non sapevo, a dirtela tutta, è che la cosa fosse corrisposta».

Sento le mie guance bruciare. Pensavo che i tempi della mortificazione fossero alle mie spalle e invece no. A quanto pare non ho affatto finito di espiare le mie colpe.

Sospiro con atteggiamento rassegnato. «Sto seriamente lavorando sul fatto che non mi deve piacere». Se non altro è vero.

«Da quanto tempo?», mi chiede Laurel.

«A quanto pare da quasi diciotto anni, ma temo di aver perso il conto esatto...».

«Caspita!», esclama colpita. «Diciotto anni sono...». Si blocca, alla ricerca di una parola che non mi faccia sentire più ridicola di quanto già non mi senta.

«Sì, un discreto lasso di tempo. Motivo per cui, l'altra sera a casa dei miei l'ho evitato anche se non avrei avuto motivo di farlo. Lo so, sono un essere spregevole e per nulla maturo, ma ho i miei limiti. Ho diciotto anni di limiti dalla mia. Norman è una porta che preferirei rimanesse chiusa. Perché, per quanto lui possa far filtrare di tanto in tanto qualche raggio, quella porta non si aprirà mai. E lo so. L'ho capito a suon di porte sbattute in faccia. Quindi, se anche ti è parso di intuire qualcosa, lascia perdere. Lui è fatto così».

Laurel è chiaramente combattuta. Ha ben compreso quello che le sto dicendo ma non è il tipo che molla facilmente. «Lasciamo perdere per un attimo questi ultimi giorni newyorkesi. Torniamo piuttosto a come vi siete lasciati dopo la convivenza forzata in Colorado. In che fase eravate dopo il tuo compleanno?», vuole sapere.

«Terribilmente amichevole. Mai stati amici in precedenza, sia chiaro. Ma è da prima che partissi per Colorado che lui si è messo in testa di rendere i rapporti tra di noi "meno tesi". E sebbene abbia assolutamente ragione a volerlo, per quel che mi riguarda la nostra amicizia non è del tutto indolore». Mi sporgo verso Laurel e abbasso la voce. «Secondo te si tratta del ricordo del primo amore oppure c'è altro in questo mio non riuscire a essere del tutto a mio agio con lui?».

Lei scrolla le spalle. «Non lo so. Il mio primo amore si è trasferito quando avevo quattordici anni e non l'ho mai più visto. Ho però un bel ricordo di quei tempi».

Appunto, come tutti. O quasi. «Il fatto è che, per come la vedo io, nel tuo caso, se anche questo ragazzino fosse rimasto, saresti comunque cresciuta e ti saresti innamorata di altre persone. Perché è questo che fa la gente normale: si evolve, cambia idea o almeno fissazione. Perché diavolo a me non è successo?», ho finalmente il coraggio di domandare a voce alta.

«Forse perché ci stai provando fin troppo? Dovresti fare un respiro profondo, rilassarti e smettere di angosciarti per quello che è stato. Chi se ne frega del passato… E non ha nemmeno senso evitarlo alle cene di famiglia per paura di poter ricadere in una sorta di ossessione malata. Perché è di questo che hai davvero paura: di ricaderci, no?».

Non fingo nemmeno di aver bisogno di tempo per rifletterci. «Terribilmente. Sono terrorizzata alla sola idea. Mi scoccia ma ho paura. Mentre eravamo in montagna, ogni volta che il mio cuore accelerava, dovevo interrogarmi sul motivo: era perché avevo camminato chilometri sotto la neve o perché per qualche assurdo motivo Norman era lì con me?»

«Forse anche il mio cuore accelererebbe se rivedesse oggi il mio primo amore. Forse è così che deve essere... quello che ci ha causato le prime palpitazioni avrà per sempre un ruolo speciale nella nostra memoria. Ma è destinato a rimanere solo quello. Un ricordo». Laurel dovrebbe seriamente riflettere sull'opportunità di cambiare carriera e salvare dall'autocommiserazione più totale ragazze con problemi di cuore. È bravissima a rassicurare le persone, dico davvero. «Certo, a meno che tu non voglia...».

Questa volta non la lascio nemmeno libera di terminare la frase. «Assolutamente no!».

Scoppia a ridere per la mia estrema irruenza. Ma il tema esigeva una presa di posizione piuttosto drastica. «Allora ok», mi concede con un grande sorriso.

«Ok», ripeto a mia volta.

Il cameriere ricompare con il nostro pranzo e mi rendo conto di avere finalmente una grande fame, dopo giorni passati con il mal di pancia. «Per curiosità, dov'è finito mio fratello?»

«Sarebbe voluto venire a pranzo con noi. Ma gliel'ho vietato. Gli ho specificato che si trattava di un incontro per sole donne».

«Immagino la sua faccia...».

«Conosci Aidan. Non ama non essere al centro dell'attenzione. Con espressione offesa ha deciso che allora sarebbe andato al parco ad allenarsi per la maratona».

«Aidan vuole correre la maratona?», chiedo colpita. Mio fratello è uno sportivo discreto ma non ha mai avuto la costanza che gli permettesse di andare oltre l'allenamento basilare. «Quella di New York?»

«Così pare. Perché, fino a prova contraria, io corro meglio di lui e ho molta più resistenza. Questo gli ha dato fastidio, perché non c'è niente che renda interessante una relazione come un po' di sano antagonismo. Così ha deciso di allenarsi per correre un'intera maratona».

«Cielo, morirà a metà percorso...», mormoro inquieta.

Laurel non mi pare granché preoccupata. «Figurati, non morirà. La sua vena competitiva è troppo pronunciata perché gli permetta di perire lungo il percorso. E infatti non è Aidan a preoccuparmi quanto Norman».

Smetto di masticare il mio petto di pollo e scruto attentamente Laurel. «Perché? Anche lui vuole fare la maratona ora?». Inutile a dirsi, poche cose mi paiono più improbabili.

«Non è tanto quello che vuole lui, quanto le follie in cui riesce a coinvolgerlo Aidan», precisa.

«Oh mio Dio...», mormoro seriamente allarmata.

«Eh già», si mostra d'accordo. «Tra le altre cose, ho il sospetto che il povero Norman si sia messo a macinare chilometri su chilometri solo per cercare di combattere lo stress della sua vita».

«Quale stress? Quello professionale?»

«Veramente pensavo a qualcosa di più personale...».

Finalmente riesco a cogliere l'insinuazione nelle sue parole. «Ma figurati se corre a causa mia!». E scoppio a ridere alla sola idea.

Ridicola.

Davvero ridicola.

«Aidan mi ha raccontato che una volta è caduto dal tapis roulant».

«Se non altro a Central Park non può succedergli niente», provo a rassicurare entrambe.

«Tu dici?», mi chiede vaga.

«Perché, tu no?»

«Diciamo pure che, quando si tratta del mio agente, tendo a non dare nulla per scontato».

E con questa frase enigmatica versa a entrambe del vino.

Capitolo 10

Norman

Gli esseri umani dotati di un minimo di raziocinio non decidono di uscire per una corsetta al parco una domenica d'agosto. A mezzogiorno. No, la gente intelligente si rinchiude in casa e accende l'aria condizionata, facendo attenzione a portare la temperatura desiderata al livello ritenuto accettabile dagli eschimesi. Perché oggi fa un caldo fottuto e questo è troppo anche per la mia vena masochistica, ultimamente alquanto pronunciata.

«Aspetta...», provo a supplicare Aidan che, sebbene ricoperto di sudore, non accenna a diminuire il passo. Lo sapevo che avrei dovuto evitare di stringere amicizia con gente sportiva ai tempi dell'università. In verità lui mi ha fregato, perché da uno così innamorato della scrittura non ti aspetteresti mai una tale capacità polmonare. E invece eccolo qui che saltella sul posto per non perdere il ritmo. In questo momento lo odio come non ho mai fatto prima.

«Che c'è? Problemi di fiato?», chiede con una punta di sadismo.

«Fiato? Cos'è il fiato?», pronuncio tra un respiro comatoso e l'altro.

«È proprio per questo che dobbiamo allenarci, per riuscire a respirare alla fine di una corsa».

«Pensavo ti stessi allenando per battere Laurel...».
«Sì, anche quello», mi concede non senza fatica.
«Aidan, io non posso morire a causa delle tue insicurezze personali, te ne rendi conto, vero?».
Finalmente smette di saltellare e mi osserva serio. «Guarda che io ti ho solo esteso l'invito. Sei qui a sudare di tua spontanea volontà, mio caro. Che tu te ne renda conto o meno... A proposito, perché sei qui, esattamente?».
Cerco in tutti i modi di smettere di boccheggiare come un pesce. L'impresa è ardua. «Perché dicono che l'attività fisica aiuti a combattere lo stress».
«E perché saresti stressato, se mi è permesso saperlo?», non perde tempo.
«Io sono sempre stressato», lo liquido velocemente.
«No, non sempre. Sei stato sorprendentemente rilassato dopo il tuo rientro dal Colorado e fino a due settimane fa...».
«Puro caso», cerco di non abboccare alla domanda implicita.
«Noi giornalisti investigativi crediamo poco nel caso. Due indizi fanno una prova, Normy».
«E quale sarebbe questa prova?»
«La tua faccia. Per caso hai mangiato pompelmi per colazione?»
«Io non mangio pompelmi».
Alza le braccia con fare piuttosto teatrale. «Nessuno mangia pompelmi, per l'amor del cielo! A meno che non viva in California e abbia preso troppo sole».
«Stiamo tornando a te, quindi? Mi sembrava strano che non fossi l'argomento principe di una discussione...»
Aidan cerca di non scoppiare a ridere perché significherebbe perdere. E Aidan detesta perdere. «No, mio caro

saccente, stiamo parlando di te. E di come ci sei rimasto male perché mia sorella ha ripreso a evitarti».

Mentalmente mi maledico per avergli raccontato con minuzia di particolari di come, a quanto pare solo ai miei occhi, Alex e io avessimo superato gli anni della guerra fredda. Hanno fatto prima a unificare le due Germanie, ora che ci penso...

«Be', visto che pensi di sapere tutto, immagino mi dirai anche il perché...», lo sfido, tono di sarcasmo mai così palese.

«Perché ti evita? E io cosa ne so! Sono donne, sono di un'altra razza. Ci sono giorni in cui dubito seriamente di parlare la loro stessa lingua. Anzi, sono certo di non parlarla: comunicano più attraverso le cose non dette che con quelle che escono dalla loro bocca. Pensavo te ne fossi reso conto anche tu, ormai».

«E la tua relazione con Laurel non ti ha insegnato niente?»

«Certo, che ignoro quasi tutto. L'ignoranza è un ottimo punto di partenza, non trovi?».

Sorrido mio malgrado. «Dici che arriveremo mai a comprenderle?»

«No. E il loro fascino sta in parte anche nell'essere di difficile interpretazione. Non sei mai certo di niente, motivo per cui non ti ricordi nemmeno di annoiarti. E più ti tengono sulle spine, più tu perdi la testa per loro. È così che va il mondo, dalla notte dei tempi».

Vorrei poter affermare che abbia torto, ma c'è parecchio di vero in quello che ha detto. Sarà un luogo comune, ma quello che non si comprende affascina. Che sia scienza, matematica o semplicemente il mondo femminile. «Uhm...», è tutto quello che riesco a dire. In fin dei conti non sto né negando né acconsentendo.

«Uhm, cosa? Uhm ho ragione?», chiede impaziente.

«Uhm fa troppo caldo per metterci a discutere nel parco».

«E allora corriamo».

Non sono mai stato il tipo da corsa, nemmeno quando ero più giovane. Ero lento, impacciato, del tutto inadeguato. E lo sono ancora, constato con perversa soddisfazione.

Aidan ha ragione: il mio umore è pessimo da qualche giorno a questa parte. Sono nervoso e arrabbiato e non so con chi prendermela, perciò corro fino a stare male. La speranza è quella di dimenticarmi del motivo del mio malumore almeno per un po'. Non puoi rimuginare sui tuoi problemi esistenziali se nemmeno riesci a respirare, no? È tutta una questione di priorità, in fondo.

Sono così concentrato a cercare di non perdere i sensi per la fatica durante uno degli inutili scatti effettuati per stare al passo con Aidan, che di punto in bianco avviene qualcosa di inaspettato. E non so bene perché. A me succedono sempre cose improbabili. Il che, ora che ci penso, in verità le rende alquanto probabili.

Perciò, nonostante in verità io abbia motivo concreto per attendermi qualcosa di nefasto, c'è invece un discreto stupore quando inciampo nella maledettissima radice di un albero – lo so, lo so, non è affatto strano che se ne trovino nel bel mezzo di un parco – con conseguente ruzzolamento. E siccome quando faccio io le cose, mi impegno al massimo perché vengano davvero bene, nella caduta rovinosa riesco a piegare in modo del tutto innaturale il mio piede destro, scorticandomi completamente il ginocchio sinistro e battendo persino la testa.

E poi dicono che con l'esercizio si migliora. Certo che sì. A uccidersi.

«...È stato davvero un volo impressionante...», sta ripetendo a chiunque gli capiti sotto tiro Aidan, mentre mi stanno medicando al pronto soccorso. Una volta sistemate le ferite più evidenti, mi hanno fatto una serie di lastre e siamo ora in attesa del definitivo responso in modo da potercene finalmente andare via da qui.

Ma per levare le tende bisogna poter contare sull'uso di almeno qualche arto, e io credo di avere qualche problemino anche solo a mettermi in piedi, figurarsi camminare. È probabile che mi toccherà strisciare. Sono così avvilito, umiliato, nonché discretamente imbottito di antidolorifici, che mi sento persino calmo. Certo, per quanto può esserlo uno che pare uscito da un film splatter e invece è solo finito steso per terra. In sala d'aspetto un tizio investito da un camion insisteva per darmi la precedenza.

«Allora, abbiamo i risultati delle lastre», entra nella stanza il medico che mi ha visitato un'ora fa. Non ha fatto in tempo a richiudersi la porta alle spalle che viene seguito dai signori Tyler, che si fanno strada nella stanza. «I genitori?», gli chiede il dottore.

«Adottivi», risponde senza battere ciglio la signora Tyler. «Oh, Norman, tesoro...». Si avvicina al letto e mi abbraccia forte.

«Signora!», la richiama il medico indignato. «Il paziente ha una commozione cerebrale, seppure lieve, ed è coperto di escoriazioni!».

Già, dimenticavo di elencare anche la lieve commozione cerebrale tra i danni riportati...

«Oh Norman», sospira ancora una volta, abbracciandomi di nuovo, ma senza stringere troppo forte. Adoro la signora Tyler, ma ora come ora non posso fare a meno di notare quanto le assomigli sua figlia: la consapevolezza mi irrigidisce ancora di più.

E, a proposito della più giovane dei Tyler, ecco comparire anche lei nella stanza dell'ospedale. Ma questa cosa sarebbe, una specie di riunione di famiglia?

«Sono sotto oppiacei?», chiedo serio al medico.

«No, abbiamo bandito gli antidolorifici a base di oppiacei», vengo prontamente rassicurato.

«Siete tra i pochi allora. In questo Paese i morti per dipendenza da oppiacei si sono quadruplicati in meno di vent'anni».

Il medico mi osserva con stupore. «È del campo?»

«Medico? No, affatto. Ma leggo».

«Legge molto», conferma Alexandra, avvicinandosi al lettino su cui mi hanno sistemato. Allunga una mano nella mia direzione, indecisa su dove posarla. Alla fine opta per la spalla, una delle poche zone del corpo che non sta sanguinando.

Drogato o meno, sono comunque profondamente stupito di trovarla qui. A casa dei suoi si è impegnata oltremisura a non incrociare mai i miei occhi. La prima volta ho pensato si trattasse di un caso, la seconda ho compreso che lo faceva in modo del tutto intenzionale. E ci sono rimasto male, perché in questi ultimi mesi il mio cellulare si è riempito di strampalate conversazioni via chat con una persona che poi ha quasi finto di non conoscermi. Credo mi abbia giusto salutato con un veloce "ciao". E poi più niente. Quindi, perché ora è qui?

«Oh, ma quale buon vento…», borbotto sarcastico. Mi piacerebbe molto mostrarmi superiore e lasciar perdere, ma tutto quel sangue versato a Central Park mi ha resto stranamente suscettibile.

Alexandra finge di non notare il mio tono burbero. Sì, finge, perché sono assolutamente certo che abbia invece compreso. «Come stai? Aidan mi ha avvisato che avevi avuto un brutto incidente durante la corsa…».

Ecco spiegato il mistero: suo fratello deve aver ingigantito oltremodo la mia caduta, in perfetto stile narrativo d'avanguardia. Cosa ne è stato della semplicità stilistica di un genio come Hemingway? Persa per strada, a quanto pare, al pari del mio sangue. «Sono solo caduto, dannazione. Capita a molti, no?». Cinque facce non molto convinte si posano su di me. «Ok, lasciamo perdere… l'importante è che non abbia niente di rotto». La mia dignità ne sta uscendo a pezzi, mi pare ovvio, ma ho sempre saputo di essere nato per soffrire.

«Ecco, a questo proposito…», si inserisce a disagio il dottore.

Ma certo che mi sono rotto qualcosa. È così ovvio che mi scappa anche una mezza risata amara.

«Dottore, è proprio certo che stia bene? Non potrebbe essere sotto shock?», si sta informando Alexandra. Deve essere una brava attrice perché il suo tono pare sinceramente preoccupato. Mi sfugge un'altra risata denigratoria che allarma ancora di più i presenti.

«Perché dovrei stare male? Perché mi stai rivolgendo la parola? Lo confesso, sono piuttosto sorpreso. Ma per sconvolgermi serve questo e altro. Allora, cosa mi sono rotto?», chiedo arrabbiato al medico.

«Tre dita del piede destro».

«Certo. Tre», ripeto in automatico.

Dannazione…

«Saremo quindi costretti a ingessarle il piede perché, lei capisce, tre dita sono impossibili da tenere ferme altrimenti».

«Mi dica sinceramente: le è mai capitata prima d'ora una frattura così sfortunata?»

Il dottore mi sorride magnanimo. Sospetto di fargli un po' pena. «Mi sono capitate molte cose assurde».

Non ha risposto alla mia domanda ma lascio correre. Tanto, non si vince niente a essere il più sfigato in assoluto, no?

«Chiamo l'infermiera con la carrozzella e la portiamo a ingessare il piede. Avrà anche bisogno di un paio di stampelle, da usare nei primi giorni. Sarebbe infatti meglio che poggiasse il meno possibile il piede. Sua moglie viene con noi?», domanda.

Io lo osservo inebetito. La mia chi?

«Fidanzata?», riprova.

Riderei, se non avessi finito tutto l'umorismo di cui sono capace. Un milione di escoriazioni tendono a rendere di cattivo umore una persona, a maggior ragione se già non brilla per giovialità.

«No, sono un'amica. Ma vengo senz'altro per aiutare!», acconsente al volo. Sorprendente, visti i nostri precedenti. Precedenti che pensavo avessimo seppellito, salvo scoprire di essermi sbagliato. *Di nuovo*. Questa cosa con Alexandra assomiglia sempre di più a una specie di labirinto: non se ne esce.

Alzo gli occhi al cielo. Mi metterei a litigare con lei, se all'improvviso non fossi stanco morto. Il caldo, la corsa, la caduta, Alexandra. Mi pare tutto eccessivo.

«Qualcosa da dire?», chiede con aria fin troppo innocente.

«Chi, io? Nulla. Mi era solo parso di intuire che fossi troppo occupata anche solo per parlarmi, figurarsi per aiutarmi...».

Alexandra mi lancia un'occhiataccia e si rivolge al medico: «Non gli dia retta. È solo frastornato per la caduta».

«Be', è comprensibile...», le risponde palesemente in imbarazzo. Finire in mezzo alle nostre discussioni non deve essere un'esperienza piacevole. «Andiamo?», domanda felice per la comparsa della carrozzina.

Mettermi seduto acutizza di nuovo tutti i dolori del corpo. La mia non è stata una caduta ma più che altro un vero e proprio tentativo di suicidio. E pure maldestro. «Maledizione...», impreco tra i denti, lasciandomi poi andare a un sonoro sospiro.

Alexandra si avvicina e mi accarezza i capelli in un gesto di incredibile familiarità, che lenisce il dolore in fretta e pure in profondità. Non sono stupito dell'effetto che ha su di me. Forse dovrei, ma non lo sono comunque. La sua mano torna poi sulla mia spalla, imprimendo una lieve pressione che equivale a una specie di rassicurazione.

L'infermiera spinge la carrozzella fuori dalla stanza, lungo il corridoio dell'ospedale, finché non ci fermiamo in prossimità dell'ascensore. Alexandra ha spostato la sua mano dalla mia spalla, ma è accanto a me, scarpe da ginnastica fucsia che falciano il pavimento. Mentre vengo spinto dentro l'ascensore, torna a scompigliarmi i capelli. Se i ruoli fossero invertiti e lei si fosse fatta male, credo che a quest'ora sarei diventato matto.

Il mio viaggio termina in una stanza del secondo piano, dove mi rimettono sdraiato con la gamba sollevata e mi dicono di attendere l'arrivo dell'ortopedico che dovrà ingessarmi. Pensavo di essere fuori età massima per girare con il gesso. A quanto pare mi sbagliavo.

Alexandra si è seduta sulla sedia accanto al lettino; le sue mani sono incrociate sul grembo e mi pare nervosa all'idea di essere rimasta sola con me.

«Allora, come stai?», le chiedo giusto per fare conversazione. Ci sono silenzi che nascondono significati pericolosi.

«Meglio di te», è veloce a replicare azzardando un sorriso.

«Ci vuole poco Alexandra. Molto, molto poco».

«Dai, tre dita del piede non sono così male. Avresti potuto romperti ben altro. Per esempio...».

«Alt, non dirlo nemmeno. Non invochiamo su di me altre sfortune, per piacere».

«Ti confesso che non ti facevo tipo da corsa campestre».

«E infatti non lo sono, come ha efficacemente dimostrato l'episodio odierno».

Osserva con attenzione il mio volto, che sospetto assomigli più che altro a quello di un pugile, e poi allunga una mano nella mia direzione. «Vedrai, con un po' di pazienza tornerà tutto come prima».

«Non sono preoccupato per il mio aspetto, non faccio mica il modello. È più che altro il mio orgoglio a uscirne molto male», le confesso.

«Al diavolo l'orgoglio...».

«Da che pulpito», mi permetto di farle notare.

Sospira. «Temo che l'orgoglio sia una specie di invecchiamento della personalità: più cresci e più hai bisogno dell'amor proprio per mascherare certe delusioni, purtroppo». All'improvviso si raddrizza sulla sedia con aria risoluta. «Senti, mi rendo conto che questo non è un buon momento per parlare e che tu sei un po' anestetizzato, ma credo di doverti comunque una spiegazione...».

«Noi non abbiamo esattamente il tipo di rapporto per cui ci dobbiamo spiegazioni...», cerco di toglierla d'impaccio.

In verità, ora che è qui, non ho voglia di sentire chissà quale discorso. Mi accontento di poco. Anzi, ho imparato ad accontentarmi di poco.

«È vero. Ma nello stesso momento vorrei provare a farti capire».

«Esiste in natura qualcosa di simile? Uomini che comprendono le donne, intendo? Mi hanno sempre raccontato il contrario».

Osservarla sorridere dal vivo è molto meglio che immaginarla sorridere a distanza. Tuttavia, per quanto sia più d'effetto, è anche la causa di un ben noto dolore intercostale. E per una volta la mia caduta non c'entra. Almeno, non troppo.

Apre la bocca, pronta a raccontarmi la sua versione dei fatti, quando l'ennesimo medico compare sulla scena. Alexandra scuote le spalle con rassegnazione. «Sai cos'altro dicono? Che l'attesa del piacere è essa stessa piacere. Poco male, parleremo più avanti».

«*Und ein Vergnügen erwarten, ist auch ein Vergnügen*», recito a memoria. «E pensare che Lessing mi è sempre parso un filosofo piuttosto ragionevole. Prima d'ora».

«Oh mio Dio, cosa sarebbe, danese?», chiede impressionata.

Alexandra riesce nella titanica impresa di farmi sorridere. Il volto mi tira tutto e mi fa un male cane. «Tedesco, sciocca. E che non ti salti in mente di voler imparare anche quello».

«Non sono affatto portata per le lingue, temo», borbotta incupendosi.

«Allora, signori, pronti per il gesso?», ci interrompe l'ortopedico.

«Francamente ne avrei fatto volentieri a meno...».

Scruta la lastra e scuote la testa. «Brutta caduta. Direi che non abbiamo alternative, signor Morrison».

«E allora ingessi. Cosa vuole che le dica», sospiro mentre lui chiama l'infermiera per farsi aiutare. Immobilizza con le stecche le mie dita malconce e poi passa al divertimento.

«Fatto. Ne avrà per due settimane. Le ho già fissato la visita di controllo per togliere il gesso. Tuttavia, se vuole cavarsela sul serio in così poco tempo, le raccomando il riposo. Non appoggi la gamba, specie i primi giorni. La tenga sollevata, quando possibile, in modo che le dita non si gonfino ancora. Se ha bisogno di qualcosa, se lo faccia portare. Questa è ormai una città dove le consegne a domicilio avvengono quasi in tempo reale».

«E poi ci sono io!», si offre con innocente entusiasmo Alexandra.

«Ecco, e poi c'è la signorina», ripete l'ortopedico con un sorriso.

«La signorina ha una vita, un lavoro e così via...». Non sono affari del medico, ovviamente, ma lo sto dicendo più per Alexandra che per lui.

Il dottore si sfila i guanti ed è pronto ad abbandonarci per ingessare altri poveri sfortunati. «Signor Morrison, attenda ancora un attimo in modo che il gesso si secchi a dovere», mi raccomanda. «E si ricordi, ci vediamo tra quindici giorni».

L'uomo non ha nemmeno fatto in tempo a richiudersi la porta alle spalle che la valchiria torna all'attacco. «Sono certa che tu non esiteresti nemmeno un secondo a offrirmi il tuo aiuto, se io mi rompessi qualcosa», insiste ostinata.

«Eventualità che non si verificherà mai». Il messaggio non troppo velato è: «Vedi di non farla verificare».

«Perché, non posso inciampare correndo?»

«Per fortuna no. L'essere maldestro fino al ridicolo è una mia specialità. Non mi piace condividerla».

«Tipico atteggiamento da figlio unico».

«Per fortuna. Una delle poche decisioni intelligenti dei miei. Ci mancava solo che il supplizio venisse esteso ad altri...», mi sfugge di bocca senza nemmeno rendermene conto.

Alexandra si blocca all'istante. Immagino sia troppo sperare che non abbia sentito. «Cosa vuoi dire?»

«Niente, non dicevo niente. Sto straparlando: ho più escoriazioni che pelle integra, mi sono appena rotto tre dita...», vado avanti a elencare le mie sfortune.

«Sì, sì, vinci il premio per il caso umano della settimana...», borbotta seccata. Le si legge in faccia il desiderio di tornare a bomba su quello che ho appena detto, ma nello stesso momento ha troppa pena di me per insistere. È la prima volta nella mia vita che sono quasi felice di farle pietà.

«Ce ne andiamo di qui?», la supplico, perché all'improvviso sono seriamente stanco. Voglio chiudere gli occhi per qualche ora e dimenticarmi di tutto.

«Certo». Mi aiuta a scendere dal lettino e a risedermi nella carrozzella. I suoi capelli mi finiscono sul volto e per un attimo ne ispiro l'odore. Usa uno shampoo che sa di fiori. «Quindi, come vogliamo organizzare la tua degenza?», chiede mentre mi spinge verso l'ascensore da cui siamo arrivati.

«*Vogliamo*?», ripeto inquieto. «Non trasformarti in tua madre», la supplico. «La mia donna delle pulizie viene comunque tre volte a settimana. Sono certo di poterla convincere a portarmi la spesa».

«Sì ma spesa a parte, avrai comunque bisogno di aiuto.

L'hai sentito il medico: non devi appoggiare la gamba questi primi giorni», mi ricorda.

«E non la poggerò, infatti. E per quanto riguarda l'eventuale aiuto, posso benissimo farne a meno. Ho intenzione di lavorare da casa. Mi bastano il computer e il cellulare».

«Lavorare?», esclama indignata. «Ti hanno appena ingessato e tu pensi a lavorare?»

«Francamente a cos'altro dovrei pensare?». È una domanda triste ma anche molto realistica.

«A guarire», perora la sua causa.

«Guarirò. E poi c'è tuo fratello. E i tuoi. Sono circondato da gente con le migliori intenzioni», sospiro a un tratto.

«Lo dici come se fosse un difetto».

Mi sfugge una risata, perché temo che abbia ragione. «Alexandra, è tutto sotto controllo», la rassicuro, spingendo da solo la carrozzella fuori dall'ascensore, approfittando di un suo momento di distrazione. Il mio intento è quello di mostrarle con i fatti di essere perfettamente autosufficiente. Il risultato è che vado a sbattere contro il muro. Con il piede ingessato.

Alexandra mi raggiunge con un prodigioso balzo atletico e riprende a spingere la carrozzella. «Ah, come controlli tu le cose...», mi prende in giro senza pietà.

Me lo sono decisamente meritato.

Capitolo 11

Alex

Il giorno seguente, complice una notte di sonno agitato, sono in piedi a un'ora del tutto ridicola. Nonostante la vita di montagna mi abbia fatto riscoprire l'amore per l'alba e mi abbia reso una persona mattiniera, l'orologio della cucina indica che sono passate da poco le sette, quando vi rimetto piede di ritorno dal mercato. Mai stata al mercato di Union Square (o qualsiasi altro) prima di oggi. Temo che questo non deponga granché a favore del mio mangiare sano. Ma questa notte, stufa di rigirarmi di continuo da un lato all'altro del materasso, mi sono messa d'impegno e ho divorato un impressionante numero di articoli sugli alimenti in grado di velocizzare il recupero dopo un incidente. Ho appreso quasi tutto quello che c'è da sapere sull'assimilazione del calcio, per esempio.

Sto ancora sorridendo con soddisfazione della mia intraprendenza quando la mia coinquilina fa il suo ingresso in cucina. «Che diavolo è successo? È esplosa una bomba?», domanda incredula.

«Scusami, ti ho per caso svegliato?», le chiedo. Procedo poi a liberare almeno una delle sedie in modo che si possa accomodare e farmi compagnia. Temo che, una volta arrivata al mercato, mi sia fatta un po' prendere la mano. Classico entusiasmo da prima volta.

«Non ti preoccupare, mi dovevo alzare in ogni caso. Tu, piuttosto, da che ora sei in piedi?»

«Cielo, non chiedermelo, non vuoi saperlo...».

«Ieri sera sono tornata piuttosto tardi da quella cena di lavoro e ho intravisto la luce accesa in camera tua. Cosa stavi combinando?», si interroga con un sorriso benevolo.

«Leggevo. Lezioni su come si cucina sano».

Leila mi scruta perplessa. «Perché? Che cosa è successo?»

«Non potrebbe essermi solo venuta voglia di abbracciare la vita di adulta consapevole?», provo a convincerla.

Il suo ghigno basta a spiegare come la pensa. «Sei per caso caduta e hai battuto la testa?», mi punzecchia.

«Io no. Ma ieri Norman è inciampato correndo, ha una leggera commozione cerebrale e si è rotto tre dita del piede», le racconto in modo conciso perché, in perfetta modalità multitasking, sto consultando il mio cellulare per capire cosa fare dei semi di chia. Pare contengano una quantità impressionante di calcio. E a noi serve il calcio. Voglio dire, non a noi. A lui, a Norman. Il plurale è stato chiaramente un mero errore.

«Be', mi spiace molto per Norman...». All'improvviso si blocca e mi chiede con fare cospiratorio: «Scusami, stiamo parlando dello stesso Norman che detestavamo tanto da augurargli di cadere in un burrone?». La sua espressione è comprensibilmente confusa.

«Non ho detto proprio *burrone*...», cerco di puntualizzare, scacciando il senso di colpa opprimente perché sì, cielo, non ci sono andata leggera.

«Burrone, pendio, promontorio, ponte. Le hai dette tutte, bellezza», mi ricorda infatti senza pietà.

«Questo era prima. Ora siamo amici. Una specie», mi affretto a precisare.

La mia coinquilina mi lancia una strana occhiata. «La specie che si vede reciprocamente nuda?», chiede ridendo.

Leila è stata informata in modo alquanto superficiale dei miei trascorsi con Norman; sa qualcosa, ma ovviamente non tutto. Cerco infatti di non spaventare più di tanto le persone che gravitano nella mia vita, perché, se i ruoli fossero invertiti, scapperei a gambe levate da una che ha passato nove anni a scrivere deliranti lettere d'amore in rima.

Ora che ci penso, è probabile che le abbia dato versioni confuse e sconclusionate della mia cotta adolescenziale per Norman, con conseguenti racconti di rabbia e odio non meglio giustificati. Il fatto che Leila non abbia mai voluto infierire è sintomo che mi vuole molto, molto bene.

«No, di certo non quella!», esclamo allarmata.

Solleva le mani in segno di resa. «Tranquilla, era solo per sapere... Quindi non sei stata tu a spingerlo dal burrone. E non ti serve un alibi».

«Leila, no! Ti sembro davvero un tipo vendicativo?» Sono sempre stata una che si inalbera facilmente, ma c'è un limite a tutto.

La mia amica preferisce non rispondere e concentrarsi invece sull'invasione di frutta e verdura. «Non hai mai portato così tanto cibo "vero" in casa nostra. A cosa serve? Ci convertiamo al menu delle modelle?».

Scuoto la testa sorridendo. «No, scema. Sto per mettermi a cucinare. Cibo sano per guarire più in fretta».

Leila apre la bocca e si porta la mano sul cuore. «Oddio, ora vuoi cucinare per lui! Sicura di non andarci a letto?», richiede una seconda volta.

Le lancio un'occhiataccia. «Cosa c'è? Non si può più fare una buona azione disinteressata? Norman non potrà muoversi granché questi primi giorni e ha bisogno di mangiare. Tanto vale che mangi cose salutari...». Alle tre di notte questa cosa pareva molto più ragionevole, giuro.

«Per esempio?»

«Budini ai semi di chia», le rispondo come se padroneggiassi alla perfezione la materia.

«Eh?». Sbatte le ciglia allarmata e scruta la tavola.

In un contenitore ho appena versato latte di soia con un po' di questi semi che, pare, dovrebbero gonfiarsi nel giro di qualche ora. Alti livelli di stregoneria, insomma.

«Ho letto numerosi articoli sul tema: i semi di chia sono incredibilmente ricchi di calcio e omega3. Quindi, perfetti per chi ha subito una frattura».

«Se mi permetti, Alex, il punto non sono tanto le proprietà benefiche dei semi di chia o lino o qualsiasi altra cosa, ma piuttosto che tu ti senta all'improvviso in dovere di soccorrerlo. Sempre certa di non averlo investito con la macchina?», riprova.

«Ah ah, ma se nemmeno possiedo una macchina! No, giuro, io non c'entro. Ma abbiamo passato insieme due giorni in montagna per il mio compleanno e abbiamo davvero voltato pagina...».

Leila sbarra gli occhi, all'improvviso del tutto sveglia. «Cosa? Quando? Perché? E come mai non ne so niente?»

«Non mi sembrava importante...», tento di scagionarmi in modo non molto convincente.

La sua espressione è significativa. «Finalmente sto iniziando a collegare un po' di cose. Cielo, sei più contorta di un thriller... E forse quel libro che vedo sempre girare per casa da quando sei tornata è un suo regalo di compleanno», azzarda con un colpo da maestro.

«Quale libro?», fingo di cadere dalle nuvole.

Leila quasi mi ride in faccia. «Come quale? Quella cosa antica che ti porti sempre appresso! In che razza di lingua è, a proposito?».

Ho il buon gusto di arrossire prima di aprire bocca. «In danese», farfuglio a bassa voce, ma lei mi ha udito comunque.

«Sono le sette del mattino, nella mia cucina stracolma di cibo sano di cui quasi non conoscevo l'esistenza si parla di semi di chia e ora si discute di letteratura danese. Io ci vedo una sola spiegazione possibile: sono finita in una realtà parallela. Il che, con un nome come il mio, era quasi scontato, no?».

Scoppio a ridere. «Giuro, so che può sembrare strano, e in parte lo è, ma è meno strano di quanto tu possa temere».

«Da uno a ricovero in clinica, a che livello siamo?»

«Una giusta via di mezzo».

«È questo il problema: spesso e volentieri non ci sono vie di mezzo, Alex».

Leila mi pare particolarmente filosofa questa mattina. Decido di versarle una generosa dose di caffè che ho preparato giusto qualche minuto fa, immaginando che sarebbe servito per stemperare almeno in parte il traumatico inizio di giornata. Lei accetta con un sorriso scintillante, portandosi subito la tazza alla bocca. «Quindi, cosa prepariamo per il malato?». Mi offre il suo aiuto dopo la giusta dose di caffeina, prendendo in mano una grossa foglia di cavolo nero. Il suo volto è un misto di curiosità e orrore.

«Iniziamo a cucinare la quinoa», le propongo, cercando il sacchetto appena acquistato.

«La quinoa fa schifo», ricorda a entrambe, perché eravamo a pranzo insieme con una nostra conoscente comune l'unica volta che l'abbiamo provata. E sì, non ci ha entusiasmato, per usare un eufemismo.

«Ma fa bene. Secondo Google è ricca di flavonoidi che hanno effetti antinfiammatori sull'organismo. E direi che Norman con quella sua caduta ne ha di zone da sfiammare...».

«Ok, vada allora per la quinoa», acconsente. «Tanto non la devo mica mangiare io. E il cavolo? Queste foglie sono così grosse e corpose che le potresti usare come materiale da costruzione».

Allungo la mano per assicurarmi di quello che sta dicendo e, dannazione, potrebbe esserci del vero. «Uhm, il cavolo lo massaggiamo. Secondo la bibbia di internet diventa molto più morbido dopo un massaggio fatto bene», affermo speranzosa.

«Il dramma è che sei persino seria», sospira. «Ricordami solo perché stiamo facendo tutto questo: per uno con cui nemmeno vai a letto? Non mi pare che tu abbia cucinato per nessuno dei tuoi ex ragazzi...».

Mi giro verso di lei per rispondere nel modo più sincero di cui sono capace. «Non lo so, Leila. L'unica cosa che so è che sento di volerlo fare».

Lei annuisce osservandomi con rispetto. «E allora cucineremo. A proposito, sai almeno come si accendono i fuochi oppure devo partire proprio dalle basi con te?».

È imbarazzante da ammettere ma... «Basi siano, cara». E poi scoppiamo a ridere entrambe.

Qualche ora dopo il taxi mi lascia nel bel mezzo del Greenwich Village, all'incrocio dell'Ottava con la Sesta Avenue, a pochi passi dal parco di Washington Square, di fronte alla casa di Norman. Precisiamo: non vi ho mai messo piede prima di oggi. Mai avuto motivo. Francamente, credo che l'episodio rimarrà un caso isolato. Per qualche ragione faccio fatica a immaginare Norman e me che ci frequentiamo al di fuori dei confini strettamente familiari. Sì, anche da amici. È facile scriversi cose poco serie quando la distanza fisica ti rende in qualche modo più audace del solito, difficile fingere altrettanta disinvoltura quando invece si guarda negli occhi una persona.

Il portiere deve avere compassione di me e dei mille sacchetti che sto trasportando perché mi lascia passare senza fare storie, una volta che pronuncio il nome di Norman. In effetti il mio è uno di quei volti rassicuranti che mi potrebbero consentire una gloriosa carriera da ladra.

Entro nell'abitacolo dell'ascensore e premo il bottone del quarto piano, come da istruzioni di Aidan. Prima di suonare il campanello dell'appartamento numero 403 inspiro profondamente, prendendomi qualche attimo. O quello che ci si può concedere quando si trasportano mille contenitori e cibo a volontà.

Ce la posso fare, ce la devo fare. Arrivata fino a questo punto non posso di certo lasciare le buste e scappare, no?

La tentazione cresce a livelli quasi ridicoli, quando dall'appartamento odo provenire una voce femminile. Ho dato per scontato che non ci fossero donne nella vita di Norman. E si vede che ho fatto male.

Ho giusto il tempo di liberarmi di parte dei sacchetti, appoggiandoli sull'uscio, che la porta d'ingresso si spalanca facendomi sobbalzare. Mi pare ovvio che sia assolutamente impellente affinare le mie strategie di fuga.

Davanti a me compare Maria, la signora delle pulizie che mia madre e Norman condividono da anni. Confesso con grandissima colpa di aver del tutto rimosso l'informazione.

C'è un immediato senso di stupore misto a quella punta di sollievo che non dovrebbe proprio esserci.

«Oh, Alex...», mi accoglie Maria con voce esasperata, come se fosse in qualche modo normale trovarmi su questo uscio. «È un bene che tu sia venuta».

Maria Gonzales è quello che mia madre è solita definire una donna del tutto imperturbabile. È originaria di Cuba, è sopravvissuta a carestie, rivoluzioni, embarghi e ha persino tirato su cinque figli. Inutile a dirsi, non è una che si agita per poco. Oggi, però, mi pare piuttosto nervosa.

«È assolutamente insopportabile», si lamenta a voce alta, nonostante Norman debba essere per forza nei paraggi. «È cocciuto e ostinato oltre ogni immaginazione, senza contare che si rifiuta di fare come gli ha raccomandato il medico».

Chissà perché, la cosa non mi sorprende nemmeno un po'...

È solo dopo che Maria si offre di prendere in mano i miei sacchetti che mi ricordo di sbirciare in giro: l'appartamento di Norman è piuttosto spazioso considerando che si trova a Manhattan, con un grande salone che funge anche da sala da pranzo, parquet in legno scuro e mobili di varie tonalità di grigio e nero, accostati mescolando antico e moderno in modo che non sia ben chiaro lo stile predominante. I colori prescelti a prima vista potrebbero indicare un ambiente un po' cupo, ma le finestre sono così grandi e la luce naturale così incantevole che l'effetto finale è di gran gusto. In poche parole si tratta di una casa bellissima.

Sono così rapita dall'arredamento e dal senso di pace che trasmette l'ambiente che quasi non mi accorgo del fatto che, appoggiata su un immenso divano grigio, giace la sagoma irrequieta di Norman. E pensare che avrei dovuto notarlo subito, perché sopra la sua testa pare essersi creata una sorta di nuvoletta di malumore. Manca poco che si metta a piovere dentro casa.

«Ehi, ciao incidentato. Sono passata per controllare come stavi e a portarti alcune cose», lo saluto avvicinandomi. È un bene che sia una ragazza coraggiosa, perché la temerarietà è proprio quello che serve oggi.

Norman, che non è esattamente un fiore e porta sul volto tutti, ma proprio tutti i segni di quello che gli è capitato quasi ventiquattr'ore fa, mi osserva. Nonostante cerchi di dissimulare, mi pare alquanto sofferente. «Non dovevi disturbarti», mi dice. Cerca di mettersi a sedere, ma ben presto desiste e si limita invece a sollevare più in alto la testa sul cuscino, serrando le labbra dal dolore.

Avvicinarmi ancora di più e tendergli una mano per aiutarlo è per me del tutto istintivo. Quello che mi fa rinunciare a metà strada è un'occhiataccia degna del suo miglior repertorio. Ritraggo in fretta la mano, sollevando entrambe in segno di resa. Non sia mai che quest'uomo abbia bisogno di qualcuno…

«Be', come va?», gli domando più che altro per fare conversazione.

«Nel caso non fosse già palese a sufficienza, male», risponde burbero. «Non che non sia riconoscente della visita, ma non avevi da fare?».

È un bene che sia arrivata qui psicologicamente preparata a un suo eventuale malumore, perché in caso contrario avrei rischiato di mandarlo al diavolo seduta stante. Sono pronta e corazzata. Da certi punti di vista ha persino il diritto di essere un po' arrabbiato. Io al suo posto sarei ugualmente insopportabile, se non peggio.

Scelgo quindi di non accorgermi del suo tono cupo e mi

metto a sedere per terra sul suo tappeto, vicina al divano, in modo che il mio volto sia in qualche modo all'altezza del suo e Norman non sia costretto a sollevare troppo la testa per guardarmi. «Sì e no. Ad agosto l'università non brulica certo di persone. Ho tutto il tempo per fare le cose con calma».

«Buon per te. Io invece non riesco a fare niente. Letteralmente niente». Il tono ipercontrollato nasconde a malapena la frustrazione per essere relegato su un divano. Immagino che uno come Norman non ami dover ridimensionare i suoi ritmi.

«Questo perché non deve fare niente!», esclama da non so dove Maria. Mi fa sorridere il fatto che nemmeno finga di non stare origliando. «Alex, per favore, cerca di farlo ragionare e convincilo a prendere qualche antidolorifico. Sta soffrendo come un cane e del tutto inutilmente!».

Scruto con attenzione il volto di Norman. «Perché non vuoi prendere antidolorifici? Hai sentito il medico, non sono a base di oppiacei».

«Preferisco farne a meno», risponde conciso, mentre si arrischia di nuovo a mettersi seduto, salvo ripiombare indietro. Lungi da me cercare di capire quest'uomo, ma sta letteralmente sudando dal dolore.

«Alex le ha portato del cibo!», urla ancora Maria.

«Davvero? Perché?», mi chiede Norman colpito.

All'improvviso mi sento a disagio. All'alba il mio pareva un buon piano. Alle dieci la luce del mattino ha già reso il tutto meno ragionevole. Anzi, mi irrigidisco all'idea che lui possa giudicarlo un gesto del tutto demenziale. Perché, diciamocelo chiaramente, mai stata razionale quando si tratta della persona che mi sta davanti e mai lo sarò, temo. È un po' come la mononucleosi: anche dopo la guarigione, il tuo corpo è costretto a convivere per sempre con il virus. Non te ne liberi mai.

«Perché hai avuto un incidente e non puoi cucinare. E perché hai bisogno di cibo sano per rimetterti in piedi». Mi sforzo di risultare convincente.

«Non che non ti sia grato ma… come dire…». Mi pare terribilmente in difficoltà tutto a un tratto.

«Faccio schifo in cucina», lo tolgo dalle spine.

«Sì, qualcosa di simile».

«Ma ho studiato e mi sono fatta aiutare. Ho preparato un sacco di cibi perfetti per te».

«Per esempio?»

«Quinoa con salmone e verdure, insalata con semi di soia, budino ai semi di chia…». Mi dimentico di proseguire con il mio elenco perché Norman ha spalancato la bocca e mi osserva incredulo. «I semi di chia contengono molto calcio, la soia è ricca di isoflavoni e la quinoa…», inizio a spiegare con minuzia di dettagli tutte le caratteristiche nutritive di quello che ho scelto per lui.

«Iso-che?», mi interrompe azzardando il primo mezzo sorriso della giornata.

«Isoflavoni. Strano che tu non sappia cosa siano. Sai sempre tutto», lo punzecchio.

«Mai affermato una sciocchezza simile. Sei tu che vai in giro a ripeterlo», mi ricorda.

«Be', dopo oggi saprai anche cosa sono gli isoflavoni: sostanze che aiutano a fissare il calcio nelle ossa».

«La ringrazi!», urla Maria da non so dove. Presumo dalla cucina, dove sta di certo sistemando tutto il cibo che ho portato.

«Certo che la ringrazierò! Ma lei la smetta di ascoltare le conversazioni altrui!», la riprende.

«Non ci penso nemmeno!», ribatte.

«Guardi che posso licenziarla!».

«Ah, vorrei proprio vederlo!».

Norman ci ragiona su. «Ha ragione, dannazione. Non potrei mai farlo, è l'unica persona che riesce a trovare le cose in questa casa», conferma abbassando il tono, in modo da non darle la soddisfazione di essere nel giusto. «Comunque, grazie. Non dovevi, ma grazie». Mi sembra sinceramente confuso, a tratti quasi a disagio.

«È un gesto che farebbe chiunque al mio posto».

«Be', adesso, chiunque...».

«*Chiunque*», insisto con ostinazione. «Di certo non mi sono messa a cucinare perché sono innamorata di te o qualche altra scemenza...». Il problema è che in genere, quando ti senti in dovere di precisare qualcosa, è perché sei dalla parte del torto.

Per mia fortuna la risata di Norman cancella ogni traccia di imbarazzo dalla stanza e, evento senza dubbio positivo, mi fa chiudere la bocca. «Questa vecchia storia ti agita davvero», constata incredulo. «Propongo allora di iniziare eventuali conversazioni future con una frase di rito. Una sorta di giuramento come in tribunale: prometto solennemente di non pensare mai che Alexandra Tyler nutra ancora dei sentimenti per me. Così va meglio?», mi prende in giro.

Glielo lascio fare. Uno, perché la ragione è in effetti dalla sua e due, ha pur sempre l'aspetto di chi pare uscito da un incidente mortale e quindi si merita un po' di considerazione. No, non per le sue ferite fisiche, ma perché lo smacco all'orgoglio non deve essere stato lieve.

«Eventuali?», ripeto la parola che non ho potuto non notare.

«Eventuali. Parleremo ancora dopo oggi?», mi interroga. Sembra sinceramente interessato alla risposta e non solo desideroso di fare polemica.

«Certo. Prevedi di non venire più ai pranzi della domenica?», replico, ma credo di intuire quello che mi sta chiedendo.

«Stai scherzando? Tua madre mi ci trascinerebbe di peso. Prevedo di continuare a frequentare casa dei tuoi, se per te non è un problema».

Rimane in attesa di un cenno d'assenso da parte mia. «Ma certo! Quale problema... figurati...».

«Non avresti risposto la stessa cosa sei mesi fa», si permette di farmi notare.

«Non avrei risposto la stessa cosa sei mesi fa», confermo. «Ma da allora sono successe tante cose: nevicate da record, malattie, incidenti...».

«Avrei fatto volentieri a meno degli incidenti».

«Ah, lo credo bene. E magari anche della nevicata...».

«Quella è stata istruttiva, a suo modo. E non mi ha lasciato menomazioni permanenti. Il che, come vedi, non è poi così scontato quando si tratta di me».

«Norman, ti riprenderai. Sono solo dei piccoli ossicini rotti e un po' di epidermide che ricrescerà in fretta. Tanto, non aspiravi a una carriera da modello, no?».

Reprime una risata più per dolore che per convinzione. «No, decisamente».

«Anche perché, con questi vestiti... cielo Norman, siamo il Paese della tuta e dei pantaloncini nel tempo libero! La tuta la indossano persino a Hollywood. Non capisco come tu possa stare comodo con un paio di pantaloni grigi e una camicia in casa». Non so nemmeno come abbia fatto a indossarli, tra parentesi, visto che ha dolori ovunque.

Credo sia stato costretto a scegliere quelli con la gamba più larga che possiede, facendo comunque parecchia fatica a infilare quella ingessata.

«Cos'hanno i miei vestiti di tanto sbagliato?»

«Sono poco pratici. Ti fanno sembrare vecchio. Tralasciando questo periodo di convalescenza, sarei comunque curiosa di sapere se possiedi almeno dei jeans da mettere quando non sei in ufficio».

«Non lo so, dovrei controllare. Come puoi immaginare, questa mattina ho avuto altri problemi: per esempio trovare un paio di pantaloni che fossi in grado di infilare...».

«Ok, te lo concedo».

«Troppo magnanima. Quindi, tutto bene quello che finisce bene?», vuole sapere.

«Chiedimelo tra qualche settimana. Sempre che *tu* mi parlerai per allora...».

«Ti ho sempre parlato», ci tiene a precisare. «Non ero di certo io quello che fingeva di non accorgersi della tua presenza...».

Alzo gli occhi al cielo. «Non ho niente di molto intelligente da dire riguardo agli ultimi otto anni, ma invece posso spiegarti cosa è successo nelle ultime due settimane. Vuoi parlarne?», gli domando con scarsa convinzione.

«No, se tu non vuoi», mi viene incontro. Date le circostanze, la sua risposta è molto magnanima.

«Non è che non voglia spiegarti ma, vedi, parlare con te è rischioso. Crea fraintendimenti», gli confesso.

«Il fatto è che *non parlare* con te è ugualmente pericoloso. Crea fraintendimenti ancora maggiori», è veloce a replicare.

«Quindi, cosa ci rimane? Discutere né troppo né troppo poco?»

«Come anche per altre cose nella vita, è tutta questione di equilibrio».

«Norman, tu non sai nemmeno per sbaglio cosa sia l'equilibrio. Sei appena volato nel parco».

E con questo scoppiamo a ridere entrambi.

Capitolo 12

Norman

Alex ha da poco lasciato il mio appartamento, portando via con sé la mia unica fonte di distrazione della giornata, quando la signora Maria mi si piazza davanti con le braccia incrociate. Per quella mezz'oretta che Alexandra è stata qui a farmi compagnia, ho sul serio sentito meno dolore. Forse, al posto degli antidolorifici che comunque non ho la minima intenzione di prendere, dovrei farmi prescrivere la sua presenza. Rimane un'arma a doppio taglio, ma sono già così malmesso che mi pare di avere poco o nulla da perdere.

«Non si trattano così le donne!», mi sgrida come probabilmente è solita fare con uno dei suoi figli adolescenti.

«Alexandra non è esattamente una donna. Più che altro è…». Mi blocco, perché non so davvero come definirla. Semplicemente *è*. Non conosco nessuno che *sia* più di lei. Più vibrante. Più vitale. Più testarda. Più importante.

Non ho nemmeno il tempo di elaborare il mio pericoloso flusso di pensieri che Maria mi è scoppiata a ridere in faccia. «Certo, come no. Guardi che sono a questo mondo da troppo tempo per non notare certe cose. E conosco lei e Alex da molti anni. Dovrebbe sfruttare i momenti buoni invece di tenere a distanza le persone».

«Momenti buoni?», mi permetto di ripetere con la massima ironia. «Questo mi pare tutt'altro che un momento buono, signora Maria».

«E che sarà mai... È caduto. Si rialzerà. Intendevo buono per lei e la signorina Alex. Non eravate soliti litigare come cane e gatto?».

C'è una luce sospetta nei suoi occhi. Assomiglia quasi alla speranza. «Eravamo soliti, sì. Siamo entrati in una fase più amichevole da qualche mese a questa parte», le rispondo con tono volutamente annoiato e un'espressione fortemente controllata.

Ma Maria, essendo Maria, ignora entrambi. Anzi, batte le mani. «Bene! Era da tempo che aspettavamo simili sviluppi! Mi lasci dire che lei è veramente un caso disperato... Sono anni...».

«Aspettavamo? Lei e chi?», domando agitato, interrompendola quasi brusco e sollevandomi in qualche modo fino a mettermi seduto. E con questo direi che mi sono appena giocato il finto disinteresse.

Mi liquida con un gesto della mano. «C'è tempo per parlare di queste cose. Ora pensi a guarire. Ma, se Alex torna, cerchi di essere più affabile».

«Affabile, io?». La sola idea è comica.

Maria deve essere d'accordo. «Sì, in effetti affabile è un obiettivo troppo ambizioso. Basterebbe che digrignasse meno i denti».

«Quello è un gesto che deriva dal dolore».

«No, quello lo fa da tanto di quel tempo che nemmeno si ricorda come si fa a lasciarsi andare. Ferite o non ferite. Ora ha solo trovato una scusa».

Temo di essere appena stato zittito, perciò mi sbilancio per afferrare il telefono che ho appoggiato sull'altra estremità del divano. Mi tocca maledire i santi di almeno dieci religioni prima di riuscire nell'impresa.

«Sa, esiste una parola magica che si chiama *aiuto*», mi riprende Maria scuotendo il capo.

«Non vedo perché dovrei disturbare gli altri se sono perfettamente in grado di fare da me», le faccio notare.

«È proprio questo il suo problema. Lei non vede. Punto». E con questo ritorna in cucina.

Ho la brutta sensazione di averla appena delusa.

Il resto della giornata si trasforma in una specie di processione della famiglia Tyler: a mezzogiorno si fanno vivi i signori Tyler e la sera Aidan in persona. Considero tutti loro alla stregua di una vera e propria famiglia, ma ci sono momenti in cui anche i famigliari iniziano a darti sui nervi.

«Ci ordiniamo una pizza?», mi propone Aidan, accomodandosi accanto a me sul divano. Deve essersi precipitato qui appena uscito dalla redazione, perché ha ancora indosso quelli che lui considera vestiti eleganti, ovvero jeans scuri e una giacca.

«Tua sorella mi ha portato un sacco di cibo questa mattina. Cose sane, per riprendermi in fretta», lo informo.

Aidan smette di fare zapping tra i canali sportivi e mi lancia un'occhiata perplessa. «Eh? Alex? Ha cucinato? Voglio dire, sapevo sarebbe passata ma avevo immaginato che si trattasse di una visita di cortesia...»

«Sono sopravvissuto al pranzo, perciò nutro buone speranze di uscirne vivo anche a cena».

«Intendi davvero la stessa Alex con cui condivido il DNA?», domanda ridendo.

«Proprio quella».

«Fa' come vuoi, ma io non mangio nulla di quello che ha preparato espressamente per te».

«Lo dici perché dubiti delle sue capacità culinarie o perché hai motivo di sospettare che si sia fatta tentare dal veleno?».

Il ghigno di Aidan è una specie di suo marchio di fabbrica. «Entrambe le cose. Ma l'ultima in maniera particolare. Davvero, non vorrei mai assaggiare nulla che abbia cucinato per te. A proposito, cosa prevede il menu?»

«Cose strane e apparentemente molto salutari, indicate per gente con le ossa rotte, tipo quinoa o semi di chia...».

Il mio amico afferra seduta stante il telefono e si accinge a prenotare una pizza. «Sicuro di non volerne un po'?», mi tenta.

«Tua sorella mi farebbe fuori», rifletto a voce alta.

«Sono otto anni che desidera farlo. Ma deve avere incontrato delle difficoltà. Quindi, pizza sì o pizza no?», vuole sapere prima di premere conferma.

«Dannazione, sì, voglio la pizza. È già un periodo di merda, non vedo perché continuare a soffrire almeno quando si tratta di cibo».

Aidan sorride compiaciuto mentre finisce di prenotare, poi mette via il telefono e riprende il telecomando. «Allora, cosa guardiamo? Baseball?».

Il baseball mi annoia a morte, ma annuisco con il capo. Sono anni che Aidan e io abbiamo sviluppato questa abitudine di guardare sport di cui a entrambi interessa poco. «E baseball sia...».

«Certo, se tu avessi anche una birra...».

«Nel frigorifero, in basso». Io non bevo, ma tengo sempre qualcosa per Aidan in casa.

Si alza per recuperare la bottiglia di Guinness, la apre

e poi procede con un lungo sorso accompagnato da un suono di soddisfazione. «Sicuro di non volerne un po'?»

«La Guinness non mi piaceva nemmeno quando bevevo», gli ricordo.

«Già. Certo che non poterti fare ubriacare per carpire tutti i tuoi segreti più imbarazzanti inizia un po' a pesarmi. Sono sempre e solo io che faccio figure di merda».

Gli lancio un'occhiata laconica. «Perché, questo volo al parco in quale categoria rientra, secondo te?»

«Quello delle azioni maldestre. Non posso convincerti a raccontarmi tutto se ti rifiuti persino di impasticcarti quando soffri come un cane».

«Lo sai, preferisco evitare tutto quello che alla lunga rischia di creare una qualche dipendenza. E poi non capisco cosa ci sarebbe di così interessante da estorcermi. Sono l'uomo più noioso della Terra...», borbotto, mentre cerco di trovare una posizione che mi aiuti a sentire se non altro un po' meno dolore. Dopo cinque minuti buoni di tentativi, ci rinuncio del tutto.

Nel frattempo Aidan si è rialzato per aprire al fattorino che ci ha portato la cena e torna con un gigantesco cartone della pizza.

«Non penserai mica di metterlo qui in mezzo sul divano?», gli chiedo.

«Normy, rilassati. Nessuno è mai morto per delle briciole. Pensa piuttosto a mangiare. Comunque non è affatto vero che sei così noioso come ti piace pensare. Per essere l'uomo monotono che vorresti impersonare, hai un rapporto alquanto complicato con quella che ha il mio stesso DNA, per esempio...».

Non sono davvero sorpreso che Aidan sia tornato sul tema Alexandra: è da parecchi mesi che sta cercando di capirci qualcosa in più. Francamente può mettersi in fila. Ma se prima la sua curiosità era percepibile ma mai direttamente esternata, ora ha deciso di affrontare il discorso.

«Sono lo specialista dei rapporti complicati, no?», provo a ironizzare per prendere tempo.

«No, sei lo specialista dei non rapporti», mi corregge Aidan. «Guarda che me lo puoi dire, giuro che non ho la minima intenzione di giudicare. C'è mai stato qualcosa tra te e Alex?».

Mi sfugge una risata amara. «Per carità… Mai», posso affermare con la coscienza a posto.

«Perché l'hai vista crescere?».

Mi volto per osservare meglio il mio migliore amico. «Che razza di domande mi fai tutto a un tratto?».

Aidan deve interpretare in maniera sbagliata le mie parole. «Lo so, avrei dovute fartele molti anni fa…».

«No! Non avresti dovuto farmele allora e nemmeno adesso. E non per i motivi che frullano nella tua testa».

«Be', lei era perdutamente innamorata di te…».

«Perdutamente, non credo. Era una ragazzina. Sai come sono le cotte delle adolescenti… vanno e vengono. Lo dovresti sapere se non altro perché, fino a poco fa, le frequentavi», gli ricordo con un pizzico di cattiveria non richiesta. Ma stava iniziando a fare discorsi strani e ho reagito male.

«Ahi! Colpo basso, Normy. E tu non sei un uomo da colpi bassi a meno che non si tratti di qualcosa di grosso».

Alzo gli occhi al cielo e poi mi prendo un pezzo della tanto agognata pizza. «Mangia, invece di dire scemenze».

Lui afferra una fetta ma si blocca a metà strada. A quanto pare non ha ancora finito di maltrattarmi. «Ultima cosa e poi non ne parliamo più: io sono tuo amico. Ricordatelo.

E non importa che Alex sia mia sorella. Sono e rimango tuo amico. Perciò, se mai sentirai il bisogno di parlarmi di qualsiasi cosa – sì, persino di Alex – sappi che la mia porta è sempre aperta e che io non giudico. Anche perché, come mi hai appena ricordato in modo stranamente poco elegante, io sono l'ultima persona che mai potrebbe giudicare gli altri. E siccome tu per me ci sei sempre stato, anch'io ci sarò sempre per te».

Il problema di Aidan è che spesso e volentieri nasconde quella sua bella anima dietro un modo di fare all'apparenza frivolo. Ma sono solo meccanismi di difesa. E nessuno meglio di me può capirlo.

Perciò annuisco. Annuisco e basta. Perché è così che si fa con gli amici, quelli veri. Nei momenti più significativi le parole sono del tutto superflue.

E poi riprendiamo a mangiare e commentare il baseball di cui nessuno dei due capisce un accidente.

Capitolo 13

Alex

Il giorno seguente, uscita dall'università, mi sforzo di trovare una scusa valida per telefonare a mio fratello. «Ciao Aidan!», lo saluto fin troppo calorosamente non appena mi risponde.

Lui ride ancor prima di avere pronunciato una frase di senso compiuto. «Cosa vuoi sapere?», mi chiede.

«Cosa intendi dire?», fingo di non comprendere.

«Mi stai chiamando per chiedermi di Norman. Quindi, chiedi. Cosa vuoi sapere?».

A questo punto negare non avrebbe granché senso. «Se sta bene...», pronuncio con la cautela che richiede il tema.

«Un pizzico meglio di ieri. E comunque come ci si aspetterebbe quando uno come lui si ritrova relegato o al letto o al divano: è nervoso».

«Stai andando da lui?»

«No, questa sera non posso passare. Laurel ha un evento mondano e per una volta faccio l'accompagnatore. Perché non vai tu a controllare?», mi propone come se nulla fosse.

«Aidan... non so se è una buona idea», cerco di prenderla alla larga.

«Be', ieri ti sei presentata con del cibo senza grandi remore, no? Tappati il naso e fallo anche oggi. Lo so che ogni tanto pare voler mordere, ma è tutta fuffa: sotto sotto è più mansueto di un panda».

«I panda non sono realmente mansueti. Sono, anzi, piuttosto ostinati quando si mettono in testa qualcosa», gli faccio presente.

Mio fratello scoppia a ridere. «E tu come lo sai? Stai segretamente seguendo un dottorato anche sugli animali in via di estinzione?»

«No, scemo. Guardo i filmati su Instagram. Si dà il caso che i panda siano assolutamente adorabili».

La risata di Aidan è ancora più energica. «Ecco, una cosa è certa: Norman è tutt'altro che adorabile. Magari con la testa sulle spalle, estremamente educato, una persona su cui contare. Ma adorabile no. Comunque, non insisto oltre sui panda, argomento su cui sono ovviamente poco preparato. A mia discolpa, io rido già a sufficienza con le conferenze stampa di Sarah Huckabee Sanders. E non accusarmi di maschilismo. Erano ridicoli i suoi mille predecessori e lo è anche lei. Essere donna non le eviterà un rigoroso giudizio sulla sua professionalità da parte mia».

«Touché», mi tocca concedergli la vittoria.

«E non cercare di intortarmi parlandomi di panda e di politica: se vuoi controllare Norman, va' da lui e suona il campanello. Ci metterà un po' per aprirti la porta – fa ancora abbastanza schifo con le stampelle – ma prima o poi arriverà».

«Perché ho l'impressione che tu mi stia incastrando in qualche modo?», domando diffidente.

«Non lo so. Soffrirai di qualche strana malattia». Mio fratello si concede poi una pausa a effetto e cambia registro. «Quello che vorrei ti fosse chiaro è che sono stufo di entrambi. Dite e non dite. E mi tirate sempre in mezzo in qualche modo. Sì, persino quando lo fate in maniera inconsapevole. Se avete deciso di essere amici, siatelo senza preoccupazioni e ansie. Nessuno vi sta giudicando. E se non lo siete, non abbiate problemi a comportarvi di conseguenza. Di nuovo, nessunissima condanna da parte mia. Ma decidetevi, per l'amore del cielo», sbotta esasperato.

«Ok, ok, non ti infervorare subito...».

«Salutamelo piuttosto, e digli che passerò a trovarlo domani all'ora di pranzo».

«Come fai a sapere che andrò da lui?».

Come tutta risposta Aidan scoppia a ridere. «Esattamente come so che il governo non centrerà gli obiettivi di crescita economica. Stammi bene sorellina. E non fare nulla che io non farei».

«Ma tu faresti tutto», mi tocca ricordargli.

«Be', in quel caso...», e poi riattacca.

Per un attimo rimango ferma sulla strada, intenta a scrutare con vivo sospetto il mio cellulare. Che faccio? Torno a casa o vado da Norman? Alla fine sospiro scuotendo la testa perché, come aveva previsto mio fratello, la mia è in verità una non-scelta.

Questa volta il portiere di Norman non solo mi lascia passare ma addirittura alza la mano per salutarmi. «Signorina, bentornata», mi accoglie galante. «Se mi permette la domanda, come sta il signor Morrison?»

«Non lo so, spero meglio di ieri».

«Me lo saluti tanto». Pare che oggi tutto il mondo voglia affidarmi i propri saluti.

Un veloce giro sull'ascensore e sono di nuovo davanti alla porta dell'appartamento 403. L'ansia non è la stessa di ieri ma è ancora presente. Magari prima o poi metteranno una targa commemorativa: “Qui Alex Tyler sudò sette camicie, senza motivo apparente”.

Come preannunciato da Aidan, Norman impiega molto tempo per aprire la porta e quando finalmente lo fa, solleva le sopracciglia colpito. Dire che non si aspettava di trovarmi sul suo uscio è sottostimare la reazione, temo.

«Ah, Alexandra...», esclama sorpreso.

«Sì, io... Aidan non poteva passare questa sera e quindi...». All'improvviso il mio “lieve nervosismo” esplode a livelli stellari. Sono sul punto di iniziare a balbettare.

«Lo so, Laurel deve partecipare a un evento», mi precede.

«E quindi ci sono io, in rappresentanza». I miei occhi si spostano sul piede ingessato. Non c'è ombra delle stampelle che gli hanno dato ieri in ospedale. «Come sei arrivato fino alla porta?»

«Saltellando», risponde come se nulla fosse. Ma mentre lo fa è costretto ad appoggiarsi alla porta.

Faccio un passo dentro il suo appartamento e mi avvicino offrendogli la mia spalla. Lo osservo riflettere con aria concentrata. Soppesare con grande cura la scelta. E alla fine sospirare e cedere. Un piccolo passo per Norman, un grande passo per l'umanità, mi viene da pensare con sarcasmo.

Si appoggia alla mia spalla e sebbene io non sia affatto una donna piccola, sostenere il suo peso si rivela meno semplice di quello che avevo ipotizzato.

«Dove andiamo? Fino al divano?».

Lui scuote la testa. «No, accompagnami al tavolo della cucina, se non ti dispiace. È tutto il giorno che sono sdraiato su quel maledetto divano e non credo di sopportarlo più. E poi devo comunque mangiare qualcosa».

Procediamo con lentezza, un passo alla volta, finché non arriviamo fino a destinazione, dove lo aiuto ad accomodarsi su una delle sedie bianche della sua asettica e ordinatissima cucina. Non mi stupisce affatto che intorno a lui sia tutto in ordine. È come se avesse bisogno di avere il controllo delle cose. E anche delle persone, se proprio vogliamo essere precisi. L'unica testimonianza della presenza umana è una grande scatola di cartone buttata in mezzo al tavolo: una pizza, o quello che ne rimane. Sollevo il coperchio della scatola e poi torno a scrutarlo con espressione poco felice. «Non avevamo detto niente cibi spazzatura per guarire prima?».

Lui solleva le mani in segno di resa. «L'ha ordinata Aidan ieri sera».

Sì, la passione di mio fratello per il fast food non conosce confini, temo. «Quindi ti ha costretto...».

«In un certo senso», è veloce ad abbracciare l'idea. «Ma oggi a pranzo ho mangiato la tua quinoa».

«Ebbene, com'era?»

«Be'...». Mi pare piuttosto in difficoltà con la risposta. «*Originale*».

«Vuoi dire che faceva schifo».

«Mi stai mettendo in bocca parole che non ho mai pensato».

«Forse no, ma pareva una specie di messaggio in codice».

Norman trattiene a stento una risata. «Il che non mi sorprende, perché tu e io abbiamo sempre avuto problemi di comunicazione».

«Non si chiamano problemi di comunicazione, ma drammi adolescenziali. Comunque, ora fa tutto parte del passato, no?»

Annuisce con convinzione. «Quindi, Aidan ti ha mandato qui a controllarmi?».

Sebbene sia da vigliacchi, sono fin troppo rapida a prendere al volo una simile giustificazione. «Sai com'è fatto mio fratello... E poi volevo aiutarti: cosa avevi intenzione di mangiare per cena?»

«Ho il frigo pieno: tra te, tua madre e la signora Maria, ho solo l'imbarazzo della scelta».

Curiosa, apro il suo frigorifero e sbircio per controllare di persona: se all'improvviso arrivasse una grave carestia, Norman non avrebbe problemi a sopravvivere. Certo, purché non fosse richiesto correre...

«Vai di Ropa Vieja», mi istruisce, indicandomi il ripiano in alto.

«Di cosa?», rido. «E poi sarei io quella che cerca di avvelenarti...».

«La cucina cubana è ottima».

«Credo che la prenderò sul personale: ti fidi della signora Maria ma non di me».

«Non è questione di fiducia ma di saggezza derivante dall'esperienza. Aspetta di arrivare anche tu alla mia età, e poi ne riparliamo».

Apro il tapper e assaggio con una forchetta il contenuto: carne di manzo, verdure, riso e un'infinità di spezie. È oggettivamente deliziosa.

«Puoi rimanere a mangiare, se non hai niente di meglio da fare», mi dice Norman, salvo scuotere la testa dopo averlo pronunciato. «Che sciocchezze che dico ogni tanto, certo che hai di meglio da fare».

Non so se il motivo risiede nel fatto che oggi sono passata di sera o se semplicemente la reclusione in casa abbia iniziato a pesargli, ma in tutta sincerità, sebbene la sua mobilità sia migliorata, lui mi pare pallido e stanco. Non ho un bel niente da fare questa sera, ma non andrei via di qui nemmeno se avessi qualcosa in agenda.

«Te l'ho detto in montagna: sono in pausa dagli appuntamenti. Non devo fare un bel niente. Apparecchio?».

Norman mi osserva con attenzione per capire se sto mentendo. Come se non sapesse che sono più o meno la peggiore bugiarda che sia mai esistita nella storia. «Se ne sei sicura...».

«Piatti? Bicchieri?».

Fa un mezzo gesto, come a volersi alzare e io per poco non mi metto a strillare. «Resta dove sei!», gli ordino risoluta. «La parola riposo ti dice niente?»

«Sono due giorni che sto riposando. Ne ho le scatole piene», si lamenta.

«Sfrutta questo periodo per leggere. Non dovresti essere un grande amante della lettura?»

«E infatti lo sono. Ma faccio fatica a tenere a lungo sollevato un libro o un eReader. Non me ne ero nemmeno accorto in un primo momento, ma ho sbattuto anche il gomito destro».

«Cielo Normy, esiste una parte del corpo che si è salvata?», lo prendo in giro.

Solleva le spalle con fare incerto.

Alla fine ci ritroviamo seduti uno di fronte all'altra, piatti pieni e acqua a volontà. Non ho infatti trovato vino nel suo frigorifero.

«Ho della birra, se vuoi». Deve intercettare il mio flusso di pensieri.

«Che birra?»

«Guinness».

«Ah, per Aidan». Non mi stupisce affatto che Norman si ricordi di comprare la birra preferita del suo migliore amico. Come dicevo, ha tanti difetti ma anche tanti lati positivi. «No, grazie, non amo molto la Guinness».

«E cosa preferisci bere? Vino bianco a parte, chiaramente». Smetto per un attimo di giocare con il cibo nel mio piatto e sposto lo sguardo su Norman. Mi pare palesemente a disagio. «È normale che sappia quello che bevi. Lo fai da anni a casa dei tuoi».

Il problema dei rapporti umani è che si basano su una miriade di piccoli dettagli a cui quasi nessuno presta più attenzione. Perché, per accorgersi di tante piccole e insignificanti sfumature, c'è inevitabilmente bisogno di tempo e di buona volontà. E, se mi è permesso esprimere un parere da esperta, dopo aver frequentato tanti ragazzi negli ultimi anni, ormai quasi nessuno è disposto ad aspettare per sapere tutto di te.

«Non amo molto la birra. Ma mi piacciono i cocktail a base di...».

«Rum e vodka», conclude per me. «Dici che è strano sapere così tanto uno dell'altro?»

«Dopo tutti questi anni? Naaa, non credo proprio. Io, piuttosto, potrei citare un sacco di tue abitudini».

Mi osserva visibilmente curioso dall'altra parte del tavolo. «Per esempio?»

«Prima di iniziare a mangiare, fai fare un giro completo al piatto».

Sgrana gli occhi imbarazzato. «È una cosa che mi è rimasta da quando ero piccolo. Faccio altre cose strane?»

«Quando bevi, sei attento ad appoggiare il bicchiere una volta a destra e una a sinistra».

Questa volta scuote la testa incredulo. «Hai ragione. Non so perché lo faccio. Deve essere una specie di tic. Come diavolo fai a sapere tutte queste cose?»

«Norman, nove anni...», gli ricordo solo. «So un'infinità

di cose su di te. E per quanto io abbia cercato di rimuoverle, si vede che non ci sono riuscita».

Per fortuna Norman pare più divertito che terrorizzato dalle mie parole. «Ah, ma anche tu fai cose strane: giochi sempre con il coltello, cercando di mantenerlo in equilibrio su un dito», mi rende pan per focaccia.

Non lo sto facendo ora, ma tre minuti fa, in effetti...

«E non riesci a mangiare con i capelli sciolti. Che io sappia non l'hai mai fatto. Hai sempre un elastico al polso e li leghi prima di iniziare a mangiare».

«Perché sono irruenta e finisco per mangiare anche i capelli, oltre al cibo. Ma hai ragione, lo faccio da anni. Lo faccio persino quando un ragazzo mi invita a cena fuori. Tu, però, quando sei nervoso o in difficoltà non fai che toccarti il naso».

Norman, mano sollevata in aria per compiere probabilmente il gesto di cui l'ho appena accusato, fa un brusco scatto e si passa la mano tra i capelli. Io scoppio a ridere mentre lui riprende a mangiare, fingendo di non comprendere il motivo della mia improvvisa ilarità.

«Tu non fai altro che toglierti e rimetterti l'orecchino destro», mi avverte, lanciando il guanto di sfida.

«E tu non riesci a stare seduto senza incrociare le gambe».

«Be', ora dovrò imparare per forza a farne a meno, visto che mi hanno ingessato. E comunque, tu non fai altro che mordere quella collanina che hai sempre al collo».

«Non è vero! Non la mordo sempre...». Ma ha ragione da vendere, è decisamente un mio tic. «E tu non fai altro che tirare le maniche della camicia. Mi sono sempre domandata come mai delle banali pieghe ti dessero così tanto fastidio».

«Non mi piacciono i vestiti spiegazzati. E allora?», si difende con atteggiamento quasi belligerante. Si vede che si può scherzare su molte cose, ma non sulle pieghe degli abiti.

Per qualche attimo teniamo la bocca chiusa e ci limitiamo a sorriderci. Perché, nonostante nessuno dei due lo voglia ammettere, questo scambio è stato divertente. E non è sfociato in una delle nostre solite liti. Ho quasi paura di dirlo, ma stiamo migliorando.

«Ok, palla dei tic al centro. Zero a zero per il momento».

«Perché, è una gara?», voglio sapere.

«No, affatto», risponde quasi a comando. Ma sta ridendo sotto i baffi che non ha.

Finiamo di mangiare avvolti da un'atmosfera piacevolmente rilassata. E, sebbene sia la prima volta che questo si verifica a New York, mi viene da augurarmi che non sia l'ultima. Perché, come abbiamo dimostrato qualche minuto fa, conosciamo un'infinità di cose uno dell'altro. In un mondo in cui è sorprendentemente raro conoscere davvero una persona, sarebbe un peccato dover rinunciare a lui.

Riesco a fatica a convincerlo a stare fermo al suo posto mentre ripongo i piatti nella lavastoviglie, pulisco il tavolo e poi mi avvicino affinché possa appoggiarsi ancora una volta sulla mia spalla. Avendo capito che la ragione è dalla mia, non oppone resistenza ma si limita a cingermi con il braccio, facendo aderire un suo fianco al mio. Non gli sono mai stata così vicina prima d'ora, nemmeno durante quell'umiliante esperienza del primo bacio quando, lieve contatto delle labbra a parte, Norman è stato ben attento a mantenere tra di noi il massimo della distanza possibile.

«Divano?», gli domando impegnandomi affinché la mia voce suoni come la stessa di sempre.

«Divano», acconsente. E potrei essere fuori di testa –

molto spesso lo sono, ahimè – ma anche la sua voce mi pare sospettosamente controllata.

Sono solo pochi passi, ma Norman si muove con grande lentezza per resistere alla tentazione di appoggiare il piede malandato. Quando alla fine riesco ad aiutarlo a sedersi, mi ritrovo a corto di fiato. E non credo che sia dovuto alla mia forma fisica. Ottima, tra l'altro.

Corri, corri il più lontano possibile da qui, mi suggerisce la mia testa.

Dove vuoi andare, pare chiedersi invece il mio istinto.

«Vuoi che rimanga ancora un po' per aiutarti a sistemarti per la notte?», domando come se non facessi altro tutti i santi giorni.

Norman solleva lo sguardo e mi scruta. «Vuoi mettermi a letto? Davvero?», chiede divertito.

«Ieri sera come hai fatto?»

«Ho dormito sul divano», confessa malvolentieri.

«Appunto». A mio fratello non è venuto in mente che potesse aver bisogno di una mano. Uomini... «Non hai voglia di dormire su un materasso degno di questo nome?».

Lo vedo esitare davanti alla tentazione. Chiunque altro avrebbe già ceduto, ma Norman ha un'attitudine quasi inquietante per la sofferenza. Non è uno che abbraccia la strada facile solo perché si tratta del percorso più ovvio. No, lui pare quasi essere stato forgiato per le scelte difficili. Gli vengono naturali più che a chiunque altro io conosca.

«Norman, è solo un aiuto da parte di chi quasi ti considera uno di famiglia», mento.

«Solo per correttezza, ti informo che non ti ho mai considerato alla stregua di una sorella e mai lo farò, intesi?».

Ora sono io a scrutarlo con sospetto. Per quale motivo ha voluto chiarire questo piccolo particolare? «Certo».

«Ok. E grazie, una mano mi farebbe comodo. Devo prendere ancora un po' la mano con il gesso». Pronunciarlo deve essergli costato *carissimo*.

Fingendo che cose simili ci capitino di continuo, mi accomodo accanto a lui sul divano. «Guardiamo qualcosa in televisione?».

Lui inspira e chiude gli occhi. «Puoi scegliere tutto quello che vuoi. Tanto io non guardo quasi mai la televisione. Voi Tyler siete gli unici a usarla in questa casa», aggiunge con un sorriso. Ma gli occhi rimangono chiusi, come se stesse cercando di controllarsi. Mi pare, ora che mi è permesso fissarlo senza che se ne renda necessariamente conto, che il suo volto sia contratto per il dolore.

«Non hai preso medicine dopo cena», mi ricordo all'improvviso.

«Non prendo medicine», conferma lapidario.

«Sì, ma avrai dolori dappertutto...».

Apre l'occhio destro per controllarmi. «Sì, mi fa male dappertutto».

«Quindi, cosa stai facendo? Meditazione?».

Le spalle di Norman si sollevano sotto un accenno di risata. «Meditare con te accanto? Nemmeno io potrei mai tanto. Sto solo cercando di respirare il più profondamente possibile, in modo da riuscire a controllare il dolore».

«Ah...», mormoro impressionata. «E puoi respirare mentre guardo *The Bachelor*?»

«Cosa sarebbe? La mia cultura in fatto di programmi televisivi non è esattamente leggendaria».

«Come cosa? Una trasmissione in cui un uomo o una donna cercano la propria dolce metà tra un gruppo di venti pretendenti. Ne eliminano uno alla volta, finché non si arriva al sospirato momento della scelta finale, durante la quale l'uomo in genere chiede la mano della donna. A voler essere precisi, il nome della trasmissione cambia leggermente a seconda del protagonista: *The Bachelor* se è un uomo, *The Bachelorette* se invece è una donna».

«L'uomo deve chiedere la mano anche se è lei a scegliere? Che cosa antiquata... Pensavo che voi ragazze moderne foste tutte a favore della parità dei sessi e non aveste problemi a inginocchiarvi con un anello», mi prende in giro.

«Normy, questa è l'epoca in cui gli uomini ti chiedono in moglie giusto per esigenze televisive, quando l'anello lo paga la produzione. Nella vita reale scappano mooolto prima. Di certo prima che una possa inginocchiarsi... Ma te la immagini la faccia del poveretto che eventualmente dovesse assistere a una proposta simile?». Scoppio a ridere alla sola idea.

«Ok, quindi, ricapitolando, il programma prevede una demenziale competizione tra venti persone per vincere l'affetto di qualcuno che giudica ed elimina i pretendenti come se si trovasse al mercato del pesce. E perché, di preciso, una cosa simile potrebbe mai piacere a voi donne?».

Ci ragiono per un minuto. «Non lo so. Forse serve a ricordarci quanta poca poesia ci sia nelle storie d'amore. Perché, hai ragione, è terribilmente triste accontentarsi di essere una delle tante. E non credo nemmeno che la vittoria finale sia un riscatto sufficiente».

«Più invecchio e più inizio a comprendere che rimarrò da solo per sempre. Non riesco a stare dietro ad aspettative, disillusioni, tormenti abbinati a pretese concrete... Insomma, queste cose non fanno per me».

«Siamo in due. Per questo provo la sottile soddisfazione di guardare certa gente in televisione: mi piace illudermi che ci sia chi sta peggio di me. Io, almeno, non sono mai rimasta ad attendere una banale rosa».

Norman cerca di mettersi comodo mentre la trasmissione ha inizio. Mi sollevo per sistemare una volta per tutte i suoi cuscini; alla fine afferro il mio e glielo poggio dietro la testa. Vedo che sta per iniziare a protestare, ma lo zittisco con lo sguardo.

«Sceglie lei a questo giro?», chiede conferma.

«Sì, si chiama Rachel e dopo una serie di lunghe relazioni naufragate vuole sposarsi. Vuole qualcuno che possa impegnarsi per la vita».

Norman emette un suono di derisione. «Certo, come no, per tutta la vita…».

«Sai, ho visto tante edizioni di questa trasmissione e spesso e volentieri si verifica quello che stai insinuando. Nemmeno importa che faccia abbia la persona da conquistare. Qui si tratta di vincere. Di risultare superiori agli altri. Ma Rachel mi pare piuttosto coinvolta…». Se non altro, sono disposta a lasciarle il beneficio del dubbio.

Norman si volta nella mia direzione e solleva le sopracciglia. «Non puoi dirmi che credi a queste cose… Qui fingono tutti!».

«E infatti non ci credo. Però, a onor del vero, c'è anche chi si è sposato».

Apre la bocca colpito. «Amore folle?», chiede sarcastico.

«E chi può dirlo. Francamente credo di essere la persona meno adatta per giudicare le storie d'amore altrui… vere o finte che siano».

«Hai ragione, non possiamo permetterci di giudicare gli altri, visto il nostro curriculum», conviene. Si porta le mani alle tempie e inizia a massaggiarsele.

«Cosa c'è, mal di testa?»

«Perenne. Sarà perché sono ancora sottosopra. E no, non mi proporre antidolorifici per favore», mi precede prima che possa aprire bocca.

Alzo le mani. «Per carità. Però conosco i punti da massaggiare per combattere la cefalea. Specie quella che deriva da contratture muscolari come la tua».

Mi scruta con la massima diffidenza possibile. «E da quando?»

«Da un po'. Perché, che tu ci creda o meno, esistono anche tante cose che non sai di me...», asserisco con una certa soddisfazione. «Forza, avvicinati e gira la schiena nella mia direzione».

Mi sorprende non poco eseguendo quello che gli ho chiesto. Inspiro profondamente prima di sollevare le mani e appoggiare i polpastrelli sulla sua fronte; posiziono i pollici sulla zona sopra il naso e applico una discreta pressione spingendo le dita una verso l'altra. Ruoto poi i pollici in modo che la mano sia rivolta verso la fronte; infine, premo verso l'alto. Sono concentrata a eseguire con estrema precisione i gesti meccanici, nella speranza di riuscire a ignorare la vicinanza con la pelle di Norman. Non c'è altro contatto tra di noi, a eccezione delle mie mani sulla sua fronte, eppure ho come l'impressione che dalla sua schiena venga irradiata una grande quantità di energia. Dirotto la mia attenzione alla zona in prossimità delle sue sopracciglia; le ho sempre considerate sorprendentemente ben delineate per appartenere a un uomo e no, non credo proprio che se le faccia sistemare. Le mie dita pizzicano appena la pelle delicata dell'area, muovendosi poi fino a tirarla verso l'esterno. A Norman sfugge un sospiro sonoro e io torno a concentrarmi sulle tempie, dove esercito una certa pressione costante.

«Chiedo umilmente scusa per aver dubitato di te», gli sento pronunciare. Il tono della sua voce è di quelli che varrebbe la pena ricordare per i momenti bui della vita. Quando hai avuto una giornata storta, quando hai il conto in rosso, quando sei ingrassata e non entri più nel tuo paio di jeans preferiti.

«Sei sorpreso, eh?»

«Guarda che eri già nell'elenco delle pochissime persone capaci di sorprendermi».

«E questo cosa vorrebbe dire?»

«Niente di diverso da quello che ho appena enunciato. Quello che dico è quello che penso».

«Intendi dire *quel poco che dici*...», mi permetto di fargli notare.

La sua schiena si muove per una rara risata. «Volendo... Però, quel poco che esce dalla mia bocca è pronunciato con sincerità».

«Il tuo problema è che sei alquanto criptico il più delle volte. Quindi, per quanto tu possa pensare di essere sincero, risulti comunque contorto».

«E questo non dovrebbe accrescere il mio fascino?», mi stuzzica.

«Parli in generale o intendi rivolgerti a me?»

«Uhm, vediamo... direi in generale».

«Anche perché non ci sarebbe motivo per interpellarmi, no?»

«La tua è una domanda sincera o una richiesta di conferma?».

Lo scambio di battute procede senza che ci guardiamo nemmeno in faccia. Certo, anche le sue spalle non sono da buttare... «La seconda, grazie. Sei pregato di avvalorare la mia tesi senza rompere come al solito».

«In questo caso, allora, non posso fare altro che esaudire la tua gentile richiesta».

«Certo che non puoi fare altro. Il tuo mal di testa se ne sta andando via grazie a me».

«In effetti, per quanto stupefacente possa essere, hai ragione: la cefalea sta migliorando».

Approfitto della piacevole atmosfera creatasi per fargli una domanda che mi sto tenendo dentro da un po'. «Perché non vuoi prendere medicine?».

La sua fronte si contrae all'istante e insieme a essa tutto il resto del corpo. Le sue spalle si sono sollevate quasi a difesa, segno che l'argomento va ben oltre una semplice scelta consapevole sul tema dei farmaci.

«Non fingere di non avermi sentito, Norman…».

Lui si allontana, interrompendo così il contatto fisico, e infine si gira a guardarmi. Sta soppesando se affrontare la questione o chiudermi semplicemente fuori, come fa quasi sempre con tutti. «Non mi piacciono le sostanze che possono creare dipendenza. Di qualsiasi natura esse siano. Alcol, sigarette, medicinali», mi risponde con una certa prudenza.

«Sì, ma perché?», insisto. «Hai avuto problemi di abuso in passato?».

Sospira e mi scruta a lungo. «Io no. Mio padre».

«Di che tipo di dipendenza parliamo?». È evidente che non gli piace trattare certi argomenti, ma o cerco di andare a fondo della questione adesso, o non riuscirò mai più a capirci qualcosa. Conosco bene Norman, difficilmente lo troverò di nuovo in una posizione così vulnerabile e ancora più difficilmente mi concederà una seconda occasione.

«Alcol in maniera principale, ma alla fine non si è fatto mancare nulla», mormora cupo.

«Di cosa è morto?»
«Sulla carta si è trattato di un problema al fegato. Nella realtà dei fatti si è suicidato. Solo che era un codardo e non è mai stato capace di buttarsi da un ponte. Così ha preferito avvelenarsi pian piano. E avvelenare chi gli stava accanto. Perciò, per quanto io non beva, non fumi, o eviti quasi tutti i farmaci, mi sento come uno che ci è già passato. Non so se puoi comprendere...».
«Non in maniera diretta, no, ma mi è chiaro quello che stai dicendo».
Norman mi pare a disagio. «Be', abbiamo finito con gli argomenti deprimenti per questa sera?». Ha una certa e comprensibile fretta di voltare pagina. Francamente, ora che ho scoperchiato questo vaso di Pandora, come non dargli ragione.
«Certo, concentriamoci sul massaggio e su Rachel che deve scegliere un compagno di vita». Gli faccio segno di tornare nella posizione di prima, indicandogli con la mano il posto che occupava fino a qualche minuto fa.
Soppesa con estrema attenzione la proposta – nemmeno gli avessi suggerito di spogliarsi – ma alla fine esegue. Deve essere il trauma della caduta: non è mai stato così collaborativo in quasi diciotto anni che gravita suo malgrado nella mia vita.
Le mie mani tornano a massaggiargli la fronte, mentre in televisione Rachel si avvicina alla scelta eliminando uno dei suoi corteggiatori. «Secondo me Peter le piace molto più degli altri». Sono settimane che ho maturato ormai la quasi certezza che non può che scegliere lui. Modestamente ho fiuto per queste cose.
«Peter è meno zerbino degli altri, a tratti quasi sfuggente, sebbene lei gli interessi. Tuttavia, a mio modestissimo pa-

rere Rachel è nella fase della vita in cui vuole esattamente un certo esemplare di uomo. Sta cercando l'amore "perfetto", no? Be', nella testa delle donne questa perfezione non va a braccetto con il modo di fare di Peter. È troppo poco principe azzurro, secondo il vostro pensare comune».

Smetto un attimo di massaggiarlo e appoggio le mani sulle sue spalle. «E tu avresti capito tutto questo in venti minuti di trasmissione?», gli domando incredula.

Lui si volta brevemente e mi scruta con espressione soddisfatta. «Sono perspicace, vero?»

«Cosa? No! Non capisci nulla né di donne né di relazioni».

Norman sospira invocando chissà quale immaginaria pazienza. «Mio malgrado invece sono un esperto. La solitudine non si traduce automaticamente in ignoranza. Non ti ha mai sfiorato il dubbio che la mia sia una scelta consapevole proprio perché so benissimo come funzionano i rapporti tra uomo e donna?»

«Detto così sembra una questione letteraria».

«E invece per una volta non lo è, pensa un po'», mi prende in giro. «Quindi?»

«Quindi, cosa? Per te chi sceglierà, sentiamo un po'?»

«Probabilmente quello con il pizzetto, Bryan o come diavolo si chiama».

Assurdo. Non può scegliere Bryan. «Ok, scommessa accettata». Quando lui si gira in maniera definitiva gli porgo la mano per suggellare il nostro patto. Se qualcuno mi avesse detto che un giorno Norman e io avremmo finito per fare scommesse su trasmissioni televisive nazionalpopolari, avrei risposto che l'invasione aliena sarebbe stata più probabile.

Lui mi stringe la mano. «Affare fatto. Ti devo però avvertire che perdo molto raramente una scommessa. Anzi, finora non è mai successo».

«Be', c'è sempre una prima volta», gli rispondo con un perfido ghigno sulle labbra. Lo spirito di competizione prima di tutto, no?

Capitolo 14

Norman

«Se hai bisogno d'aiuto, non farti problemi!», urla Alexandra, che mi immagino attaccata alla porta del bagno, terrorizzata che io possa cadere e sbattere la testa da qualche parte.

Già fatto… E in tutta sincerità non smanio all'idea di ripetere l'esperienza.

«Ti dispiacerebbe allontanarti per due minuti?», provo a supplicarla.

La sento ridere a crepapelle, avendo probabilmente intuito il mio "problema". «Ma non sarai mica timido! Alla tua età?»

«Per tua informazione, non esistono limiti temporali alla timidezza. E comunque è mero riserbo, unito al fatto che non mi hai permesso di chiudere la porta a chiave».

«Certo che no! Con la tua fortuna, potresti avere un mezzo malore, svenire e costringermi a buttare giù la porta».

«Se c'è qualcuno che reputo in grado di una simile azione da film ninja, quella sei tu», le confermo senza dubbi.

«Grazie della fiducia! Tuttavia, non ho mai provato una simile mossa, perciò mi faresti un grande favore rimanendo in perfetto equilibrio come un fenicottero che si rispetti».

L'immagine del pennuto mi fa sorridere mio malgrado.

«Sarò un fenicottero esemplare se ti allontanerai di qualche metro».

«Ok, ok, mi sono allontanata di un metro», mi comunica sbuffando.

«Ancora di uno».

«Normy, fai questa stramaledetta pipì e vediamo di finirla, no?»

«La vuoi smettere? Potrei avere un trauma dopo questa sera».

«Se sei sopravvissuto alle mie lettere, lo farai anche a questo, credimi», se ne esce senza alcuna esitazione.

Apprezzo molto più di quello che lei possa immaginare il suo amor proprio e la nonchalance con cui riesce a scherzare su temi simili. «E chi ti dice che sia sopravvissuto», la punzecchio un po', aprendo la porta del bagno.

«Forza, vieni a sederti sul letto. Ti aiuto a togliere i pantaloni e mettere il pigiama».

Sollevo le sopracciglia alla sola idea. «Scusami?».

Lei alza gli occhi al cielo. «Non sto cercando di molestarti, ma solo di mandarti a dormire, sciocco. Ho notato che indossi dei pantaloni piuttosto larghi, ma in ogni caso toglierli da solo, con un piede ingessato, deve essere un'operazione lunga e complicata. Come hai fatto ieri sera, a proposito?». Si avvicina e mi porge per l'ennesima volta la sua spalla. E per quanto sia un piacevole tormento avere una valida scusa per poterla stringere, è il caso che da domani impari a usare le stampelle.

«Non ho fatto. Sono rimasto così», mi tocca confessare. «E lo so che non vuoi molestarmi...». Come siamo finiti esattamente a parlare di cose simili?

«Bene, se lo sai, siediti sul letto e non rompere». Mi aiuta a sistemarmi sul bordo senza mai appoggiare il piede ingessato – operazione ben più complicata di quanto possa sembrare. Per un attimo la sua attenzione viene catturata dalla mia camera da letto; scruto affascinato il suo viso mentre osserva il muro di mattoni che ho lasciato volutamente del colore originario, il mio grande letto con testata grigia, il parquet e gli arredi essenziali. Sopra il letto ho appeso un quadro che i miei genitori hanno comprato in Francia in viaggio di nozze: si tratta di una classica immagine della Provenza, con mare sullo sfondo e campi di lavanda in primo piano. Sospetto valga ben poco sul mercato dell'arte.

«Bello», mi dice sincera, indicando il quadro. «Non molto da te, se vogliamo proprio puntualizzare…».

«Potrebbe essere uno di quei miei lati che non conosci, no?»

«Potrebbe», ammette prima di iniziare a rovistare alla ricerca del pigiama.

«È appeso nell'armadio», la informo, in modo che possa smettere di frugare tra le mie lenzuola.

«Appeso???». Il suo sguardo è seriamente oltraggiato. «Ma nessuno appende il pigiama!».

«Io sì. Non mi piacciono le pieghe».

«Tu hai un serio problema», mormora preoccupata.

«Solo uno?», provo a strapparle un sorriso.

Missione compiuta: il suo viso si illumina all'istante. Sono terribilmente geloso delle persone fatte della sua pasta: hanno quella leggerezza che gli permette di godersi la vita. Sanno come stare bene, come disattivare il brusio dei loro pensieri cupi, come volgere a proprio favore una qualsiasi giornata storta.

«Hai ragione, ben più di uno. Ma il pigiama potrebbe essere la ciliegina sulla torta».

Sta frugando nel mio armadio senza nascondere anche solo minimamente la forte curiosità. «Oh mio Dio!», esclama tirando fuori uno dei miei cardigan di lana. «Cos'è questa *cosa*?!».

«Si chiama maglione, nel caso non lo sapessi...».

«Molto spiritoso Normy. E comunque dissento: si chiama *maglione orrendo*».

«Una specie di titolo onorifico, insomma», mi presto al gioco.

«Cielo santissimo...», sospira qualche istante dopo. Di questo passo finirà presto le imprecazioni di cui è capace.

«Cosa c'è? Cos'altro hai trovato?».

Alexandra estrae dall'armadio con gesto volutamente violento il mio blazer blu. «Sentiamo? Che razza di giustificazioni avresti per non aver dato fuoco a questa giacca?»

«Perché, ora serve una giustificazione per possedere un blazer?». Sono visibilmente divertito, lo ammetto.

«Intendi, per avere appesa nell'armadio una terribile giacca con bottoni oro?», enfatizza con aria drammatica. «Sì, serve».

«Guarda che i blazer degni di questo nome hanno bottoni oro...».

Ripone la giacca, rabbrividendo. «Affermazione fortemente discutibile. E sappi che quando toglierai il gesso, tu e io faremo una bella cernita dei vestiti considerati accettabili nel 2018 e daremo via quelli osceni, come per esempio il maglione e il blazer, Norman».

«Ah no. Ti conosco, tu butteresti via tutto», mi permetto di farle notare.

«La vuoi trovare o no una donna che abbia voglia di tenerti nel medio-lungo termine?», mi sfida.

«Cosa sarei? Un investimento?», rido mio malgrado. «E

comunque spererei di essere scelto per ben altri motivi che per il mio gusto classico nel vestire».

«Cosa? *Classico*? No, Normy, antico. Differenza da non dimenticare mai». Va avanti a perlustrare il mio armadio finché non arriva al pigiama. Per fortuna è uno dei miei migliori. «Questo è passabile», mi concede. «Se non fosse che è grigio. Perché c'è così poco colore nella tua vita?», mi chiede più seria di quanto forse vorrebbe.

Scrollo le spalle. A dire il vero, in questo preciso istante, c'è così tanto colore nella mia camera da letto che quasi non riesco a fare a meno di rimanerne abbagliato.

Si tratta di un pensiero che mi coglie quasi di sorpresa. Quasi. Perché, quando sono particolarmente vulnerabile, affiora di tanto in tanto. Questa è tuttavia la prima volta che una simile considerazione non mi fa venire un colpo.

«Si vede che sono un uomo grigio», le rispondo.

Mi passa il pigiama con espressione poco convinta. «Che sciocchezze che dici... Dài, ti aiuto a spogliarti e te ne vai a dormire. Hai l'aspetto di uno che non dorme da una vita».

Rimaniamo a fissarci, cercando di interpretare i rispettivi linguaggi non verbali. «Forza», mi incita dopo aver atteso qualche secondo. Sì, la pazienza non è il suo forte...

«Non appena avrai chiuso gli occhi», le ribatto.

Il suo volto si tinge di comica incredulità. «Ma sei serio? Hai bisogno d'aiuto per sfilarti la camicia e i pantaloni. E poi, hai una vaga idea di quanti uomini mezzi nudi ho visto nella mia vita?».

Non riesco a comprendere se la sua sia una domanda provocatoria o se invece la consideri seria. È una donna, perciò è probabile che l'ipotesi meno verosimile sia quella corretta. «Mi vorrei appellare al quinto emendamento, se non ti dispiace».

«Fifone. Comunque si sta facendo tardi e io sto invecchiando a forza di discutere con te, perciò vediamo di iniziare togliendo questa camicia». Mi si avvicina all'improvviso e inizia a slacciare un bottone alla volta. Pare sul serio animata dalle migliori intenzioni. Peccato, sarebbe stato quasi divertente se invece fosse stata spinta da fini meno nobili.

Il suo viso è a pochi centimetri dal mio, il suo profumo floreale ha del tutto invaso le mie narici, le sue mani si sono posate sul mio petto, intente a scendere verso il basso un bottone alla volta. Non ho mai compreso appieno il significato della parola "tentazione" come questa sera. Non c'è mai stata seduzione meno intenzionale, temo. Alexandra non può saperlo, ma avvicinandosi ha innescato in me un processo che ho fermato tante di quelle volte da aver perso il conto. Il problema è che non diventa mai più facile. Proprio per niente. Se possibile, diventa solo più estenuante.

Tira prima una manica e poi l'altra e in poco tempo la mia camicia si ritrova appallottolata da qualche parte. «Se non ti dispiace, potresti piegarla e metterla sulla sedia?», le chiedo fingendo di non provare imbarazzo. Ho paura di sollevare la testa perché potrebbe accorgersi della mia stupida agitazione.

«A dire il vero mi rifiuto. Per una questione di principio. Hai bisogno di più pieghe nella tua vita», afferma sicura.

Questa volta sono costretto a guardarla negli occhi e l'effetto è esattamente quello che avevo previsto: una specie di pugno allo stomaco. «Riassumendo, la tua ricetta della felicità prevede colore e pieghe? È corretto?»

«Per iniziare».

«E per finire?»

«Per finire potresti darmi una mano e collaborare. In tutta

sincerità, Normy, persino io mi faccio qualche problema a slacciarti i pantaloni. Il massimo che posso fare è aiutarti a sfilarli. Tra l'altro, visto il gesso, avresti potuto evitarci la fatica indossando dei banali pantaloncini...».

Sì, forse avrei potuto. Ma i pantaloncini mi richiamano alla memoria l'attività fisica e va da sé che non avevo tutta questa voglia di ricordare. Ieri mattina ero a tanto così dal tagliare la gamba del pantalone per la disperazione, ma alla fine sono riuscito a far passare il gesso.

Sospiro ed eseguo. Alexandra, dal canto suo, si inginocchia per sfilare i miei pantaloni, facendo grande attenzione a non sollevare lo sguardo più su delle mie ginocchia. Il suo tocco è delicato e attento, mentre è alle prese con il mio piede ingessato. «Maledizione Norman...», impreca mentre lotta con il tessuto. Dopo parecchi sforzi, riesce nel suo intento. Un paio di pantaloni che se ne va, un pezzo di pigiama che arriva. Per fortuna la stoffa di questo è morbida e non richiede ulteriore fatica.

«Nessuno dorme con i pantaloni lunghi del pigiama in estate», mi fa notare.

«Io sì. È cotone egiziano. Aiuta la traspirazione della pelle anche nei mesi caldi». Non le sfugge la mia infantile soddisfazione nel potermene uscire indisturbato con una simile affermazione.

«Colore, pieghe e pigiami corti. Vediamo cos'altro dobbiamo inserire nella tua lista della felicità».

«Per il momento mi accontenterei di togliere il gesso...». Mi sollevo sulle braccia e mi metto comodo al centro del mio letto. Il materasso è costato una cifra quasi oltraggiosa ma è quanto di più magico sia stato prodotto dai tempi della principessa sul pisello. «Prima di uscire prendi pure il doppione di chiavi sul mobile all'ingresso e per favore chiudi la serratura centrale», le raccomando. A un tratto ho fretta di vederla marciare fuori dalla mia camera da letto, non tanto per la stanchezza cronica con cui convivo con rassegnazione, ma perché mi sono reso conto che la sua presenza qui pare avere un senso.

Io, che mi sento a disagio quasi con tutti e che mi devo in qualche modo sforzare con la maggior parte delle persone che frequento, per una volta vorrei che rimanesse. Che non smettesse mai di riprendermi con quel suo modo scherzoso che mi è mancato come l'aria negli anni di musi lunghi. Che mi desse il suo parere su tutto quello che non va bene nella mia vita. Che rovistasse ancora un po' nel mio armadio e mi rimproverasse per i miei oggettivi gusti di merda.

«Ok, chiudo a chiave e poi ti faccio riavere il mazzo tramite Aidan».

«Senza fretta…». Due parole che sanno di speranza. Ridicola, inutile speranza.

«Va bene, senza fretta», acconsente con una strana espressione.

Mi chiedo se si sia resa conto del significato di una simile frase. Mi chiedo se *io* me ne sia reso conto.

NORMAN: Tutto bene il rientro a casa?

ALEX: Sì, tutto bene, grazie. Non dovresti dormire?

NORMAN: Dovrei ma non dormo comunque. Hai preso un uber o un taxi?

ALEX: Questo ti farebbe dormire meglio?

NORMAN: Lo prendo per un no…

ALEX: Ho camminato e poi ho preso la metro. Bellissima serata.

NORMAN: La prossima volta menti, per favore.

ALEX: Sarà fatto.

NORMAN: Grazie per oggi. Per ieri. E persino per l'altro ieri all'ospedale. Insomma, grazie.

ALEX: Dovere.

NORMAN: Davvero?.

ALEX: Ok, anche un pizzico di piacere.

NORMAN: Poca roba, insomma.

ALEX: Cosa vorresti farmi dire, di preciso?

NORMAN: Niente, lascia perdere. È la stanchezza che mi fa straparlare. Comunque, Rachel sceglierà Bryan. Te l'ho messo anche per iscritto.

ALEX: È innamorata di Peter!

NORMAN: Spesso e volentieri l'amore non basta.

ALEX: È una constatazione piuttosto triste, Normy.

NORMAN: Be', io sono una persona triste.

ALEX: Sto scuotendo la testa, sappilo.

NORMAN: Buonanotte Alexandra.

ALEX: Buonanotte Norman.

Capitolo 15

Alex

La mia sveglia e quella di Leila squillano quasi contemporaneamente il mattino dopo. Abbiamo entrambe degli improrogabili impegni di lavoro: lei deve prendere parte a una riunione convocata dal suo sadico capo a un orario quasi criminale (una specie di selezione naturale, chi è in ritardo si ritroverà fuori dal team), mentre io ho appuntamento con il professore che mi sta seguendo in questa fase finale del dottorato. Ha letto la mia bozza di relazione sui test che ho effettuato in Colorado e non vede l'ora di darmi una mano con dei suggerimenti su come rendere più leggibile e interessante la lunga sequenza di dati.

«Caffè?», mi domanda, porgendomi la tazza con la scritta "Geology rocks". Sì, sono esattamente quel tipo di persona disdicevole che ride delle battute scontate. In mia difesa va detto che sono una che ama ridere sempre e comunque.

«Sì, due litri per favore». Mi appoggio al muro con la tazza in mano e mi concedo un minuto intero di pura beatitudine.

«Dov'eri ieri sera? Ti ho aspettato inutilmente per guardare *The Bachelorette*. Pensavo fosse un nostro appuntamento sacro», mi riprende bonariamente la mia coinquilina.

La mia espressione da rilassata diventa colpevole. «Uhm, sì, a proposito di ieri sera… ti chiedo perdono, ma ero da

Norman. Mio fratello aveva un impegno e mi ha chiesto di controllare che stesse bene».

«E... sta bene?», mi chiede osservandomi curiosa dietro la sua tazza con in primo piano la principessa Leila.

Il suo tono non è affatto innocente e implica chissà cosa; scelgo la via più facile e fingo banalmente di non accorgermene. «Diciamo che sta meglio. Bene è un parolone che non scomoderei, visto che è ancora piuttosto malconcio dopo la caduta».

«Uhm...», commenta Leila senza mai staccarmi gli occhi di dosso.

«Uhm, cosa?»

«Uhm, ho notato un moto di tenerezza». Per la cronaca, lo dice come se avessi appena rapinato una gioielleria o rubato un cucciolo a un bambino.

«Be', è semplice compassione. È caduto, poveretto...», peroro la mia causa.

Leila scuote la testa. «No, no, non ci siamo capite. Quand'è l'ultima volta che sei stata compassionevole con un uomo?», vuole sapere.

Mi prendo il mio tempo per rifletterci in modo serio. «Non lo so, ma devo esserlo stata di certo».

«Uhm...».

«Uhm non è realmente una parola. Non puoi iniziare e finire una conversazione con uhm».

«A dire il vero posso: faccio parte del Senato galattico, sono un agente segreto dell'Alleanza Ribelle, sono l'unica donna che ha partecipato alla battaglia di Endor», se ne esce con sorprendente convinzione.

«E io cosa diavolo dovrei rispondere?», le chiedo ridendo a più non posso.

«Niente. Era appunto lo scopo, zittirti. E riportare la conversazione sul giusto binario. Tra l'altro, sei pregata di fare in fretta perché io trascorro la vita a essere in ritardo. Su su...», mi incita con la mano.

«Qui di binario ce n'è uno solo. E non porta in nessuna stramba direzione. Davvero, non c'è niente che io ti debba raccontare».

Leila posa la tazza nel lavandino e alza gli occhi al cielo. «Dovremmo iniziare a bere caffè corretto la mattina. Ne abbiamo bisogno entrambe. Comunque, quando vorrai parlarne, tieni presente che io ci sono», mi ricorda prima di uscire in fretta dalla cucina alla ricerca delle sue scarpe con il tacco. La mia coinquilina possiede la non comune predisposizione a perdere ogni giorno o la scarpa destra o quella sinistra. Mai una volta che trovi o perda entrambe. «Ci vediamo questa sera!», grida qualche minuto dopo, mentre apre la porta di casa tutta trafelata.

«E comunque, non per insistere, ma io non ho e non avrò nulla da raccontarti!», grido a mia volta.

«Guarda che stai parlando con l'erede al trono di Elderan!».

La sera stessa, di ritorno dall'università, mi fermo in uno dei miei ristoranti super testati per comprare due porzioni di sushi da condividere con Leila. L'idea è di farmi perdonare la buca di ieri. Le mando velocemente un messaggio chiedendole di sbrigarsi a uscire dall'ufficio perché ho fame, ma lei mi risponde con una lunga sequenza di faccine sempre più tristi, prima di passare alla spiegazione vera e propria.

"Sono stata incastrata con una cena di lavoro. Devo accompagnare dei clienti vietnamiti in giro per la città...".

Le rispondo di non preoccuparsi e inizio a pensare a chi

potrebbe condividere con me tutto il buon cibo che ho appena comprato. Forse Aidan, con cui non parlo in maniera seria da un sacco di tempo. Se non fosse che ora mio fratello è passato dall'altra parte della barricata e ha una compagna. Non ho nulla contro la gente accasata, sia chiaro, ma è normale che le persone si trasformino, dopo aver abbracciato la vita a due. E il fatto che a me non sia mai successo, nonostante abbia frequentato numerosi ragazzi, la dice lunga sulla mia predisposizione alla vita di coppia.

Alla fine decido di non importunare Aidan e Laurel con così scarso preavviso e sto giusto per imboccare la strada verso la metropolitana che mi porterà a casa, quando a un tratto mi blocco come una statua in mezzo al marciapiede. Ho appena avuto un'idea assolutamente demenziale. Pare che io abbia una certa attitudine verso le alternative sbagliate.

Vedo già il mio angioletto appollaiato sulla spalla destra che mi supplica di lasciar perdere. Peccato che l'affarino rosso con le corna sulla spalla sinistra sia più simpatico.

Così va a finire che salgo sì sul vagone della linea rossa della metropolitana, ma non attendo di arrivare fino a Brooklyn, bensì scendo molto prima, nel bel mezzo del quartiere del Village. E chi è che abita da queste parti?

Come chi? Babbo Natale, no?

Dopo la terza volta in tre giorni, il portiere di Norman si sente ormai autorizzato ad attaccare bottone. Per carità, è estremamente gentile ma anche alquanto curioso.

«Mi perdonerà la sfacciataggine, ma lei è la fidanzata del signor Morrison?», mi chiede dopo che ho fallito miseramente nel mio disperato tentativo d'infilarmi dentro l'ascensore alla velocità della luce.

«Cosa? Noooo!», esclamo con fin troppa enfasi. E infatti l'espressione dell'uomo si fa corrucciata perché, fino a prova contraria, si può rispondere a domande simili senza farsi venire un mezzo infarto. «Volevo dire, no, sono solo un'amica di famiglia. Anzi, no, lui è un amico della mia famiglia. Un po' come se fosse una specie di figlio adottivo». La sequenza sconclusionata di frasi viene condita con annessa risata isterica. Inutile a dirsi, il volto del portiere è sempre più confuso. «Va be', lasciamo perdere. Vado, altrimenti la cena si raffredda», mi congedo tentando di salvare il salvabile.

«È sushi. Il sushi non si raffredda», mi fa notare quasi a bassa voce l'uomo, come se temesse di deludermi.

«Cosa? Ah sì, certo. Lo ha dedotto dal sacchetto!», balbetto imbarazzata. «Be', ora andrei... Buona serata signor...».

«Longdale».

«Signor Longdale».

Mi fiondo dentro l'ascensore e schiaccio ripetutamente il bottone numero quattro. Che imbecille so diventare! Un minuto sono una persona normale, sicura e rilassata, e quello dopo una psicopatica che nemmeno sa mentire.

Mi costringo a suonare il campanello di Norman prima di poter cambiare idea; sono così assorta a ripensare alla scena di poco prima che per un attimo passa quasi in secondo piano il fatto che il proprietario di casa mi abbia aperto e mi stia scrutando meravigliato.

«Alexandra?», chiede facendomi sobbalzare.

Ecco, lo sapevo: persino Norman ritiene eccessiva la mia presenza per tre giorni di fila. «Ti ho portato la cena!», esclamo sventolando il sacchetto davanti al suo naso. Mi stampo sul volto un sorriso convinto e faccio buon viso a cattivo gioco. Ormai sono qui, non posso girare le spalle e scappare nella speranza che si dimentichi di avermi vista.

Non posso, certo, ma la tentazione è forte…

Rispetto a ieri c'è una grande novità: Norman è arrivato fino alla porta con le stampelle e il suo sguardo mostra tutta la soddisfazione di potersi muovere con maggiore libertà. «Stampelle, bravo!», mi complimento.

«Lo confesso: ero inutilmente prevenuto. Chiaro, sono lento, ma almeno autonomo».

«Felice di sentirtelo dire. E, avventura delle stampelle a parte, come ti senti oggi?».

I suoi passi sono goffi mentre si sposta per farmi entrare. «Miglioro lentamente. Le stampelle sono noiose ma mi evitano di poggiare il piede ogni cinque secondi».

«Dovresti migliorare abbastanza da poter uscire di tanto in tanto. Stare chiusi in casa deve essere… non so, come ritrovarsi in una gabbia», provo a immaginare. Io avrei già dato di matto dopo tre giorni simili. Anzi, mi correggo, io avrei strangolato qualcuno dopo solo un giorno.

«Non che io sia una persona abituata a trascorrere chissà quanto tempo all'aria aperta, ma hai ragione. Dopo un po' persino le pareti di casa iniziano a essere una vera noia».

Mi fa segno con la mano di proseguire verso la cucina, così raggiungo il tavolo e inizio a spacchettare mentre lui si prende tutto il tempo di cui ha bisogno per raggiungermi.

«Sabato potremmo scendere al parco qui sotto», gli propongo a un tratto. «Ho sempre voluto giocare a scacchi come tutti i veri newyorkesi». Washington Square Park è famoso, tra le altre cose, per i tavolini di marmo su cui è disegnata la scacchiera. Gli appassionati si portano i pezzi e si cimentano in epiche battaglie con degli sconosciuti. È uno di quei rari casi in cui la diffidenza verso il prossimo, così tanto comune nelle grandi città, lascia spazio al senso di comunità. O forse prevale solo l'idea che uno scacchista non possa essere un serial killer.

Norman mi pare positivamente colpito. «Sai giocare a scacchi?», chiede spalancando gli occhi.

Ok, più che colpito, sembra esterrefatto. Eviterò di raccontargli da cosa derivi la mia competenza in questo gioco; risale infatti ai tempi della scuola superiore e al club degli scacchi. Ero stata una delle prime ragazze che, pur essendo portata per qualsiasi attività sportiva possibile, volle iscriversi a tutti i costi al corso di scacchi. Ricordo che qualcuna delle mie cosiddette "amiche" mi tolse il saluto. Inutile a dirsi, giocare a scacchi incideva in maniera piuttosto negativa sulla popolarità.

Perché lo feci, quindi? Be', mi limiterò a svelare che mio fratello e Norman in quel periodo erano grandi appassionati del gioco. Passavo ore a guardarli giocare. Stupendo tutti, mi sono rivelata persino una giocatrice discreta, tanto che ho portato a casa qualche coppa. Ora che ci penso, però, non credo di aver mai avuto il coraggio di confessargli che giocavo anch'io e che mi sarebbe piaciuto fare una partita con lui.

«Perché stai ridendo?», mi chiede Norman mettendosi a sedere al tavolo.

«Niente, lascia perdere. Ricordi d'infanzia, per così dire. Comunque sì, so giocare, incredibile ma vero. Ho imparato alle superiori».

«Mai detto che fosse incredibile, Alexandra...», prova a convincermi. «Perché non mi hai mai chiesto di giocare anni fa, allora?»

«Ero in grande soggezione, nel caso non si fosse capito», confesso ridendo.

«Sciocchezze, non vedo come potrei mai mettere in soggezione qualcuno», insiste.

«Sottovaluti il potere di quel tuo sguardo algido», lo prendo in giro. «Comunque, ora mettiti comodo, così ceniamo». Ho finito di apparecchiare e ho tirato fuori il cibo in bella mostra. «Tadaaaa...».

La sua espressione, invece di essere estasiata di fronte al sushi che gli ho portato, si fa seria. Afferra le bacchette che gli sto offrendo ma le appoggia con decisione sul tavolo invece di usarle. «Alexandra, io ti sono immensamente grato per tutto il cibo di questi giorni, ma non devi sentirti in obbligo, chiaro?».

Se il fatto che i miei piedi non riescono a fare a meno di percorrere la strada che porta fino a casa sua si definisce obbligo, be', è di certo un dovere piuttosto peculiare.

«Chiarissimo. E comunque non è un dovere», ammetto a bassa voce. Vorrei aggiungere che mi piacerebbe molto lo fosse ma che, ahimè, la questione è *molto* più complicata di così.

«...Perché comprendo che tu e la tua famiglia vi sentiate responsabili per me, e ne sono toccato, ma io sono abituato a stare da solo. A prendermi cura di me stesso», cerca di perorare la sua causa.

Francamente non mi pare stia facendo un lavoro chissà quanto eccelso, ma evito di farglielo notare. È pur sempre reduce da giornate complicate. Se non fosse che... «Posso essere sincera per un momento?», gli chiedo. Lui annuisce con convinzione. «Ora, non per sembrarti scettica, ma questa storia dell'uomo-isola che basta a se stesso ha un po' stufato», me ne esco stupendo persino me stessa.

Lui sgrana quegli stessi occhi che hanno segnato inesorabilmente un buon pezzo della mia adolescenza. Ho fatto un corso extracurricolare di arte alle superiori per riuscire a riprodurre la loro forma esatta, senza contare che ho riempito di così tanto azzurro-Norman la mia esistenza da aver esaurito per sempre il diritto di comprare qualcosa che sia di quell'esatta tonalità. Come si chiama la malattia per cui passi nove anni a pretendere che il tuo mondo sia esattamente di quel colore e i successivi otto a rifuggirlo peggio della peste?

«Uomo-isola», ripete incredulo.

«Ma sì... quel tuo atteggiamento da basto a me stesso, lasciatemi soffrire in pace... anche perché continuo a non comprenderne la ragione: perché diavolo vuoi soffrire? Norman, non so se te l'hanno mai detto prima, ma non si vince alcun premio a stare male. Si sta solo male, in tutta la sua enorme banalità. Punto».

Inclina la testa di lato e mi osserva a lungo. «Corretto».

«Quindi perché diavolo vuoi andare avanti così?», gli domando esasperata.

Solleva le spalle come uno che sotto sotto sa di essere in torto, ma che non è in grado di darmi una risposta sensata. «È più complicato di come sembra».

Faccio un notevole sforzo per non sbuffare. «Non ne dubito. Ma vediamo di rendere le cose semplici. In fin dei conti questa è pur sempre l'epoca della superficialità di massa: non ti sto dicendo di abbracciare il movimento menefreghista ma solo di trovare un modo per vivere bene e magari, se capita, sorridere di più».

«Tu mi fai sorridere». La frase pare sorprendere quasi più lui di me perché sbatte ripetutamente le palpebre dopo averla pronunciata, lottando in modo del tutto comico per non incrinare la sua solita espressione disinteressata.

«Mi fa piacere. Perché iniziavo a sentirmi un po' di troppo a forza di presentarmi a casa tua senza essere invitata».

«Tu sei sempre invitata», puntualizza.

«Norman, ti conosco da quasi diciotto anni e tre giorni fa ho visto il tuo appartamento per la prima volta», gli ricordo. «Perciò, col cavolo che ero sempre invitata...».

«Non sono esattamente bravo con gli inviti».

«Ma non mi dire... Per un attimo sono arrivata a scambiarti per il grande Gatsby, noto organizzatore di favolose feste a tutte le ore del giorno».

«Alexandra, non si sfottono i malati».

«Palle, si possono prendere in giro eccome. Te l'ho già detto che questa è l'epoca in cui il politicamente corretto non vale più nulla»

Si passa la mano sulla mascella. Oggi è tornata di nuovo liscia come al solito. E se da un lato mi fa piacere che tutto stia pian piano tornando alla normalità, un po' mi manca quella sua immagine non perfettamente curata. «Epoca strana...», medita ad alta voce.

«Non dirlo a me. Non si riesce più a trovare un solo uomo che valga la pena frequentare...».

«Ah, è per questo che sei qui tre sere di fila? Sono finiti gli uomini sulla piazza newyorkese?», mi prende in giro.

«Molto spiritoso... No, sono qui per la tua eccellente compagnia, ovvio. Risate senza fine».

«Davvero?», chiede cercando inutilmente di rimanere serio.

«Davvero. E ora mangia, rompiscatole».

«Perché, abbiamo fretta e dobbiamo andare a una festa dopo?», continua a ridere.

«No, dopo ti sfiderò a scacchi. E ti straccerò».

«Sogna, piccola Tyler. Sogna». Ma il suo sguardo di sfida si è acceso. Per la serie, toglietegli tutto ma non gli scacchi.

Capitolo 16

Norman

È un sabato pomeriggio caldo ma piuttosto ventilato e all'ombra degli alberi di Washington Square Park si sta meravigliosamente. Sollevo lo sguardo e inizio a curiosare tra i tavolini degli altri giocatori di scacchi: la fauna umana è piuttosto varia, perché nei diciotto tavoli disposti in forma circolare siedono persone di tutte le razze, giovani e meno giovani, uomini e donne. A onor del vero le donne mi paiono nettamente in minoranza, ma mi guardo bene dal provocare Alexandra con una simile osservazione. Lo spirito agonistico si è impossessato di noi sin dalla nostra prima partita, avvenuta qualche giorno fa a casa mia e conclusasi senza vincitori apparenti dopo ore estenuanti di tattiche e ripicche. Verbali, sia chiaro.

«Sei un maledetto», sibila Alexandra arrabbiata, costretta a giocare in difesa in seguito a una mia mossa piuttosto brillante. La fanciulla, al pari di suo fratello, non ama perdere.

«Tutto è ammesso in guerra e negli scacchi, no?», la stuzzico.

«No, a dire il vero dicono che sia tutto ammesso in amore e in guerra», è veloce a rettificare.

Faccio avanzare la mia torre e osservo la sua aria di disappunto. «Sì, ma noi abbiamo deciso di fare a meno dell'amore e ci stiamo concentrando sugli scacchi, no?».

Solleva lo sguardo e incrocia i miei occhi. «Abbiamo? Davvero?»

«Cosa ci manca in questo momento?», le domando molto più seriamente di quanto non voglia apparire.

Spesso sono le piccole cose che rendono più felici e in questa calda giornata d'agosto, in questo momento così normale eppure perfetto, mi sento molto più felice di quanto non mi sia sentito da mesi, se non anni. Non m'importa nemmeno del gesso o del fatto che mi muovo come una specie di lumaca, e quasi non mi importa nemmeno che sia tutto momentaneo e destinato a scomparire.

Sono sensazioni a cui non sono abituato. E, sebbene sia discretamente avvezzo alle emozioni che mi provoca la presenza di Alexandra, in questi giorni mi paiono notevolmente amplificate. Per un attimo arrivo quasi a pentirmi di non aver voluto prendere medicinali, perché in quel caso avrei se non altro una scusa valida per quello che sto provando. Ho imparato anni fa a convivere con gli effetti collaterali che mi provoca posare gli occhi sulla sua persona, ma vederla tutti i giorni è insieme un tormento e un piacere a cui non saprò come rinunciare quando toglierò il gesso. C'è mai stato qualcuno che abbia supplicato per rimanere ingessato a vita?

Alexandra si guarda intorno e sorride concentrandosi su un nonno che sta insegnando al nipotino a giocare. «In effetti, questo è un momento così perfetto, da essere a tratti ridicolo», mi dà ragione. «Certo, se per un attimo ci dimentichiamo che siamo due single sfigati, che tu sei ingessato e così via...».

«Guastafeste», rido. «E poi tu non sei affatto sfigata. A differenza del sottoscritto». In quel momento il mio cellulare posato sul tavolino inizia ad agitarsi e squillare.

«È Aidan», informo l'altra Tyler prima di rispondere. «Pronto? Cosa? No, ah ah... dove diavolo vuoi che vada? Sono al parco sotto casa, Aidan. Cosa? Sì, sono serio. Sono davvero qui sotto e sto giocando a scacchi con tua sorella. Ok, ti aspettiamo», termino la conversazione.

«Aidan ci raggiunge?»

«Pensava che gli alieni mi avessero portato via», le ripeto le parole del fratello sorridendo. «Nessuno mi porterebbe via, nemmeno gli alieni».

«Magari sono alieni che hanno bisogno di un agente per pubblicare il loro romanzo d'esordio».

La mia risata è semplice e sincera. «Speriamo proprio di no. Questa vita è già sufficientemente complicata».

«E perché mai? Hai un lavoro che ti piace, a dispetto delle lamentele. Percepisci le tue belle percentuali. Hai un bellissimo appartamento in una delle città più ambite del mondo e poi trascorri i tuoi sabati pomeriggio giocando a scacchi con me».

«A dire il vero è *un* pomeriggio. Il primo sabato pomeriggio che io e te trascorriamo insieme da non so quanto tempo».

«E di chi sarebbe la colpa?», chiede fingendo un tono piccato. «Mia non di certo...».

«Ma se mi volevi dare fuoco fino all'altro giorno!». È sconvolgente che si possa finalmente ridere di tutto il nostro complicato passato. Per la serie, chi la dura la vince, eh...

Alexandra non nega ma invece approfitta di un mio momento di distrazione per ribaltare le sorti della partita a suo vantaggio. Maledizione, stavo giocando da manuale finché non ho iniziato a far rimbalzare strani pensieri nella mia testa...

Per mia fortuna Aidan compare sulla scena e interrompe

per un attimo la partita. «Ma che sorpresa!», esclama mettendosi a sedere sulla panchina accanto a me. «Quando mi hai detto per telefono che vi avrei trovato qui, entrambi, intenti a giocare a scacchi, pensavo mi stessi perculando...».

«Perché, lo faccio mai?», gli chiedo fingendomi offeso.

«Normy, tutto il tempo! Guarda che me ne accorgo, ma lascio correre perché sono estremamente buono».

Mi volto di lato per lanciargli un'occhiata dubbiosa. «Tu? Buono?»

«Assolutamente! E ora la mia dolce metà ci raggiungerà e sarà felice di confermarvelo».

Laurel arriva appena in tempo per udire l'ultimo pezzo di frase. «Buongiorno signore e signori, mi sono allontanata due secondi per comprare della frutta. Avevo fame. Di cosa si stava disquisendo?»

«Della bontà di Aidan», le rispondo.

«Dio santo, di quale bontà stai mai parlando?», chiede scandalizzata, facendo scoppiare a ridere a crepapelle Alexandra e me. Per qualche strano motivo Aidan non si unisce a noi. «Qualcuno vuole ciliegie o fragole?», ci offre.

Alexandra allunga una mano e prende due enormi ciliegie dal cestino. Poi, con un movimento che a me pare incredibilmente sensuale, procede a mangiarle. Non me ne sono nemmeno reso conto, ma stavo trattenendo il respiro mentre la osservavo masticare. Quella sua bocca... è del tutto illegale.

«Eh, tutto bene?», mi richiama Laurel, confusa dalla mia espressione stralunata.

«Cosa? Sì, certo, perché me lo chiedi?».

La sua occhiata è insieme ironica e incredula. «Come perché? Sei sempre ingessato, no? Volevo sapere come stava procedendo la convalescenza».

«Noiosa».

«Davvero? Avrei quasi scommesso che invece vi steste divertendo». A quanto pare la mia interpretazione delle sue aspettative era del tutto errata. Non solo, va avanti a scrutarmi come se volesse comunicarmi chissà che cosa.

«Be', voi due invece?», ho molta fretta di cambiare argomento.

«Laurel ha preso il tuo posto e ha iniziato a correre con me al parco. Ti prego Norman, cerca di riprenderti in fretta perché davvero non riesco a sopportare il fatto che abbia molta più resistenza di me!», si lamenta Aidan, facendo scoppiare a ridere tutti i presenti. «Ma molta, molta più resistenza! Roba da non credere... Tu sì che eri perfetto per la mia autostima».

«Un po' meno per la mia, a quanto pare», gli ricordo.

«Cosa vuoi dire, che intendi smettere di correre con me?», si indigna.

«Ti confesso di non aver assolutamente pensato al dopo. Vivo alla giornata, che tu voglia crederci o meno...».

«Chi, tu?», ride come un matto alla sola idea.

«Non osare prendere in giro Norman!», esclama Alexandra, colpendo il fratello sul braccio. «Bisogna avere rispetto dei malati».

Aidan sbatte ripetutamente le palpebre e spalanca la bocca. «*Tu* stai difendendo *lui*?», borbotta incredulo. «Laurel, ma hai sentito?».

La sua dolce metà alza gli occhi al cielo. «E allora?»

«Come, e allora? Tu non mi difendi mai!».

«*Quasi* mai. E a ragione, caro», gli risponde come se nulla fosse.

Alexandra e io tratteniamo a fatica una risata, ma lo

sforzo si rivela del tutto inutile poco dopo. Tra di noi pare scorrere per un attimo qualcosa di curioso, di molto simile all'intesa. E sebbene io abbia da sempre la consapevolezza di volerle un bene dell'anima – anche quando lei mi detestava – il fatto che in questo momento il mio bene appaia quasi ricambiato mi colpisce non poco.

La gente pensa che il tempo non conti. Cazzate. Il tempo aggiunge di continuo strati e profondità a un rapporto. Il tempo lo conserva anche quando tutto pare remare contro, anche mentre non ci si parla o si ribolle per mille e uno incomprensioni.

Questa donna è letteralmente cresciuta davanti ai miei occhi: io c'ero quando era ancora solo una bambina, c'ero quando si è fatta goffa crescendo all'improvviso in altezza, c'ero quando ha spiccato il volo. Perciò, per quanto io possa sperare un giorno di arrivare a provare lo stesso tipo di affetto per un'altra, in verità so già che non potrà mai avvenire. Almeno non nello stesso identico modo. Perché quello che anni e anni sono riusciti a creare non si potrà mai ottenere in tutta fretta. Quel che c'è tra di noi è un po' come una delle sue amate montagne erose dalle intemperie. Il tutto sta nell'accettare finalmente di non poter riprodurre l'esatta forma di questa cima. È unica e come tale resterà. Ci saranno altre altezze, altri promontori da esplorare. Ma mai qualcosa di uguale.

«Venite a cena da me questa sera?», chiedo rivolto a tutti, ma sto sempre fissando Alexandra.

«Cucini anche ingessato?», è curioso Aidan.

«Credo di potercela fare. Ormai io e le stampelle siamo una cosa sola».

Alexandra scuote la testa e ride ma non spiffera i miei segreti.

«Allora veniamo eccome!», acconsente in fretta il mio amico.

«A dire il vero, noi questa sera abbiamo da fare», gli ricorda Laurel lanciandogli strane occhiate.

Aidan la fissa confuso. «Davvero? A cosa ti riferisci? Non mi ricordo di nulla…».

«Perché ti manca il fosforo, caro».

«A me non manca niente».

Vanno avanti a battibeccare a lungo, per la mia gioia e quella di Alexanda. Alla fine Laurel è costretta a colpire il polpaccio della sua dolce metà con la punta del piede.

«Ahia!», si lamenta lui. E se prima avevo un mezzo sospetto riguardo al fatto che la mia autrice stesse cercando di farmi rimanere da solo con Alexandra, ora ne ho l'assoluta conferma. Non so se esserne inorridito o in qualche modo appagato. Anche perché, cosa penserà mai di aver intuito se si è spinta a tal punto?

«Purtroppo noi siamo occupati, ma credo proprio che Alex dovrebbe farti compagnia», conclude Laurel soddisfatta.

Alexandra la osserva confusa, aggrottando in modo adorabile le sopracciglia.

«No, niente da fare. Siete tutti liberi. Mi avete tenuto compagnia più del dovuto», decido per tutti.

Quel che è troppo è troppo. E la consapevolezza di voler cenare *eccome* solo con Alexandra mi fa capire di aver oltrepassato il segno. Un conto è scrutarla dall'altra parte del tavolo da pranzo dei suoi genitori un'ora e mezza alla settimana, sei ore al mese, circa settanta ore all'anno, e ben altro frequentarla con costanza. All'improvviso mi pare di aver trascorso con lei settanta ore in una settimana. Sono andato decisamente oltre la mia quota consigliata, anzi, sono in piena zona allarme. Prima o poi finirò con il dire qualcosa di sbagliato o, peggio ancora, sarò tentato di fare un mezzo gesto vietato.

Come annusarla.

Abbracciarla.

Stringerla.

«Ma...», apre bocca la più giovane Tyler.

«Niente ma», la interrompo con tono deciso. «Avete una vita, divertitevi. Tutti. Cosa diavolo vi rinchiudete in casa un sabato d'estate bello come questo?»

«Avrei una specie di festa dell'università», confessa Alexandra a disagio. «Ma tu potresti venire con me. Potremmo prendere un taxi», mi propone.

Sono ufficialmente il caso umano dell'anno per lei. Il suo è un affetto genuino, il mio molto più complicato, temo. «Non sono il tipo da festa quando sono in grado di camminare su due gambe, figuriamoci su una! Grazie ma sono costretto a declinare. Ma è come se avessi accettato».

Sospira ma si rende conto di non avere altra scelta che lasciar perdere. «Va be', se ne sei proprio sicuro...».

«Sicurissimo», replico, impegnandomi per sorriderle in modo convincente. Quello che segue è in effetti una gran bastardata perché credo che si sia distratta nel tentativo di convincermi a uscire. «E... scacco!», la riporto con la mente alla partita.

Il suo volto si fa sempre più cupo mentre scruta il tavolo da gioco e si rende conto di aver perso. «Maledizione...», mormora seccata.

E mentre lei mi concede la vittoria mi rendo conto di non aver mai voluto così tanto perdere. Perché, per quanto anch'io sia competitivo, vederla sorridere batte tutto.

Sono seduto sul divano e sto facendo zapping come l'essere umano triste che sono, solo come un cane come quasi ogni sabato sera, d'altronde, mentre l'intera città è impegnata a divertirsi. La mia sala è illuminata solo dal bagliore dello schermo televisivo. Non mi fermo mai per più di tre secondi sullo stesso canale; in fin dei conti non mi interessa niente di quello che mi sta scorrendo davanti agli occhi: commedie, spionaggio, thriller, documentari. Sto solo tenendo impegnate le mani che, maledette traditrici, vorrebbero afferrare il cellulare posato a una giusta distanza di sicurezza e scrivere qualcosa ad Alexandra. Qualcosa di stupido e innocuo, ma sufficiente a costringerla a rispondere.

Quand'è che il controllo della situazione mi è sfuggito così tanto di mano? Quand'è che sono passato dall'ammirarla a un'intelligente distanza di sicurezza al volerla sempre tra i piedi, persino quelli ingessati? Ho trascorso tutta la vita a evitare come la peste le ossessioni e i sentimenti estremi per ritrovarmi poi nel buio della mia sala, desideroso di cedere alle mie stesse regole e di mandare stupidi messaggi a quasi trentasei anni?

Lo so che la maggior parte delle persone trascorre ormai una ridicola quantità di tempo a chattare del più e del meno con chiunque, ma io non funziono in questo modo. Io non "chatto". O, per meglio dire, non chattavo. Questo impellente bisogno di comunicare tutto il tempo con una specifica persona mi sta facendo ammattire; se da un lato so bene che è del tutto insensato, dall'altro faccio fatica a controllare la pulsione. Sono sul bordo del precipizio. Me lo sento. Il problema è che l'altitudine, invece di incutere il timore che ho sempre pensato esercitasse, attira come per magia. È una sorta di richiamo delle sirene, dannazione.

Diceva un tale di nome Oscar Wilde che l'unico modo per liberarsi di una tentazione sia concedervisi. L'ho sempre considerata un'odiosa frase fatta. Da oggi temo di dovergli riconoscere maggiore credito.

Sbuffo, sospiro e vado avanti così nella speranza di perdere più tempo possibile. Non ho nemmeno voglia di prendere in mano un libro, perché i pensieri sono ancora più liberi di galoppare selvaggi quando ci si isola con un buon romanzo.

«Ti devi riprendere. Fare un bell'esame di coscienza, togliere il gesso e tornare alla tua vita». Parole del tutto vuote di significato, a quanto pare, perché nonostante gli avvertimenti a voce alta alla fine prendo comunque in mano il telefono. Apro la chat e rileggo come un vero idiota il flusso degli ultimi messaggi che ho scambiato con Alexandra. Chi diavolo rilegge i propri messaggi?

Inizio a comporre una frase terribilmente banale in cui fingo di interessarmi su come stia procedendo la festa ma non faccio in tempo a premere "invio" che il campanello d'ingresso mi evita una colossale figura di merda. Che Aidan sia comunque voluto passare per controllarmi? Sinceramente, non so proprio di chi altro potrebbe trattarsi.

Mi sollevo dal divano e accendo la luce. Dopo qualche giorno d'esercizio, mi muovo molto meglio con le stampelle e infatti raggiungo l'ingresso velocemente. Una volta spalancata la porta, sull'uscio compare non il mio amico, ma Alexandra. Incarna alla perfezione l'ideale di invitata a una festa trendy perché indossa un vestito corto e luccicante, pieno di fili che si intrecciano e tentano. Altroché se tentano. Qui siamo ben oltre Ulisse e il canto delle sirene...

«Lo so, lo so, avevi detto di voler stare da solo, ma ormai

è andata così», si fa strada nel mio appartamento. Sembra stranamente agitata.

«Così come?», le chiedo confuso.

«Così», ripete con ostinazione. «Ti racconto la mia serata: come ben sai, decido di andare alla festa. E mi presento alla festa. Sto lì per un'ora e mi annoio. A morte. Tizi sconosciuti che ci provano… insomma, il classico. Perciò decido di levare le tende e fare altro».

«Be', comprensibile, se la festa non era un granché…», la rassicuro con fare diplomatico.

«*Se la festa non era granché*», ripete incredula mentre continua a passeggiare avanti e indietro. Si blocca poi di colpo e mi si piazza davanti. «Norman, non capisci quello che sto cercando di dirti». Un'affermazione, non una domanda.

«No, a dire il vero no», le confermo. «Vuoi un bicchiere di vino?». Mi pare che la serata lo richieda. «Ho delle bollicine».

La mia offerta pare spiazzarla. «Hai comprato del vino per me?», esclama sorpresa. Per qualche strano motivo mi pare ancora più agitata di prima.

«Ho solo comprato del vino…», rispondo in modo generico, fingendomi indifferente e incamminandomi con le stampelle verso il frigo.

Certo che ho comprato il vino per lei, per chi, se no?

E, comunque, non c'è alcun bisogno di assegnare chissà quale importanza al gesto. Anche perché non l'ho scelto io, ma Maria. Sebbene su mia indicazione.

Apro il frigo e le indico l'ultimo ripiano. «Ti dispiacerebbe tirare fuori quella bottiglia in alto?».

Alexandra esegue, recupera un bicchiere qualsiasi dall'armadio e poi si siede al tavolo. Apprezzo che mi lasci aprire la bottiglia senza discussioni.

«Da qualche parte devo avere anche i bicchieri giusti, ma per oggi ti chiedo di accontentarti». Ero solito bere succo d'arancia da una coppa di degustazione ma, ahimè, l'ho rotta qualche mese fa.

«La chiave della felicità sta sempre nell'accontentarsi», recita riflessiva mentre mi osserva versarle da bere.

«A dire il vero, non credo», replico educatamente. «E tu non mi sembri affatto il genere di persona che si accontenta, bicchieri a parte», cerco di farla sorridere.

Incurva le labbra, ma è comunque un sorriso pensieroso. «Già. Ed è proprio qui che sta il mio problema. Forse dovrei iniziare. Comunque, per essere uno che non beve nemmeno una goccia di alcol, non so come interpretare il fatto che tu stia cercando di farmi rilassare con il vino», mi fa notare prima di assaggiarlo. «Cielo, questa roba è davvero buona. È ingiusto che tu sia così bravo a scegliere cosa comprare da bere. Io riesco sempre a portarmi a casa delle schifezze che sanno di tappo. Ho una sorta di maledizione».

«La maledizione del tappo? Be', originale, se non altro. Quindi, cosa stavi dicendo poco fa?». Che sia merito del vino o di altro, Alexandra mi pare più padrona di sé di quando è entrata nel mio appartamento. E io, sebbene stia facendo il possibile per rimanere serafico come sempre, sono in realtà in uno stato di irrequietezza peggiore del suo. Perché è venuta qui?

Solleva lo sguardo dal bicchiere e sospira. «Non stavo ancora dicendo niente, ero in fase meditativa. Al momento mi sto interrogando *se* dirtelo».

«Dimmelo», replico senza nemmeno un secondo di esitazione.

Mi lancia una strana occhiata. «Ma se non sai nemmeno di cosa si tratta».

«Non importa. Dimmelo».

«E nemmeno *come* dirtelo».

Vorrei scuoterla e intimarle di non giocare al gatto con il topo con me, ma francamente non ne ho alcun diritto. «Volevi fare un discorso in rima?», cerco di stemperare la tensione e riprendere le redini della conversazione.

Alexandra scoppia a ridere. «Cielo... Dovresti fare più spesso battute simili».

«Per un attimo ho temuto di aver esagerato e che ti offendessi».

«E per cosa, per non avere la più pallida idea di come si compongono versi?»

«Non erano male», voglio rassicurarla.

«Questo perché sono passati secoli da quando li hai letti. Per fortuna anche gli orrori tendono a sbiadire con il tempo».

Non è la prima volta che affrontiamo il discorso delle sue lettere, anche se in maniera scherzosa. Per qualche strano motivo Alexandra dà per scontato che io le abbia buttate. Non mi è chiaro come sia arrivata a una simile conclusione; sono certo di non aver sottinteso nulla di simile, per il semplice fatto che sarebbe incredibilmente ipocrita. Ho conservato tutte le sue lettere. Dalla prima all'ultima. Possiedo un raccoglitore che occupa un posto d'onore nella mia libreria e ogni volta che ripenso a una di quelle rime non posso fare a meno di sorridere. Lei non lo sa perché mi sono sempre guardato bene dal confessarglielo, ma le sue lettere mi hanno salvato da molti momenti poco felici. Mi hanno trasmesso calore e tenuto compagnia nel corso degli anni.

«Non erano orrori, ma dei discreti tentativi poetici».

Mi scruta dubbiosa. «Avresti mai accettato di rappresentare un autore simile?», mi sfida.

«Be', no...».

«Ecco, non andare avanti», insiste ostinata. «Basta e avanza».

Scuoto la testa con fare benevolo. «Non puoi offenderti per una cosa simile».

«E infatti non sono offesa... sono... non so nemmeno io cosa sono. Tendente al brillo, temo, dopo quello che ho bevuto alla festa, nel tentativo di non venire a importunarti almeno questa sera. Il tuo vino non mi sta aiutando, sappilo».

Deve essere brilla sul serio se mi sta confessando qualcosa di simile. «Perché non volevi venire qui?». La mia impazienza è ormai straripante e faccio fatica a contenerla.

«Il fatto è che, qualsiasi cosa io stia facendo, se mi ritrovo nei paraggi, finisco sempre per passare da casa tua. È come se fosse più forte di me. Aggiungici poi il fatto che con "paraggi" intendo più o meno tutta Manhattan. Può essere che estenda la zona anche a Brooklyn. Ah, a proposito, il tuo portiere pensa che abbiamo una tresca», mi avverte come se nulla fosse.

«Quale? Quello che c'è di giorno o di notte?»

«Entrambi, temo».

«Sono portieri. Il gossip è il loro pane. E poi, fino a questo momento devo essere stato l'inquilino più noioso della storia. Probabilmente pensavano fossi un eremita».

«L'ho sospettato anch'io in certi momenti».

«È sempre bello scoprire cosa pensano gli amici di te», ribatto ironico.

«È questo che siamo, amici?», chiede enigmatica.

«Be', sì. Perché, non lo siamo forse?»

«Sono un po' confusa in questi giorni, a dire il vero. Secondo te la mia confusione ha a che fare con il fatto che tu sei stato il mio primo amore?». Alexandra ha svuotato in fretta il contenuto del suo bicchiere e sta provvedendo a riempirlo una seconda volta.

«Pensi sia saggio dopo quello che mi hai appena detto?», mi permetto di farle notare.

«Cosa, bere? Per niente. Ma ho fatto tante cose stupide nella mia vita, pare che sia una costante. Per un attimo ho quasi avuto paura che tu ti stessi riferendo ai miei sentimenti per te. Quelli sì che erano stati poco saggi...».

«Intendi i tuoi *ex* sentimenti». Non so perché l'ho detto. Forse perché, sotto sotto, spero che mi corregga. Alexandra non è l'unica a essere poco padrona delle proprie parole questa sera.

Solleva il bicchiere e mi scruta pensierosa. «Sì, i miei *ex* sentimenti, ovvio. Anche perché, hai mai sentito di qualcuno che ama non corrisposto la stessa persona da diciotto anni? Sarebbe una follia, un segno di totale demenza...».

«Probabile. O forse sarebbc solo dolce», le faccio notare.

Lei scuote la testa con vigore. «Nessuno è così tanto dolce. Sarebbe contro natura. Masochismo estremo. Demenza giovanile. Pulsione autodistruttiva. Insomma, ho reso il concetto».

«Forte e chiaro», la rassicuro ridendo. Poi afferro una sua mano e intreccio le sue dita alle mie. Non ricordo di averla mai toccata prima. Sì, contatti brevi, abbracci fugaci per salutarla, ma non credo di averla mai toccata con l'unico scopo di stabilire un legame tra di noi. Mai prima di questa sera. Sospetto che tutto dipenda dal mio incidente: mi ha reso molto più sensibile del solito. Sono lacerato da un mix di affetto, attrazione e gratitudine. È difficile resistere a una combinazione così potente; la voce di avvertimento che di solito risuona nella mia testa fa fatica a farsi strada quando altre sensazioni paiono sopraffarla.

Non questa persona, mi ripete debolmente.

Sì, esattamente questa, mi arriva da non so dove.

Questa e nessun'altra.

Lei fissa preoccupata le nostre mani. «Non vedo l'ora che tu tolga il gesso», se ne esce.

«Perché? Ti serve una scusa per non vedermi più?», le chiedo sorridendo, ma sono serio e lei lo sa benissimo.

«Norman...», sospira. «La questione è complicata e io sono brilla, perciò credo proprio di dovermene andare». Si riprende la mano e si alza dallo sgabello della cucina.

«Peccato», è tutto quello che riesco a dirle. Mi pare sia significativo.

«E comunque in questo periodo sei strano anche tu. Sarà perché ti sei ritrovato rinchiuso tra quattro mura», prova a convincere entrambi.

Sollevo la spalle. «E chi può dirlo... Vieni a cena con me dopo che ho tolto il gesso?», le domando senza preavviso.

Lei inarca le sopracciglia e mi scruta diffidente. «Chi, io e te?»

«Sì, è così che funziona in genere», confermo ridendo. «Una cena, una sera, per ringraziarti di essere stata così gentile da prenderti cura di me». Quest'ultima frase è una patetica scusa, ma mi sembra che entrambi ne abbiamo bisogno.

E infatti Alexandra si rilassa: si è rasserenata subito, come se la gratitudine rientrasse tra i sentimenti ammessi. «Perché no? Una cena tra noi due... che cosa strana, comunque».

«Sì, fa un po' impressione, ma tu non pensarci».

Riprendo le mie stampelle e l'accompagno alla porta.

Forse ha ragione lei, è meglio che esca da questo appartamento. In caso contrario sarei tentato di prenderle anche l'altra mano, di accarezzare i suoi capelli per sondare quando siano morbidi, di avvicinarmi per inspirare a pieni polmoni il suo odore.

Lei è la mia madeleine. Se solo fossi in grado di assegnare un sapore alla memoria.

Davanti alla porta d'ingresso, lo sguardo mi cade proprio sulle sue labbra. Vorrei assaggiarla, imprimere per sempre nella testa la consistenza della sua bocca, vorrei scoprire com'è baciare qualcuno di vietato.

«Be', buonanotte allora», mi saluta e si sporge nella mia direzione per abbracciarmi. Mai stato più tentato di così di buttare al vento le stampelle per poterla stringere.

Alexandra volta la testa per piazzare un veloce bacio sulla mia guancia, ma il mio volto si sta girando in quello stesso momento così che la sua bocca plana sull'angolo delle mie labbra. Per un attimo rimaniamo come pietrificati: nessuno dei due osa muoversi. Io chiudo gli occhi e mi concedo questi secondi di assoluta perfezione.

«Buonanotte», ripete Alexandra, decidendo di staccarsi. «E scusa».

«Per cosa?», fingo di non comprendere.

«Lasciamo perdere, ok?». E poi fugge dal mio appartamento, lasciando dietro di sé la scia di quel profumo che riuscirei a identificare tra mille.

Sì, è decisamente la mia madeleine.

Capitolo 17

Alex

La domenica mattina New York si trasforma nel regno del brunch. Gente assonnata che finge di darsi un tono mentre fa colazione a mezzogiorno (segreto sogno d'infanzia), stordita come non mai dalla sbornia della serata appena trascorsa, intenta a mischiare continuamente dolce e salato. Perché sì, a differenza di quanto avverrebbe in qualsiasi altro momento della giornata, durante un brunch non ci sono regole di sorta. Forse è questo il segreto del suo successo: puoi ordinare praticamente qualsiasi cosa tu voglia e nessuno storcerà il naso.

Inutile a dirsi, anch'io sono reduce da una notte di sonno agitato, ma per motivi ben differenti da quelli della maggior parte dei patiti del brunch: nonostante sia tornata a casa piuttosto presto, ho dormito male, mi sono svegliata ancora peggio e ora sono al massimo livello di nervosismo. Sono ormai più di dodici ore che non faccio altro che ripensare a ieri sera e a quello che è successo a casa di Norman.

Apparentemente nulla. Peccato che il nulla non lasci questi strascichi emotivi, non tolga il sonno e di certo non renda così irrequieti. Ecco perché, una volta in piedi, in piena modalità panico, ho preso il telefono e chiamato Laurel. Cinque minuti dopo mi ero ufficialmente e scandalosamente autoinvitata al brunch con le sue amiche, che si sarebbe tenuto di lì a poco. Leila è una cara ragazza, ma ama dormire fino a tardi la domenica, senza contare che ha la mia età e quindi non può consigliarmi su come comportarsi con uomini difficili ed enigmatici. Ho poche certezze a questo punto, ma una di quelle inossidabili è che ho bisogno di tutto l'aiuto possibile. Disperatamente.

Occhiali scuri ben piantati sul naso perché, dopo essermi rigirata nel letto per tutta la notte, sono diventata ufficialmente la nuova regina delle occhiaie e devono ancora inventare un correttore capace di un tale miracolo, entro al Balthazar a Soho e scruto i tavoli alla ricerca di Laurel e del suo gruppo. Il locale è considerato un vero tempio sacro per gli amanti del brunch; l'interno è arredato in perfetto stile francese, tanto legno scuro e divanetti di un color borgogna che in qualsiasi altro posto verrebbero etichettati come eccessivi, ma che qui creano la giusta atmosfera.

Più che servirmi della vista, è l'udito ad aiutarmi nell'identificare Laurel e le sue amiche: sono la tavolata da cui provengono le risate più fragorose.

«Ciao Laurel», la saluto avvicinandomi.

Lei si illumina e si alza all'istante per abbracciarmi. «Ciao Alex. Ragazze, questa è la sorella di Aidan, Alexandra, loro sono Audrey, Julie e Cindy».

Contro il mio stesso volere, lo sguardo mi cade subito su Julie, e non solo perché ha indosso un curioso vestito con disegnati infiniti unicorni. Il suo nome ha fatto scattare una sorta di campanello: che sia la stessa Julie con cui è uscito Norman?

Laurel si accorge immediatamente del mio interesse verso la sua amica; nei suoi occhi c'è una sorta di conferma alla domanda che non ho ancora fatto. Mi fa cenno di sedermi al loro tavolo. «Ebbene sì...», mi dice poi a bassa voce. Sto iniziando a comprendere il motivo per cui mio fratello sente di tanto in tanto di non riuscire a starle dietro. È sorprendentemente intuitiva. O forse sono io a essere un libro aperto, sebbene l'idea non mi piaccia nemmeno un po'.

«Non ho chiesto niente», cerco di difendermi malamente, mentre ripongo gli occhiali da sole e mi accomodo al tavolo.

«Non ce n'è stato bisogno», ride mentre mi porge il menu. «A proposito, i pancake sono ottimi e tu hai ancora l'età per poterteli permettere».

Julie le lancia un'occhiata dubbiosa. «E io allora? Questa è la mia seconda porzione di pancake», le fa notare.

La risata di Laurel risuona forte e chiara. «Tu non conti, tu puoi tutto. E lo intendo nel migliore dei modi». Si volta poi nella mia direzione. «Julie è la ragazza di una rock star».

«Ah...», mormoro impressionata. E rassicurata all'idea che non sia più single. «Spero che i pancake portino fortuna, allora».

«Sulla fortuna non posso garantire, ma sulla beatitudine da zuccheri raffinati non ho alcun dubbio», mi conferma la diretta interessata facendomi l'occhiolino.

In tutta sincerità, Julie mi pare deliziosa, senza contare che ha l'aspetto di una persona genuinamente buona.

«Cosa le porto?», mi chiede il cameriere avvicinandosi.

«Pancake, grazie», rispondo senza esitazione.

«Beve qualcosa? Champagne?»

«Cielo, no. Acqua e succo d'arancia». Dopo ieri sera non sarebbe saggio insistere con l'alcol.

«Seratona?», chiede Laurel curiosa.

«Affatto», mi tocca ammettere. «O, per meglio dire, magari...».

Laurel attende che io mi prenda il giusto tempo e mi senta abbastanza a mio agio da spiegarle il motivo di questo autoinvito.

«Forse ti stai domandando perché ho invaso il vostro sacrosanto brunch... ebbene, avevo disperatamente bisogno di un parere. E voi mi sembrate delle esperte, no?». È troppo aspettarsi che possano risolvere tutti i miei problemi esistenziali?

«Di cosa, di cibo? Perché io mi sento esperta solo nel campo del cibo spazzatura. È una qualifica che dovrebbe godere di maggiore considerazione a livello sociale, non credete?». Julie mi sorride mentre inonda i suoi pancake di sciroppo d'acero.

«Fa tutto curriculum», le confermo. «Però, questa volta intendevo la vostra professione. Mi è parso di capire da Laurel che scrivete tutte storie d'amore».

«*Amore*, adesso... vediamo di non offendere. Io scrivo di sesso», puntualizza Audrey con un certo cipiglio.

«Scrivi anche di adolescenti. Quelli dove li metti?», le ricorda Julie.

«Scrivo di adolescenti che fanno sesso. Così va meglio?», la provoca.

Julie alza gli occhi al cielo e torna a concentrarsi su di me. «Lo so che si fa fatica a crederlo, ma non morde. Quindi, dicevamo, volevi un consiglio su una storia d'amore...», mi invita a proseguire.

«A dire il vero, no. Anche per me vale quello che ha appena detto Audrey: per carità, niente amore. Più che altro, volevo il vostro parere di esperte in tema di rapporti tra uomini e donne quando c'è di mezzo un'amicizia un po' particolare...», cerco di spiegarmi. Ma sono contorta, lo so.

«Particolare nel senso che si fa sesso in quest'amicizia?»,

chiede Audrey tornando a sporgersi speranzosa nella mia direzione.

«Assolutamente no», mi tocca deluderla.

«No-io-so...», sentenzia e torna a concentrarsi sulle sue uova strapazzate.

«Ignorala. Non le rispondere proprio», mi consiglia Laurel. «Quindi, dicevamo, un'amicizia... Possiamo azzardare qualche nome o preferisci che andiamo avanti a fare ipotesi?». La fidanzata di mio fratello sa benissimo di chi sto parlando. Lo sapeva nel momento in cui mi ha risposto al telefono.

Scrollo le spalle come se la cosa mi fosse indifferente. «Azzardiamo pure...».

«Norman», rivela alle altre dopo la mia autorizzazione. Apprezzo che abbia pronunciato il suo nome al mio posto perché, in caso contrario, temo mi sarebbe uscito troppo sospirato.

Se mi attendevo facce stralunate e sguardi increduli, sono però costretta a rimanere delusa. Julie mi sorride con comprensione mentre Audrey... be', in effetti lei scuote la testa. «Lo sapete come la penso: per me Norman è un no grande come una casa».

«Perché non seduce le donne a tutte le ore del giorno e della notte?», la prende in giro Laurel.

«Lui non seduce, punto. L'ho incontrato una decina di volte negli ultimi anni e davvero non riesco a comprenderlo. Qual è il suo problema, esattamente?».

Julie scatta subito in sua difesa. «È timido. E poi, cosa ci sarebbe di male nel non voler usare le donne come stracci?»

«Se è per questo, cosa c'è di male se una vuole farsi usare?», ribatte piccata Audrey.

Laurel si inserisce quasi fisicamente tra le due e frena

il duello. «Giù le spade, fanciulle. Siamo qui per aiutare Alex. Ma per farlo, abbiamo bisogno che prima ci racconti qualcosa, no?». Annuiscono entrambe, chi con più chi con meno convinzione. «Quindi Alex, dicevamo, Norman Morrison…».

Inspiro e mi faccio forza. «Sì, Norman, che conosco da quasi diciotto anni».

«Wow», mormora Cindy impressionata. «Anche perché tu quanti anni avresti, diciassette?», ride.

«Per fortuna, non più. Ventisette».

«Battuta a parte, cosa ci sarebbe stato di male ad avere diciassette anni?», mi chiede.

«Il fatto che a diciassette anni ero disperatamente innamorata di Norman Morrison».

Audrey sputa con violenza lo champagne che stava bevendo e quasi si strozza tossendo. Julie accorre in suo aiuto piazzandole un violento colpo sulla schiena. Credo si sia appena vendicata alla grande. «O mio Dio, Alex cara, non puoi uscirtene come se nulla fosse con frasi così ridicole. *Disperatamente innamorata* di Norman Morrison? C'è qualcosa di molto, molto sbagliato in quello che hai appena pronunciato», mi fa notare ancora tossendo.

«Norman è una brava persona», dico a disagio.

«Indubbiamente. Ma *disperatamente innamorata…*», insiste.

Comprendo quello che vuole dire: a un'occhiata superficiale Norman non sembra il tipo di persona in grado di ispirare certi sentimenti estremi. La capisco, eppure la sostanza non cambia. «Sì, in maniera totale, imbarazzante e tragica. Gli scrivevo lettere in rima», mi dichiaro colpevole di fronte al quartetto, abbracciando appieno la mortificazione che ne deriva.

«Noto che nella famiglia Tyler la follia va per la maggiore. Laurel, ti prego, ripensaci», la scongiura Audrey.

Questo fa scoppiare a ridere violentemente la dolce metà di mio fratello. «Nessuno tocchi Aidan e nemmeno Norman: uno, perché è un gran bravo agente e due, perché Alex evidentemente ci tiene».

«Ci tengo?», le chiedo confusa voltandomi nella sua direzione.

«Non è forse per questo che sei qui? Perché vuoi fare qualcosa in proposito, finalmente?».

La mia parte sincera urla sì; il mio amor proprio invece mi sta dicendo "ma sei pazza? Possibile che non ti sia bastata la prima porta sbattuta sul muso?".

«No, a dire il vero sono qui perché voi mi rassicuriate che è perfettamente *normale* sentire un qualche coinvolgimento emotivo nei confronti del primo amore. Sebbene non ricambiato. Insomma, è naturale sentirsi coinvolti anche a distanza di secoli, vero?»

«Quanto coinvolti?», mi interroga Audrey con espressione seria.

«Be', per esempio... è normale ritenerlo attraente?». L'ho presa alla larga. Molto alla larga.

«Non so come sia possibile dato il soggetto ma sì, credo proprio che in alcuni casi il ricordo dei vecchi tempi possa essere una giustificazione».

«E, per fare un altro esempio, sarebbe altrettanto *normale* domandarsi come potrebbe essere baciarlo?».

Audrey sospira e alza gli occhi al cielo. «È tutta colpa vostra», accusa Julie e Laurel con la mano. «Vostra e delle ridicole romanticherie che raccontate. Illudete la gente che l'amore eterno possa esistere. Come fate a dormire la notte pensando alle generazioni di ragazzine che cresceranno convinte che sia sano e giusto rimanere incatenate al primo amore?».

Mi permetto di intervenire. «No, non ci siamo capiti: io so benissimo che è da malati mentali. Lo so e tuttavia ho pur sempre questa specie di debolezza nei suoi confronti... E infatti finora ho fatto finta di niente perché mi sembrava la decisione più saggia. Ma ignorare certe sensazioni si sta rivelando molto più difficile di quello che avrei mai pensato. Potrebbe trattarsi solo di normale affetto verso una persona che è comunque nella mia vita da tutto questo tempo, secondo voi?»

«Potrebbe», mi risponde con cautela Laurel. «Come potrebbe benissimo essere altro. Non ho grandi suggerimenti da darti se non quello di provare».

«Provare?». Sono venuta qui con la speranza che quattro donne con esperienza e testa sulle spalle mi persuadessero dal non fare sciocchezze. Mi evitassero, insomma, l'ennesima umiliazione. Anche perché un conto è rendersi ridicoli da adolescenti, ben altro è farlo ora. La scusa dell'età è salpata a vele spiegate.

Laurel pare essere all'oscuro delle mie speranze. «Sì, puoi provare a passare il limite. Vedere se si tratta solo di un sogno adolescenziale o se quello che provi è slegato invece da quel ricordo passato».

«Mi stai suggerendo di baciarlo?»

«Ti sto suggerendo di fare quello che ti senti. Libera. Senza troppi ragionamenti. La questione, a questo punto, è capire cosa vuoi tu...».

Quattro paia di occhi curiosi si incollano su di me. «Vorrei essere come tutti gli altri, tanto per iniziare. Vorrei poter girare pagina una volta per tutte», rispondo con la più totale sincerità.

«E allora bacialo. Forse un simile gesto avrà un effetto catartico e ti aiuterà a renderti conto che era solo un'illusione», insiste Laurel.

«O forse no», ricorda a entrambe Julie. «Alex, tu gli piaci», afferma sicura.

«Ah no, non credo proprio. Anche la prima volta che mi sono dichiarata ero quasi certa che non gli fossi indifferente. E invece mi ha allontanato. Pure in malo modo».

«Di quanti secoli fa stiamo parlando?», mi chiede.

«Quasi nove anni fa, ma non è questo il punto. Il problema è che il suo atteggiamento enigmatico mi porta sempre a dubitare, quando invece dovrei accettare una volta per tutte la realtà e… non so, partire per il Nepal», esclamo esasperata.

«L'ultima volta che te ne sei andata Norman ti ha raggiunto», mi ricorda Laurel con un sorrisetto soddisfatto.

«Be', era solo il Colorado, per l'amor del cielo. E non sono certa che sia venuto di sua spontanea volontà».

«Uomini…», borbotta Audrey. «Sono sempre una tale seccatura. Servirebbe un vero manuale per saperli interpretare».

Julie scoppia a ridere. «Be', scrivilo allora. Sono certa che si rivelerebbe un vero e proprio successo. E tu, Alex, dammi retta: fa' quello che ti senti, fregandotene della possibile umiliazione. Perché ho capito che è l'amor proprio a frenarti. E se ho imparato qualcosa in tutti questi anni, a mie spese tra l'altro, è che non esiste niente di peggio che *non* fare qualcosa per timore della reazione altrui. Chi se ne frega degli altri, certi gesti vanno fatti in primis per se stessi. Per essere coerenti con quello in cui si crede. Per poter dire "ho avuto paura e l'ho fatto comunque". Perché è così che si volta sul serio pagina, se vuoi il mio parere».

«Andando a fondo», mormoro riflessiva. Nella mia mente compare una scena stile Titanic. No, non quella del bacio, ma della nave vera e propria che scompare in fondo al mare.

«Esatto. Qualsiasi sia il responso. Cosa vuoi che possa succedere?».

Sospiro. «Non lo so... che scoppi a ridere?», faccio un'ipotesi che immagino piuttosto verosimile.

«Mettila così allora: è un bene che Norman rida piuttosto di rado».

E con questo la discussione si conclude per lasciare spazio al cibo.

NORMAN: Sto guardando *The Bachelorette.*

ALEX: Davvero? Perché?

NORMAN: Perché voglio scoprire come andrà a finire e poi poterti scrivere che avevo ragione.

ALEX: Presuntuoso...

NORMAN: Molto poco. Ma conosco la psicologia umana, per mia sfortuna.

ALEX: Perché, avresti preferito ignorarla?

NORMAN: Sì, in alcune circostanze sarebbe preferibile.

ALEX: E come saresti diventato questo grande esperto, di grazia?

NORMAN: Storia lunga. E persino triste. Non vedo perché farti perdere tempo.

ALEX: Così mi incuriosisci solo...

NORMAN: Non era affatto mia intenzione.

ALEX: Lo so, tu sei fatto così...

NORMAN: Ah, una critica. Interessante.

ALEX: A dire il vero no, una mera constatazione.

NORMAN: Hai visto? Scaricherà quello per cui tu pensavi avesse un debole.

ALEX: Sto guardando. E comunque te lo confermo di nuovo: ha un debole per lui.

NORMAN: Forse. Ma non è questo a contare. In questo momento della sua vita vuole un uomo che le dia certezze e che corrisponda al quadretto che si è fatta nella mente. Vuole un anello e non un forse, vedremo.

ALEX: Io preferirei un sentimento puro a un grosso anello.

NORMAN: Lo dici perché sei giovane.

ALEX: No, lo dico perché sono fatta così. Male, evidentemente. Forse il segreto della felicità sta nell'accettare l'anello dall'uomo che corrisponde a tutti i requisiti, sebbene non sia quello che ti fa battere il cuore.

NORMAN: Fase meditativa anche per te, vedo...

ALEX: Perché, lo è anche per te?

NORMAN: Io sono sempre meditativo, è nella mia natura.

ALEX: Comunque è triste che abbia scaricato quello che le piaceva di più...

NORMAN: È così che va la vita. Ogni tanto bisogna prendere decisioni difficili e tirare avanti senza voltarsi indietro.

ALEX: È un suggerimento?.

NORMAN: Be', sì. Cambiando argomento, sono tre giorni che non passi...

ALEX: Perché, ti sono mancata?

NORMAN: Al mio portiere molto, a quanto pare. Ha chiesto di te.

ALEX: Potrei dirti che ho avuto da fare e, sebbene sia vero, nello stesso tempo non è del tutto corretto. Ho un po' avuto il terrore di passare da te e rendermi ancora più ridicola di così.

NORMAN: Chi, tu? Non ero stato io a rendermi ridicolo?

ALEX: Ho un ricordo differente, ma se da gentleman la vuoi mettere così...

NORMAN: Posso farlo anche senza essere un gentleman?

ALEX: Te lo concedo.

NORMAN: Quindi, passerai?

ALEX: È sempre il tuo portiere che lo vuole sapere?

NORMAN: Siamo in due, a questo giro.

ALEX: Cosa ne dici se ti porto la colazione domani mattina prima di andare all'università?

NORMAN: Dico grazie. E mi spiace che stia forzando la mano. Ne sono cosciente, ma non riesco comunque a farne a meno. È qualche altra cosa su cui mi toccherà meditare questa notte.

ALEX: Il tuo problema è che pensi troppo, Normy…
NORMAN: Sono d'accordo. È un mio grosso limite.
ALEX: Comunque, in tema di limiti e difetti, ce ne sono di ben peggiori. Buonanotte.
NORMAN: Notte Alexandra.

Questa volta è Maria che si affretta ad aprirmi la porta di casa. «Ciao Alex», mi saluta. «È arrivata!», informa poi Norman con il suo vocione. «La può smettere di guardare l'orologio ogni due secondi!».

Scoppio a ridere mentre entro e lo trovo seduto al tavolo della cucina. È arrossito e mi pare a disagio di fronte all'esternazione della signora delle pulizie. «Non stavo controllando l'orologio così spesso», ci tiene a farmi sapere.

«Avevi fame?», gli offro una valida scusa per pensare ad altro.

Lui mi osserva e poi scuote la testa. «No, a dire il vero no».

Alzo le sopracciglia stupita; come mai questo cambio di atteggiamento?

Gli porgo il suo caffè – so da sempre che lo beve nero e senza zucchero e infatti non ho fatto nemmeno finta di chiedergli cosa volesse – e un muffin.

«Io non mangio granché a colazione».

«E infatti soffri di acidità di stomaco…», mi permetto di fargli notare. Altra cosa che avrei dovuto fingere d'ignorare? È il tipo di informazione che una semplice amica potrebbe sapere?

Mi scruta curioso. «Sì, ma non credo dipenda dal cibo. O dalla sua mancanza».

Scuoto le spalle. «Forse, ma un muffin può aiutare, specie se è al cioccolato. Provare per credere».

Stufo di vederselo sventolare sotto il naso, Norman cede e lo afferra dalla mia mano, sfiorandomi. Maledico mentalmente la mia inutile ipersensibilità e mi sforzo di dissimulare l'effetto di quel tocco.

«Buono», è costretto ad ammettere dopo i primi morsi, facendomi sentire piuttosto fiera di me stessa e della mia insistenza.

Il mio buonumore ha però breve durata, ovvero il tempo necessario a rendermi conto che una maledetta briciola di muffin si è incollata all'angolo superiore delle sue labbra. Non riesco a fare a meno di tenerla d'occhio, sperando che cada da sola e che la smetta di tormentarmi. Eppure, sebbene Norman vada avanti a mordere con entusiasmo la sua colazione – chi è che non mangiava mai, a proposito? – la briciola pare essere diventata un tutt'uno con la sua pelle. C'è da comprenderla, poveretta. Ma c'è da comprendere anche me, che sto letteralmente uscendo fuori di testa e non sono ancora le nove del mattino. Credo che l'etichetta imponga di non perdere la ragione almeno prima delle dieci.

«Esco a fare la spesa», ci informa Maria, facendomi sobbalzare. Dall'occhiata che mi lancia ho la netta impressione che la mia agitazione sia piuttosto evidente, dannazione. «Potrei metterci un po'...», aggiunge allusiva.

«A dopo», la saluta Norman, che poi ingoia l'ultimo boccone di muffin.

«A dopo», ripeto in perfetto stile pappagallo.

La porta dell'appartamento si richiude con un colpo qualche secondo dopo e la casa torna a essere invasa solo dai rumori della città che filtrano da una finestra lasciata aperta in salotto.

«Quindi...», mi sforzo di pronunciare a disagio.

«Ho qualcosa che non va?», mi chiede Norman a un tratto, corrugando la fronte. «Non fai che guardarmi con un'espressione cupa... e sebbene ci sia abituato, in questo caso non capisco».

«Hai una briciola qui sopra», gli indico sul mio viso. Come da copione, lui inizia a toccarsi la parte sbagliata del volto. «No, non così», lo interrompo alzandomi dalla sedia a cui mi ero ripromessa di rimanere attaccata giusto due secondi fa.

Il mio pollice deve insistere non poco per rimuovere la briciola, costringendomi a sfiorare svariate volte il contorno delle sue labbra. Se questo non è masochismo, non so davvero cos'è...

Sono così occupata con il mio personale inferno che impiego parecchio tempo per rendermi conto che Norman ha quasi smesso di respirare e che i suoi occhi si sono spalancati oltre il livello di guardia.

«Scusami, giuro che non era un maldestro tentativo di seduzione o qualche altra assurdità simile». Mi sforzo di ridere ma lui non mi segue. I suoi occhi sono ora incollati alla mia bocca e non credo di avere residui di cibo a mia volta. «Sono state due settimane strane», gli confesso, in totale balia del mio nervosismo.

«Concordo». Il tono della sua voce è sofferente.

«È come se non fossimo pienamente noi, hai presente?»

«Vagamente. Forse lo siamo solo troppo», mi offre la sua interpretazione. Il suo respiro si è ripreso ma invece di normalizzarsi sembra aver accelerato, le sue pupille si sono ingrandite e c'è una vena che pulsa con evidenza sul suo collo.

«Norman?», gli chiedo confusa.

Lui si alza dalla sedia e si appoggia al tavolo senza riprendere le sue ormai onnipresenti stampelle. «Vieni qui», mormora.

E poi la gente ride quando dico che Norman Morrison sa eccome essere sexy. Il fatto è che non è quasi mai interessato a comportarsi come tale. Ma per me lo è a livelli quasi ridicoli. Devo avere una mutazione genetica perché, in effetti, quella sua camicia e quei pantaloni – sempre gli stessi, dal momento che sono gli unici che riesce a infilare con il gesso – non gridano esattamente "spogliami", eppure lo vorrei fare così tanto da avere il buonsenso di sentirmi imbarazzata.

«Maria doveva davvero uscire a fare la spesa?», gli domando.

«Il frigo è talmente pieno che non ho la più pallida idea di dove ha intenzione di mettere la roba con cui tornerà a casa. Alexandra, vieni qui», ripete.

C'è mezzo metro di distanza tra di noi. Gli basterebbe sollevare le braccia per raggiungermi. Il fatto che non lo faccia è in qualche modo significativo: che mi stia mettendo alla prova?

Alla fine sospira impaziente e proprio quando sono sul punto di avvicinarmi perché mi pare evidente che sono la numero uno delle pessime idee, ecco che posa anche la gamba ingessata per terra e s'incammina verso di me. Faccio un irruento balzo per impedirgli di peggiorare la situazione, con il risultato di travolgerlo, letteralmente. Si ritrova così di nuovo appoggiato al tavolo, ma questa volta con me tra le braccia.

«Esiste la possibilità che tu possa dimenticarti presto di quello che sto per fare?», mi chiede con un sorriso ironico prima di chinare piano la testa e appoggiare la fronte sulla mia.

«Posso fare un sacco di cose», gli rispondo a bassa voce.

Lo sento ridere, sento la vibrazione del suo corpo. «Ottimo. Ci conto». E poi abbassa ancora di più il volto e mi sfiora appena le labbra.

In quel preciso istante mi torna tutto in mente: quello che ho provato per anni e messo sotto chiave, unitamente al ricordo accurato di come sia stato essere innamorata di lui. Intenso, impegnativo, ma anche meraviglioso.

Sollevo il mio viso e proseguo con un secondo, lieve bacio sulla sua bocca. Baci innocenti per due persone che hanno aspettato così tanto tempo che hanno paura di rovinare il momento.

Norman mi ribacia una terza volta e io non posso fare a meno di abbracciarlo. Nel bel mezzo di questi contatti innocenti, di labbra che si sfiorano e accarezzano senza mai insistere fino al punto di non ritorno, il mio corpo si appoggia al suo con un'intimità che le persone che si conoscono appena non potranno mai avere. È difficile da spiegare a parole, ma se in molti casi non facciamo altro che accusare il tempo di far sbiadire sensazioni ed emozioni, è però vero anche il contrario: ci sono circostanze eccezionali in cui il tempo in verità rende certi attimi rari e straordinari.

I respiri accelerano, le ginocchia cedono, le mani stringono e le labbra... be', le labbra semplicemente eseguono, com'è normale che facciano perché a loro non interessa tutto quel che è stato. C'è un qui e ora che batte il passato cento a zero.

Norman apre la sua bocca nell'esatto istante in cui anch'io lo faccio, e il puzzle si completa da solo. Rimaniamo ancorati uno all'altro a baciarci come due persone qualsiasi, come due che stanno affogando e a cui non importa un bel niente. Mi ritrovo persino a sorridere, perché alla fine baciare Norman, ricambiata, è proprio come avevo sempre immaginato: una di quelle esperienze destinate a segnare uno spartiacque. Prima e dopo.

La porta di casa si spalanca e si richiude senza che Norman e io riusciamo a staccarci del tutto. Abbiamo giusto fatto in tempo ad allontanare a fatica i nostri volti.

Maria deve aver visto ben più di quello che lascia intuire la sua espressione serafica, quando si presenta in cucina con le borse della spesa.

«Be', ora dovrei andare al lavoro», inizio a congedarmi.

L'espressione di Norman, per una volta, non è affatto controllata: le sue guance sono due pomi, i suoi capelli arruffati e la camicia stropicciata. Presumibilmente dal mio abbraccio. Se ho mai avuto il dubbio che l'effetto sgualcito gli donasse, ne ho finalmente la prova. Sono costretta a resistere all'impulso di stropicciarlo ancora un po'.

«Buon lavoro», è tutto quello che pronuncia Norman.

Mi avvicino e gli stampo un bacio sulla guancia, nonostante il suo sguardo sia un chiaro avvertimento a non farlo. Oh sì, sarà una guerra, lo so bene. Ma, d'altronde, c'è mai stato un solo momento tranquillo in questo sentimento?

Capitolo 18

Norman

Il medico osserva la lastra che ho fatto dopo aver tolto il gesso e per mia fortuna annuisce. «Direi che le ossa sono a posto. Servirà del tempo perché si rimetta al cento per cento, ma da adesso in poi può iniziare a camminare, avendo l'accortezza di non sforzare troppo il piede».

Aidan mi sorride soddisfatto. «Hai una scusa per saltare qualche allenamento della maratona».

«Magari quella dell'anno prossimo», propone il medico.

O magari mai, suggerisce il mio subconscio. Propendo per quest'ultima ipotesi.

Dopo aver firmato i fogli dell'assicurazione e preso tutte le nuove lastre, il mio amico e io ce ne andiamo a pranzo a Bryant Park. Vista la bellissima giornata, ci sediamo a uno dei tavolini sparsi sul prato e ci mettiamo a mangiare i panini presi al chiosco poco distante.

«Quindi, l'incidente è alle spalle», mi dice dopo aver dato un morso vigoroso al suo cibo.

Io mi sforzo di fare altrettanto, ma sono ancora in uno strano stato. Lo sono da circa cinque giorni, da quando Alexandra è uscita dal mio appartamento, la famosa mattina del bacio. O dei baci. Uno, dieci, cento baci. Più cento che altro, temo. Francamente, se Maria non fosse rientrata con la spesa, il conto sarebbe arrivato a mille.

Sollevo gli occhi dal panino e scruto per un attimo gli edifici che circondano il parco; il vetro onnipresente riflette la forte luce estiva, costringendomi ben presto a distrarre lo sguardo. Quando riabbasso gli occhi, noto che Aidan mi sta scrutando con grande attenzione. «Tutto bene?», mi chiede con il tono di chi non intende riferirsi al mio piede o al mio pranzo.

«Certo, perché non dovrebbe?», rispondo come un codardo.

Lui fa spallucce. «Non so. L'altro giorno a pranzo dai miei anche Alex pareva stralunata...». Aidan, a dispetto delle apparenze, sa essere un raffinato stratega quando l'occasione lo richiede. Ha appena buttato l'amo in cerca di un pesce che abbocchi.

«Stralunata felice o infelice?». Chiedere è più forte di me, temo.

«Entrambe le cose. Pare che all'università stiano organizzando una spedizione nientemeno che in Nepal e che la vogliano coinvolgere. È sempre stato un suo sogno cimentarsi in simili sfide, toccare con mano altitudini così imponenti».

«Ottimo, quando parte?». A dispetto delle parole, il mio tono è sofferente e Aidan lo sa bene.

«Non so nemmeno se parte, a dire il vero», mi rivela senza perdersi nemmeno un secondo della mia reazione.

Sono costretto ad alzare lo sguardo e fissarlo a mia volta. «Perché?»

«E chi lo sa... Forse ha altro per la testa».

«Forse sta sbagliando ad avere altro per la testa».

«Forse, chiunque sia nella sua testa, dovrebbe chiarirsi una volta per tutte con lei perché dopo un po' persino le cose migliori iniziano a essere ridicole».

Questa volta non fingo di non comprendere. Appoggio il panino al tavolo e sospiro. «Aidan, le cose sono complicate...».

Si tratta di una delle frasi peggiori da dire a un amico o a un fratello. E infatti Aidan mi lancia un'occhiata significativa. «Senti, tu e Alex sarete anche abituati a questo vostro balletto secolare, ma io inizio a essere stufo. Prendete una decisione. Giuro che non sto tifando. Ma, per l'amor del cielo, fatela finita. Più tu che lei, a dire il vero. Perché, che ti sia chiaro, mia sorella è innamorata di te da tanto di quel tempo che nemmeno sa chi era quando non ti amava. E non fare quella faccia allibita, perché è vero e tu lo sai. Pensavo avesse voltato pagina, con tutti quei ragazzi, ma qualcosa è cambiato in queste ultime settimane e qualsiasi sia stata la causa scatenante, mia sorella è ripiombata indietro nel tempo. Glielo si legge in faccia. Sei tu che l'hai fatta precipitare. E gradirei che te ne assumessi la responsabilità».

Nascondo la testa tra le mani e inspiro chiudendo gli occhi. Le parole di Aidan scavano in ogni parte del mio corpo. Mi pare che tutto mi faccia male. «C'è qualcosa che non sai...», gli confesso dopo aver smesso di nascondermi peggio di uno struzzo. «Io ho buoni motivi per ritenere di essere tale e quale a mio padre».

«Ovvero?», mi incalza Aidan.

«Ovvero, caratterialmente sono la sua copia: taciturno, riflessivo e con una certa predisposizione a innamorarmi della persona sbagliata».

«Mia sorella?», chiede in modo che non ci siano errori. Confermo con un cenno della testa. «E perché mai sarebbe sbagliata? Voglio dire, capisco e condivido al cento per cento il motivo per cui l'hai allontanata quando era poco più che una ragazzina, ma se sono passati anni e voi due siete ancora a questo punto, forse, e dico forse, la sua non è una stupida infatuazione e la tua più che una mera attrazione».

«Lo sapevo che si vedeva che ne ero attratto. Intendo, anche allora…».

«La evitavi. A tratti le rispondevi persino male e, caro mio, semplicemente non è da te».

«No, non è da me. E mi è costato molto comportarmi così con lei. Mi scriveva delle lettere, lo sai?».

Aidan sorride al ricordo. «Certo che lo sapevo. Alex è sempre stata un'anima romantica, sebbene imprigionata in un corpo da sportiva. D'altronde, solo un romantico potrebbe innamorarsi di una persona come te, no?», cerca di strapparmi una risata.

«Solo un pazzo potrebbe innamorarsi di uno come me. O uno destinato comunque a pentirsene».

«Cosa intendi dire?»

«Che ho già visto una storia d'amore tanto improbabile. Si è svolta davanti ai miei occhi».

«I tuoi genitori», desume Aidan.

«Sì, i miei: due persone completamente diverse e innamorate in maniera quasi ossessiva una dell'altra. Finché mio padre, un mite professore universitario, ha iniziato a essere geloso di tutto e di tutti. Le sue insicurezze si sono rovesciate sul loro rapporto e mia madre ha cercato vie di fuga. Ahimè, a un certo punto le ha anche trovate. E non la biasimo: certi amori più che farti fiorire ti tolgono l'aria. Con il passare degli anni mio padre è diventato sempre più geloso, sempre più arrabbiato, con se stesso in primis, e si è rivolto alla bottiglia. La sua cartella medica parla di "malattia", ma si è suicidato. Non ho il minimo dubbio a proposito. E mia madre glielo ha lasciato fare. Chi dei due era dalla parte del torto? Entrambi e nessuno. Erano solo due persone che a un certo punto sono state quasi troppo innamorate una dell'altra, se comprendi cosa voglio dire...».

«La storia è piena di amori infelici. Tuttavia, è anche piena di relazioni ben bilanciate», mi fa notare.

«Lo so. Ma io conoscevo mio padre e conosco me e credimi quando ti dico che noto una grande somiglianza: siamo esteriormente miti, ma dentro siamo complicati. E ossessivi. E gelosi. E io non voglio trasformarmi in quel tipo di persona capace di togliere la gioia di vivere a chi amo. A maggior ragione se si tratta di Alexandra. Che viva la sua vita, che scali montagne, che affronti allegra e spensierata le sue relazioni perché credimi quando ti dico con il cuore in mano che non sono affatto certo di poterla rendere felice. E se, per assurdo, lei non tenesse a me così tanto, potrei anche provarci. Dire, vediamo dove va questa cosa. Magari da qualche parte, magari da nessuna. Ma tua sorella e io ci conosciamo da così tanto tempo che non possiamo semplicemente provare. Dobbiamo essere certi. E io temo non poco quello che potrei diventare con il tempo».

Pare che a forza di parlare di certi argomenti poco piacevoli anche ad Aidan sia passata la fame. Posa la sua metà del panino sul tavolino accanto al mio. «Come al solito, pensi troppo. Non puoi sapere come sarà l'eventuale rapporto con mia sorella. Non sai come reagirà lei».

«E invece lo so: lo hai detto tu stesso qualche minuto fa che potrebbe decidere di non partire per il Nepal. E perché dovrebbe mai farlo? Non è forse già questa una grossa limitazione?»

«La gente fa scelte tutti i santi giorni. Si chiama dare priorità alle cose che contano», mi fa notare Aidan.

«Lo so, ma non si dovrebbe mai amare qualcuno così tanto da dimenticarsi di se stessi. Di chi si era prima, di cosa uno sarà dopo».

«Posto che Laurel è una donna molto razionale, se lei mi avesse chiesto di saltare nel fuoco come prova d'amore, io sarei saltato, Norman. È così che funziona».

Scuoto con decisione la testa. «È così all'inizio. Ma dopo l'esuberanza della fase iniziale tutto sta nel trovare un equilibrio come coppia da un lato, e come essere umano dall'altro. Non puoi vivere in pace e armonia se non lavori su entrambi gli aspetti».

«E perché mai voi non dovreste riuscirci?»

«Perché siamo intransigenti. Ognuno a modo proprio. E io ho provato di tanto in tanto ad accontentarmi, a frequentare donne che mi facessero sentire al sicuro, ma non sono mai riuscito ad andare oltre un interesse superficiale».

«Lo capisco...», sospira il mio amico. «Però – te lo ripeto per l'ennesima volta – forse con Alex sarebbe diverso da come lo hai immaginato. Forse *tu* saresti diverso».

Comprendo la fatica di Aidan a credere fino in fondo alle mie parole; in fin dei conti ha il giornalismo, ha i suoi romanzi e poi ha Laurel, una donna con una carriera altrettanto avviata e soddisfacente. Quando si sono innamorati erano entrambi pronti per fare spazio all'altro nella propria vita. Ma io ho molte zone d'ombra, molte più di quelle che mi piace mostrare alle persone, persino a quelle a cui tengo di più. E sebbene abbia passato una buona parte della mia adolescenza a detestare mio padre e il modo in cui si comportava con mia madre, quando mi sono innamorato a mia volta ho in parte capito. Al suo posto io mi sarei tolto di mezzo persino prima, perché non c'è niente di peggio per chi ama che rendersi conto di essere la causa dell'infelicità della persona amata.

«Forse...», è tutto quello che riesco a replicare ad Aidan. Ma non ne sono affatto convinto.

Quella sera, dopo essere uscito dall'ufficio presto, mi reco al campus della Columbia e mi accomodo su un muretto di fronte al dipartimento di Geologia. È uno dei classici edifici in mattoni bianchi e rossi con tetto verde chiaro. Nella piazza centrale poco adiacente ho incontrato un alto numero di studenti che hanno iniziato di nuovo a popolare il posto, dopo le vacanze estive.

Passano diverse persone prima che Alexandra esca dalla porta principale. Mi nota e si blocca, spalancando la bocca. «Ah...», mormora solo.

«Passavo da queste parti...».

«Davvero?», chiede sorridendo.

«Certo che no. Ma suonava meglio».

«Be', non so se te l'hanno mai detto, ma puoi chiamarmi per il solo gusto di sentirmi o farti vivo anche solo per vedermi. È ammesso», mi prende in giro bonariamente. «Noto con piacere che hai tolto il gesso».

«Per fortuna non ho fatto grandi danni, quel giorno...». Sappiamo entrambi a cosa mi sto riferendo.

«Già, per fortuna. Senti, io non mi sono fatta viva in questo periodo perché volevo ragionare un po'. E magari dare anche a te il giusto tempo per riflettere».

«Lo so», la rassicuro. «Ti accompagno fino alla metro?», mi offro saltando giù dal muretto.

Alexandra indossa un paio di pantaloncini e una maglietta oversize, mentre io sono nel mio solito completo d'ordinanza. L'abbigliamento è, in un certo senso, indice della grande differenza che c'è tra noi due anche dal punto di vista caratteriale. È un monito.

Ci incamminiamo in direzione della metropolitana a passo lento, chiacchierando del più e del meno.

«Ho sentito da Aidan che stanno organizzando una spedizione in Nepal», introduco l'argomento e attendo la sua reazione.

«La spedizione è in forse. Non è detto che si faccia davvero. E, se anche si farà, non è detto che io vi debba partecipare», mi risponde come da manuale. Si ferma e solleva la testa nella mia direzione. «Senti, io non sono davvero capace di fare finta di niente dopo l'altra volta. È il motivo principale per cui mi sono imposta di non chiamarti o passare da casa tua».

«Imposta?».

Sbuffa spazientita. «Certo, imposta. Io non so che opinione tu abbia di me, ma non vado in giro a baciare gente a caso. In genere li bacio con convinzione».

«Anch'io. E bacio pochissime persone».

C'è un che di adorabile nel suo modo d'indignarsi. Confesso che l'ho provocata per il solo gusto di osservare la sua espressione. Alexandra non ha filtri, nel bene e nel male. «Be', io ne ho baciate tante, se vogliamo proprio essere sinceri, e non ho mai avuto paura di passare da casa loro prima d'ora. Perciò, come vedi, non è una questione di numeri», ribatte piccata.

Nell'agitazione del momento una ciocca di capelli si è liberata dalla sua coda di cavallo. L'afferro e gliela rimetto a posto, scrutando il suo volto. Chissà se c'è un modo per stabilire da chi ci troveremo attratti un giorno. Chissà se c'è davvero qualcuno che dall'alto decide quale freccia scagliare contro chi. «Alexandra, calma, lo so. Stavo scherzando».

Lei prima mi colpisce a un braccio ma poi mi si avvicina per abbracciarmi. Glielo lascio fare anche se non dovrei. «Cosa c'è che non va?», mi chiede.

«Alex, io non posso fare questa cosa...».

«Che cosa, abbracciarmi?».

Le sorrido mio malgrado. «No, quello potrei farlo all'infinito. Intendevo dire che non posso fare nemmeno mezzo passo in più di quello che ho fatto nel mio appartamento. Anzi, sarebbe il caso che lo facessi indietro».

«Cielo, come sei contorto quando ti ci metti...», sbuffa.

«Esatto. E so esserlo ben di più. Credimi, non vuoi frequentare uno come me», provo a convincerla.

«Aspettiamo altri diciotto anni e vediamo che succede, cosa ne dici?», replica sarcastica. «Senti Norman, tu davvero pensi che io sarei ancora qui, dopo tutto questo tempo, se avessi davvero scelta?»

«Probabilmente no», ammetto.

«Ecco, trasformalo in un sicuramente no. Perciò, tu e io ora ce ne andremo a cena come mi avevi promesso...».

«Non mi sembra il caso».

«Cazzo, diciotto anni meritano un appuntamento!», esclama inviperita. «In verità meritano un sacco di cose ben più significative, ma io sono abituata. A te, alle ingiustizie, alla vita di merda... convivo stranamente bene con le difficoltà e ho un vistoso debole per le pietre e gli uomini con il cuore di granito».

Vorrei confessarle che il mio cuore, che sia di pietra o meno, in verità è e sempre sarà solo suo, ma non mi è permesso fare affermazioni simili quando sto cercando di convincerla a voltare pagina. «Te l'ho già detto e te lo ridico: hai un pessimo gusto in fatto di uomini...».

«Siamo d'accordo. Ora, cortesemente, possiamo andare a cena?».

So di aver ceduto ancora prima di aprire bocca. Le cose non vanno mai per il verso giusto con questa ragazza. «Una cena, Alexandra. E ognuno per la sua strada», l'avverto.

Capitolo 19

Alex

Arriverà un giorno in cui un fascinoso uomo si presenterà alla mia porta e mi supplicherà di uscire con lui. Il giorno arriverà e io di certo sarò già defunta, perché in questa vita sono ancora impegnata a estorcere appuntamenti alle persone che mi interessano davvero.

Persone... poi... altro che plurale. Un triste singolare, ahimè.

Norman ha evidentemente voglia di cenare con me questa sera come lo ha di rompersi qualche altro osso in un futuro prossimo. Era venuto al campus per scaricarmi a tutti gli effetti e invece gli è toccata la cena. Non ho alcun dubbio che nella sua mente stia già componendo il discorsetto adatto per scaricarmi *dopo* aver mangiato, a questo punto.

Perché ho insistito se mi era chiaro il suo intento? Perché è arrivato il momento di andare a fondo della questione. Sì, certo, mi scaricherà come ha già fatto nove anni fa ma insieme alle generiche parole di commiato questa volta gradirei anche la verità. Se a diciotto anni ero davvero troppo giovane per comprendere alcune cose, ora ho alle spalle abbastanza esperienza da saper riconoscere e catalogare l'emozione che suscito nelle persone. E, dimenticando per un secondo la modestia che non ha mai giovato a nessuno nelle questioni amorose, ho raramente visto negli occhi di un uomo quello che ho potuto leggere nello sguardo di Norman dopo che mi ha baciato. Perciò sì, sono preparata agli abissi, ma lui prima vedrà di raccontarmi cos'ha nella testa e nel cuore. Dopodiché chiuderemo entrambi questa parentesi e ognuno tornerà alla propria vita.

Norman deve essersi accorto della mia determinazione e del mio atteggiamento bellicoso perché è in preda a un visibile disagio. Sono arrabbiata a sufficienza da essere quasi contenta del suo palese malessere.

Mi passa il menu del ristorante che ha scelto, il Park in zona Chelsea che, come suggerisce il nome stesso, è un ambiente pieno di alberi e piante rampicanti. È un peccato sprecare un simile posto per un ricordo che difficilmente potrà essere positivo.

«Guarda, c'è l'insalata di quinoa e cavolo cappuccio», mi fa notare sperando di farmi ridere. Temo dovrà impegnarsi molto di più. «Alexandra...», sospira dopo aver atteso inutilmente un cenno da parte mia. «Sei tu che sei voluta venire a cena», mi ricorda alla fine.

«Certo. Me lo avevi promesso», bofonchio.

«Assolutamente. E infatti avrei tenuto fede alla mia parola. Ma non così...».

Chiudo con uno scatto deciso il menu. «Così come? Intendi dire, mentre sei tutto indaffarato a convincermi di quanto io sia una brava ragazza, di quanto tu mi sia affezionato e altre assurdità simili, e intanto mi chiudi la porta in faccia?». Afferro con decisione il bicchiere che il cameriere mi ha riempito con del rosso due minuti fa e mando giù un sorso deciso. Ottimo vino, peccato che l'occasione mi impedisca di godermelo appieno.

A questo punto avviene qualcosa di totalmente inaspettato, perché Norman allunga la mano e afferra la bottiglia di vino lasciata in mezzo al tavolo. Le sue mani tremano mentre si versa da bere. Spalanco la bocca prima di riuscire a contenermi perché questo davvero non me l'aspettavo. Lo scruto sospettosa, mentre porta il bicchiere alla bocca e manda giù diversi sorsi.

«Senti, questa cosa pesa molto di più a me che a te, chiaro?», ci tiene a specificare.

«No, non è chiaro un bel niente. Che diavolo stai facendo, di preciso?»

«Sto cercando di mantenere inalterato il nostro rapporto amichevole».

«Norman, ormai è tardi. Quel momento è andato. Non puoi riportare indietro il tempo. Anche perché, tu sei attratto da me». Ecco, l'ho detto. Vediamo come cercherà di negarlo, ora.

«Vero», mi stupisce invece. E porta ancora una volta il bicchiere alle labbra.

«Vero?», ripeto incredula. Detesto quando riesce a distruggere tutte le mie aspettative con una sola parola.

Lui scrolla le spalle. «Certo, è vero. E tu lo sai benissimo. Non sto fingendo di aver dimenticato quello che è accaduto l'altra mattina a casa mia. Però, come ti ho detto prima al campus, questa cosa tra di noi non può funzionare e quindi non ha senso farla iniziare».

«E perché, di grazia?», gli domando incrociando le braccia al petto.

«A dispetto delle apparenze e di tutto quello che sai di me, tu non mi conosci, non sai come potrei diventare all'interno di una relazione...».

Certo, ora sta persino cercando di spaventarmi. Ma una ragazza cosa diavolo deve fare di questi tempi per trovare una persona normale di cui innamorarsi?

«È questo il senso delle relazioni, nel caso non ti fosse chiaro: ci si frequenta proprio per conoscersi, per capire se e quanto si è compatibili».

«Be', noi non lo siamo», afferma senza il minimo dubbio. Quello che per un attimo mi zittisce è il vederlo sinceramente convinto. Non sta fingendo. Non si sta inventando storie. No, Norman è davvero certo che non siamo fatti per stare insieme. Un dolore diffuso invade tutto il mio corpo, mozzandomi per un attimo il respiro. Pare che in fin dei conti avessi delle aspettative, sebbene completamente inconsce...

«Ok, ipotizziamo per un secondo che quello che sta uscendo dalla tua bocca sia sensato. Sentiamo un po', perché secondo te saremmo incompatibili?», voglio sapere.

Altro sorso di vino prima di decidersi a rispondermi. «Sarebbe un amore totalizzante...», afferma come se quello sofferente fosse lui.

Sbatto le ciglia confusa. «Chi diavolo ha parlato d'amore?».

La sua espressione da tormentata si trasforma in esasperata. Oh, vuoi vedere che ora sono io a essere irragionevole? «Per favore Alexandra... diciotto anni di questa ridicola storia e ancora siamo qui a parlare di aria fritta. Diamo il giusto nome alle cose, per cortesia! Questo», e indica ripetutamente con la mano la distanza tra noi, «è amore». È concitato, emozionato e, come al solito, un tantino catastrofico. Se lassù prendono ordinazioni, la prossima volta vorrei una persona un tantino più facile, grazie.

Sollevo le mani in segno di resa. «Se lo dici tu...».

«Io leggo ancora le tue lettere», se ne esce all'improvviso.

«Tu... hai le mie lettere? Tutte quante?». Ne ho composte davvero, davvero tante.

«Certo che ho tutte le tue lettere! Per chi diavolo mi prendi?», mi chiede arrabbiato. All'improvviso pare che i ruoli si siano rovesciati; sono così sbalordita che la mia irritazione si dilegua.

«Non lo so, per uno che ha passato la vita a scaricarmi?»

«Sì, ma non per il motivo che credi tu!».

Ho sempre creduto che si trattasse di una ridicola frase fatta che gli uomini propinano a povere donne ingenue, disperate a sufficienza da credere a tutto. In tutta sincerità, l'espressione di Norman mi sta facendo dubitare delle mie piccole certezze. «Sentiamo un po', per quale motivo?»

«Perché nella mia famiglia c'è una certa predisposizione ai rapporti distruttivi», mi esaudisce agitato.

«Quanto distruttivi?»

«No, non violenti, Dio santo. Ma certi atteggiamenti, certe parole alla lunga possono ferire e logorare l'animo di una persona. Magari di una donna allegra e spiritosa come te, che ama circondarsi di persone, divertirsi, godersi giustamente i propri anni».

«Be', a costo di pronunciare qualcosa di molto ovvio, è chiaro che non andrei in giro a frequentare "gente" se fossi impegnata con te...». Credo stia alludendo alla mia frenetica vita sociale di qualche tempo fa.

Ma lui scuote vigorosamente il capo. «No, non hai compreso. Certo che non frequenteresti altri uomini, ma io potrei allontanarti abbastanza con il mio atteggiamento da indurti a farlo».

«Il tuo atteggiamento di questa sera mi indurrebbe a staccarti la testa, ma come vedi mi so contenere, Norman», gli rispondo per le rime.

La sua irritazione è tale che si riempie ancora una volta il bicchiere di vino. È proprio il caso che una persona che non beve da un decennio mandi giù così tanto alcol a stomaco vuoto?

«Perché questa cosa è così difficile?», sospira portandosi le mani nei capelli. «Alexandra, cerca di capire quello che ti sto dicendo: ho visto con i miei occhi cosa si può fare quando si ama in modo quasi ossessivo, quando non riesci ad andare oltre il sentimento che provi per una persona, quando sei geloso dell'aria che respira, delle persone che incontra, quando ti sembra che ogni gesto sia il modo per lasciarti…».

«E quindi mi pianti prima».

Manca poco perché si strappi del tutto quei poveri capelli. «E quindi cerco di non cadere in questo tunnel», ammette.

Scuoto la testa perché, francamente, cosa posso ribattere a un uomo che ti ha appena fatto una confessione simile? Per un attimo rimango senza parole. Anzi, proprio senza idee.

Afferro la mia borsa e mi alzo dalla sedia. «Va bene, lo ammetto, avevi ragione tu». Norman mi fissa senza comprendere. «Non dovevamo andare a cena insieme. Ti libero da ogni obbligo futuro. Io sono stanca morta di rincorrere chi non mi vuole. E lo so che ho sempre finto che poche cose possano scalfirmi ma questa storia con te… be', ecco, mi fa male. Qui, qui e qui», gli dico indicando la testa, il cuore e lo stomaco. «È un dolore cronico, ormai. Ci convivo da tanto di quel tempo che non so nemmeno come si faccia a stare bene. E per quanto io sia stata ben cosciente di cosa abbia significato voltare pagina a diciotto anni, ci sono cascata una seconda volta. Perché sono fatta così, quando si tratta di te. Potrei cascarci una terza e pure una quarta volta. In un mondo di gente che finge d'innamorarsi e invece cambia idea come le previsioni del tempo primaverili, io non riesco a smettere di tenere a te. Errore mio, perdonami per l'insistenza».

Mi volto con l'intenzione di scomparire dalla sua vista prima di scoppiare a piangere. Non è un caso che l'ultima volta sia stato sempre a causa di Norman. Be', giuro che sarà l'ultima.

Sto camminando velocemente nel bel mezzo di Chelsea, quando una mano mi afferra per la spalla. Non ho alcuna voglia di voltarmi. Perché diavolo mi ha rincorso dopo avermi detto certe cose? Perché non mi ha semplicemente fatto uscire dalla sua vita?

Forse, perché anche lui non sa come scendere da questa ruota. Siamo due criceti in un circo.

Mi fa girare verso di sé e mi abbraccia nel bel mezzo della strada. È un mix di rumori, di luci delle macchine e di palazzi. E poi ci siamo noi, immobili in questo abbraccio. Non si capisce se sia giusto o sbagliato, se *noi* siamo giusti o sbagliati. Perché è così difficile lasciar andare le persone?

«Non hai capito», lo sento mormorare tra i miei capelli mentre mi stringe come se avesse paura che io possa evaporare.

«E invece sì, ho capito». Sollevo il volto e gli stampo un bacio sulla bocca. «Mi porti a casa tua?»

«E poi?», vuole sapere.

Alzo le spalle. «E poi niente. Perché te lo ripeto: ho capito».

In genere la maggior parte delle storie che finiscono lo fanno pian piano, con la fiamma che si spegne lentamente. Non te ne accorgi nemmeno e all'improvviso non c'è quasi nulla che valga la pena anche solo rimpiangere, figurarsi salvare. Ma questa volta la fine sarà con il botto, penso mio malgrado mentre Norman mi tiene per la mano lungo tutto il tragitto fino al Village. Il suo portiere della sera ci saluta e ci lancia un'occhiata colma di speranza. Giuro, scoppierei a ridere se ne fossi capace.

Mi tiene per mano anche dentro l'ascensore e mentre litiga con le chiavi di casa. Mi guardo bene dal fargli notare che sarebbe tutto molto più semplice se avesse due mani libere. Alla fine riesce ad aprire la porta e a trascinarci dentro il suo appartamento. Bastano solo pochi istanti affinché il luogo si riempia di così tanta elettricità statica da poterla imbottigliare.

«Vuoi bere qualcosa?», mi offre, lanciando le chiavi in un cestino. Io mi stacco da lui e fingo di interessarmi ai quadri appesi. Quando mi volto nella sua direzione, lo trovo impegnato a sfilarsi la cravatta. Si libera della giacca del suo completo e del ridicolo doppiopetto che mi mancherà alla follia. Lo so già.

«No, grazie. Senti, a dispetto delle apparenze, vorrei mettere le mani avanti e dirti che non sono molto brava in queste cose...».

Mi sorride. «Quali cose?»

«L'intimità. Non il sesso in sé, ma proprio l'intimità intesa nel senso più completo del termine».

«E chi dice che ci serva l'intimità? Potrebbe essere solo sesso», mi fa il verso.

«Potrebbe, ma non credo lo sarà. E poi ricordati che ho giusto fantasticato un po' su questa cosa...».

Si concede una risata, salvo tornare serio l'attimo dopo e allungare una mano nella mia direzione. Io la afferro e mi avvicino. «Non avrei dovuto bere questa sera», mormora stampando dei lievi baci sul mio collo. «Non ti avrei mai rincorso da sobrio».

«Lo so, Norman. Credimi, lo so». Mi sollevo in punta di piedi e mi ritrovo occhi negli occhi con lui. Dovrò dire addio anche a tutti i miei vestiti azzurri?

Io inspiro il suo profumo, lui inspira il mio prima di posare la bocca sulla mia. Fa tutto con grande attenzione, come se avessimo chissà quanto tempo. Gli cingo il collo e con la mia tipica irruenza abbasso il suo volto affinché faccia finalmente sul serio con la mia bocca.

Norman non è l'uomo più attraente con cui io sia stata, non è il più alto e nemmeno il più simpatico. A volerla dire tutta, non è forse nemmeno quello che bacia meglio, ma è assolutamente l'unico che riesca a scatenare in me la sensazione che mi stia liquefacendo. Starei qui ore e ore a baciarlo, a far scorrere le mie braccia sulle sue, sul suo petto, tra i suoi capelli, e a farmi accarezzare. Non ci sarà mai nessuno in grado di competere. E per quanto un giorno potrà arrivare la persona "giusta", non sarà mai così. Sarà diverso. Inevitabilmente.

«Alexandra...», sospira sollevando appena il volto.

«Lo so, Norman, lo so», gli ripeto. Faccio passare ripetutamente i palmi delle mani sulle sue guance mentre lo bacio, accarezzo il suo collo, faccio scorrere la bocca sulle sue clavicole. Lui mi aiuta a liberarmi della maglietta e io faccio altrettanto con la camicia, poi tocca ai miei pantaloncini e ai suoi pantaloni.

«Vieni», mi dice quasi con timidezza mentre mi conduce in camera e mi fa accomodare nel bel mezzo del suo letto grigio. «Ora, lo so che mi prenderai in giro e avrai tutte le ragioni del mondo per farlo, ma non mi ricordo più dove ho messo la scatola di preservativi. Visto che ne faccio questo uso sconsiderato...», ride imbarazzato di se stesso. «Vado a controllare un attimo in bagno».

«Oppure potremmo farne anche a meno», gli propongo sorprendendo me stessa. Ah, io e il masochismo… «Nel senso che uso la pillola e faccio sempre controlli regolari. E poi anch'io non vado a letto con nessuno da un po', a dispetto delle apparenze».

«Non ti devi giustificare», precisa. «Sicura?»

«Se lo sei tu…».

«Io… non lo so», mi confessa con fare disarmante. «Nel senso che questo mi pare già tutto così eccezionale che ho un po' di timore».

«Che cosa, che farai fatica a dimenticarmi?», lo provoco.

«Che sciocca che sei, di quello sono già certo. Anzi, conto sul fatto che non dimenticherò mai nulla che ti riguardi».

«Norman, vieni qui», gli ordino prima che possa dire qualcos'altro di così dolce da ferirmi ancora di più. Perché lui è adorabilmente dolce, lo vedo con chiarezza ora.

Per mia fortuna ben presto siamo in due nel bel mezzo del suo letto: in due a liberarci della nostra biancheria, in due a baciarci reciprocamente ogni angolo dei nostri corpi, in due ad ansimare come se qui l'altitudine fosse superiore a quella del Nepal e ci mancasse l'ossigeno. Norman si ferma qualche secondo nel tentativo di riprendere a respirare e mi osserva rapito. «Amo i tuoi occhi: la loro forma, il loro colore, il modo in cui mi scrutano», mi dice accarezzandomi i capelli. «E amo il tuo naso, la tua bocca, le tue orecchie…».

«Le mie orecchie sono brutte», gli faccio notare, ma lui scuote la testa.

«Non farti sentire da loro», scherza cercando di tapparmele. «Davvero, amo tutto di te».

«Ah sì? Mostramelo allora…». Lo trascino sopra di me e lo tengo ancorato al mio corpo con tutto quello di cui sono capace: mani, piedi, bocca. «Norman», pronuncio poi il suo nome come una cantilena.

Lui inizia a ondeggiare strusciando il suo corpo lungo il mio. Non so se avesse intenzione di prendersi più tempo per farmi uscire del tutto fuori di testa, ma presto lo sento esattamente dove lo desidero di più. Sospiro e lo stringo sempre più forte mentre avanza dentro di me.

«Al diavolo la lentezza esasperante», gli dico stringendolo forte e lui mi accontenta con un movimento deciso. Poi si ferma e rimane immobile a guardarmi. Nella mia testa risuonano un'infinità di "ti amo" che non ha mai molto senso pronunciare in momenti simili. Non l'ho mai detto a nessuno. Mai provato abbastanza trasporto per farlo. E ora che ne sento troppo, scopro che è ugualmente impossibile da pronunciare. Ho paura che non riuscirei più a smettere e che passerei ore a ripetergli di amarlo in modo da compensare tutte le volte che l'ho pensato da ragazzina. «Jeg elsker dig», mi sfugge di bocca. «Jeg elsker dig meget».

«Alexandra...», mormora. Avrà anche intuito, ma in una lingua straniera che nessuno dei due conosce sul serio può contare o meno, a seconda di come ci si sente. Se coraggiosi o meno.

Solo sesso, come no... In questo letto c'è così tanto amore che si potrebbe pensare di regalarlo a chi ne avesse bisogno.

Norman cerca di imporre un ritmo lento, ma io sono testarda, decisa a fargli perdere il lume della ragione, e tra un bacio e l'altro alla fine la spunto. Lui si vendica facendomi venire in un tempo record, e poi seguendomi a ruota.

«Allora, quanto ho deluso le tue aspettative?», vuole sapere dopo che abbiamo ripreso fiato. Sta sorridendo, ma i suoi occhi sono malinconici.

«Credimi, Normy, per una volta mi sarebbe quasi piaciuto che tu ti rivelassi una delusione, ma sono stati fuochi d'artificio. Letteralmente».

Lui scoppia a ridere e poi torna a baciarmi. «Ah sì? Senti, cosa ne dici di vedere se posso deluderti una seconda volta?»

«Dico che ogni tanto hai delle idee brillanti...».

«Solo ogni tanto?»

«E cosa diavolo vuoi? Avere sempre ragione?». E poi lo bacio.

Capitolo 20

Norman

Il mattino seguente il sole è già alto quando finalmente riapro gli occhi. Mi tiro su di scatto ma sono già pronto a quello che troverò, ovvero una camera del tutto vuota. Non c'è alcun segno della presenza di Alexandra, a eccezione del cuscino sgualcito e del suo profumo che aleggia nell'aria. Se chiedessi a Maria di non aprire mai più le finestre per impedirgli di uscire mi prenderebbe per pazzo?

Sono sempre stato un tipo mattiniero ma per una volta non ho assolutamente fretta. Richiudo gli occhi e la mia testa viene invasa immediatamente dalle sue immagini. Per carità, popolavano anche prima la mia mente, ma ora conosco il suo sapore, la pressione delle sue mani, il suono del suo respiro accelerato.

Quello che ho fatto stanotte non passerà alla storia come una delle mie decisioni più brillanti. Eppure… eppure non mi pento di niente. Lo rifarei, in tutta sincerità. Le scelte sbagliate sanno essere piuttosto seducenti.

«E ora, che faccio ora?», chiedo a me stesso a voce alta.

Prendo in mano il telefono, indeciso se chiamare o meno Alexandra. Mi piacerebbe moltissimo aver cambiato idea su tutto quello che le ho confessato ieri sera, ma no, anche alla luce del giorno le mie convinzioni non sono mutate di una virgola. Se possibile, si sono in qualche modo rafforzate: sarei capace di ogni follia, se lei fosse nella mia vita. Uscirei completamente di senno. Intendo, ben più di quanto non sia già successo.

Perciò ripongo il telefono sul comodino e osservo lo schermo scurirsi pian piano. Ho l'impressione che insieme alla luminosità dei pixel si spenga un po' per volta anche il mio umore. È passato. Non tornerà, com'è giusto che sia.

Mi risiedo sul bordo del letto e rimango a fissare il muro per una ridicola quantità di tempo.

Due mesi dopo

Esiste una legge che afferma che le cose, anche quando vanno male, possono sempre andare peggio. Ne ho testimonianza diretta il giorno in cui mia madre si presenta in ufficio come se nulla fosse, come se noi due fossimo abituati a simili comportamenti. Per la cronaca, non lo siamo affatto: la sapevo felicemente in Europa con un uomo che non ho mai voluto conoscere, perché mia madre e io non abbiamo più un vero rapporto madre figlio da un sacco di tempo. Dopo la morte di mio padre si è semplicemente spezzato qualcosa. Il nostro nuovo legame prevede una telefonata al mese in cui di fatto parla solo lei; si impegna a condensare in pochi minuti tutti gli eventi che reputa degni di nota: chi nasce, chi muore e chi si sposa.

Poco prima delle vacanze di rito mi invita a raggiungerla ovunque si trovi in quel momento, io puntualmente la ringrazio ma declino a causa del troppo lavoro e così di anno in anno. Mio padre ha lasciato i suoi soldi a entrambi, nonostante avessero ormai divorziato, e mia madre non si è fatta problemi a spenderli. Forse non ha compreso che era l'ultimo gesto di mio padre per tenerla legata a sé; o forse lo sapeva benissimo ma se ne è fregata.

In ogni caso, nel momento in cui la mia segretaria, una simpatica signora di mezza età, bussa per portarmi il caffè e informarmi che seduta in sala d'attesa c'è mia madre, sono costretto a chiederle ripetute volte: «Chi? Di chi stiamo parlando?»

«Sua madre», è sospettosamente felice di informarmi Joanna.

«Mia madre vive in Europa», mormoro come un cretino.

«Be', esistono anche gli aerei. La gente li prende di continuo».

«Grazie di avermi informato», ribatto sarcastico.

Joanna è visibilmente spazientita. «Allora, posso farla accomodare oppure ha qualche altra domanda inutile da pormi?»

«No, niente più domande. La faccia entrare...», sono costretto a cedere.

Che sia chiaro, mia madre è una donna deliziosa: bellissima, divertente, allegra. Ed è proprio questo il punto: la sua allegria mi ricorda una persona che sto cercando di relegare in un angolo della memoria.

«Norman, tesoro!», esclama mia madre, invadendo il mio ufficio in maniera piuttosto teatrale. Si avvicina per baciarmi sulle guance; contro ogni previsione, mi pare molto più nervosa di quanto voglia lasciar intuire, perché il sorriso è forzato e lo sguardo incerto. «Come stai?», chiede mettendosi a sedere sulla poltrona di fronte a me. C'è una chiara somiglianza fisica tra noi due: il colore degli occhi è identico, come pure il naso appuntito.

«Qual buon vento...», mormoro. La sua sagoma si irrigidisce di fronte alla punta d'ironia nella mia voce.

«Oh, lo so che avresti preferito che telefonassi, ma come vedi non l'ho fatto». Nonostante l'espressione sorridente, stringe decisa la sua borsetta, come a farsi forza.

«Già... Quindi, come mai sei a New York?»

«Be', per vederti, no?».

Arrivati a questo punto, mi pare assodato che non sono assolutamente in grado di interagire con le donne importanti della mia vita.

«Intendevo, come mai ora?».

Mia madre si rigira nervosa sulla sedia. «Mi sono giunte voci... pare tu non sia esattamente un fiore in questo periodo», mi informa con cautela.

La scruto sconcertato. «Chi? Chi te lo ha detto?». Ho sempre dato in qualche modo per scontato che mia madre ignorasse quasi tutto quello che accade nella mia vita e invece, pensa un po', ha delle spie. Ne sono colpito mio malgrado. «La signora Tyler?».

Scuote la testa. «Ci sentiamo di tanto in tanto, ma i Tyler hanno sempre la bocca cucita. Non vengo mai a sapere niente di interessante da loro».

«Allora chi?»

«Uno non rivela mai le sue fonti, no?», mi fa notare soddisfatta.

«Sì, ma tu sei stata una giornalista di costume. Non investigativa», mi permetto di farle notare.

«Oh, Norman... non rompere le scatole come al solito!», mi riprende. «Mi hanno informato, sono qui, punto. E meno male che sono venuta perché, in effetti sei... come dire...». Rimango in attesa che trovi le parole adatte. «Sciupato».

«Davvero?»

«E dimagrito».

«Perché Aidan mi fa correre».

«Ti *faceva* correre. Non corri più, da quel che mi risulta».

«Ma che razza di fonti hai? Comunque no, non ho ancora ripreso con l'attività fisica dopo che ho tolto il gesso». Ho avuto il buon senso di informarla della mia caduta in una delle nostre ultime telefonate.

«Quindi, non corri», afferma soddisfatta. «Cambia scusa Norman».

«Aspetta che apra il taccuino e ti legga tutte quelle a cui ho pensato...», ironizzo.

«Io non comprendo il motivo per cui tu non voglia mai dirmi nulla», si lamenta come da copione.

«Non prendertela: certe verità scomode le evito anche a me stesso, se ti può far sentire meglio».

«Affatto. A me interessa solo che tu sia felice».

Inspiro trattenendo una risata amara. «Ah, mi mancava il discorso sulla felicità... Non vedevo l'ora che qualcuno tirasse fuori una banalità simile».

«È un bene che io ti conosca da quando sei nato e sia ormai immune al tuo metodo scaccia-persone. Ma altri non lo sono», mi avverte.

«E infatti, vedi gente qui?»

«Dov'è la più piccola dei Tyler?», mi chiede diretta, evidentemente stufa di questa discussione poco fruttuosa. Non sono stupito più di tanto che lo sappia; temo che i miei sentimenti per Alexandra siano molto più di pubblico dominio di quanto mi piaccia illudermi.

«Come, la tua fonte non ti ha raccontato tutto? Alexandra è in Nepal».

Questo pare momentaneamente destabilizzare mia madre e le sue mille certezze perché sbatte ripetutamente le palpebre e mi osserva confusa. «È un modo di dire?», chiede conferma.

Scoppio a ridere mio malgrado. «No. È la verità. Alexandra è impegnata in una spedizione dell'università nella zona dell'Everest: stanno studiando il processo di subduzione delle placche terrestri e l'impatto delle forze che erodono le vette. Una specie di saga geologica».

«Certo che quando fai scappare le donne, lo fai davvero in grande. Nepal... però...», mormora colpita.

«Questa è oggettivamente una buona battuta», non mi rimane che complimentarmi. «Comunque, credo tu mi stia attribuendo troppa importanza: le donne non scappano in Nepal a causa mia. Al massimo ci vanno *nonostante* me».

Mia madre mi scruta pensierosa. «Perché, volevi rimanesse?»

«Ho forse detto questo? No, io volevo che partisse», la rassicuro con estrema sincerità.

«Perché in caso contrario la sua permanenza ti avrebbe mandato in crisi...», prosegue.

«Per favore... quando mai mi hai visto in crisi...».

«Molte più volte di quello che pensi. Non tutti abbiamo lo stesso modo di manifestare il nostro malessere. Il tuo è solo più sommesso, ma c'è. Guarda che me ne sono accorta ogni volta, caro».

La discussione non sta volgendo a mio favore e non riesco a nascondere il mio disappunto. «Vuoi il premio come madre dell'anno?».

Scuote triste la testa. «No, ovviamente. Vorrei solo fare qualcosa per te ora. Lo so che i miei casini mi hanno impedito di farlo in passato, ma sono qui. Sfruttami. Non chiudermi la porta in faccia come al solito».

Per un lungo momento non replico in alcun modo alle sue parole, ma poi lascio andare il fiato che stavo trattenendo senza nemmeno accorgermene. «Mamma, cosa vuoi che ti dica che già non sai?».

Lei si avvicina, sporgendosi oltre la mia scrivania e prendendomi per mano. «Potresti dirmi perché hai voluto che Alexandra partisse…».

«Perché è meglio per lei. Perché siamo una massa ingarbugliata che sarà sempre impossibile districare. Perché siamo diversi. Perché quando sto con lei mi pare di rivedere te e papà…». Mia madre sgrana gli occhi e a stento trattiene le lacrime. «Non ne abbiamo mai parlato in maniera diretta, ma ho bisogno di capire meglio certi avvenimenti. Dimmi la verità mamma, se potessi tornare indietro rifaresti tutto da capo o semplicemente vorresti non aver mai conosciuto papà?», le domando.

«Forse non rifarei tutto nello stesso modo, ma risposerei tuo padre, questo sì», mi risponde senza esitare.

«E non solo perché ci sono io di mezzo…».

La sua espressione mi pare molto determinata. «Tu non c'entri. Te lo ripeto, non rimpiango di aver incontrato tuo padre».

«Ma se è tutto andato in malora, alla fine…», mi permetto di ricordarle.

«Lo so. Ma a mente fredda, dopo che sono passati anni, ti posso rispondere con grande tranquillità che sono stati molto più numerosi i momenti belli di quelli brutti. E poi nessuno è felice di continuo, c'è sempre un'alternanza di gioia e dolore».

«Non so come fai a startene lì e fare affermazioni simili quando sappiamo entrambi come sono stati gli ultimi anni del vostro matrimonio…».

«Oh, terribili, senza alcun dubbio. Eppure tuo padre è ancora dentro di me. Non rimpiango di averlo conosciuto, ma solo quello in cui ci siamo trasformati. Colpa di entrambi, non lo nego».

«Perché eravate due persone non adatte a stare insieme».

«Chi lo sa... È per questo che reputi un bene che Alexandra sia in Nepal? Perché pensi che voi due assomigliate a me e tuo padre?»

«Il dubbio mi è venuto, in effetti...».

«Oh, Norman... Tuo padre e io abbiamo sicuramente sbagliato. Avremmo dovuto chiedere aiuto prima che il nostro matrimonio deragliasse, ma non l'abbiamo fatto e ahimè siamo arrivati fino a un punto di non ritorno. Ma tu e Alexandra siete tutt'altra faccenda...», prova a convincermi.

«No, invece siamo simili a voi. Non sappiamo cosa sia la moderazione, non sappiamo cosa voglia dire voltare pagina...».

«Ci sono persone che amano per sempre. Sono rare, ormai, ma ci sono. Si sente di coppie così unite da morire praticamente insieme. Si diventa una pianta intrecciata e se un ramo appassisce, lo fa anche l'altro. Sarà anche qualcosa di estremo, ma succede».

«Mamma, ho avuto davanti agli occhi per anni un amore così totalizzante da finire per trasformarsi in malattia, e se permetti non lo voglio. Credimi quando ti dico che l'eventuale storia con Alexandra potrebbe finire per assomigliare alla vostra quasi senza che io me ne accorga. Quando sono con lei ne colgo i segni».

«Tuo padre non mi avrebbe mai permesso di andare da nessuna parte. Tu, invece, l'hai spedita in Nepal. Magari con altri uomini...», mi punzecchia.

«Grazie per avermici fatto pensare. Davvero, grazie di cuore mamma...».

«E poi, da quel che mi risulta, te ne sei stato in disparte per anni in modo che lei potesse vivere le sue esperienze».

«Davvero, chi ti ha spiattellato tutta la mia vita? Comunque sì, non lo posso negare: le ho dato la possibilità di trovarsi una persona normale e degna di lei».

«E l'ha trovata?», vuole sapere. Sorride, bastarda.

«No, finora».

«Perché non vuole trovarla. Ha te».

«Sciocchezze, solo perché non ha dato una seria possibilità alla persona giusta…».

«E non gliela darà».

La sua sicurezza mi sta mandando in crisi. «Perché ne sei tanto certa?».

Mia madre sospira spazientita. «Quello che tu non hai ancora capito delle relazioni è che certi legami sono impossibili da spezzare perché non sappiamo e non vogliamo rinunciare a chi siamo diventati amando una certa persona. Io avrei potuto lasciare tuo padre molto prima di quanto poi abbia fatto, ma sai perché andarsene è stato così straziante? Perché amarlo mi ha fatto diventare quella che sono. Se non ci fosse stato oggi sarei una persona differente. Difficile prevedere se migliore o peggiore, ma di certo ben diversa. E per Alexandra sarà lo stesso: non si ricorderà nemmeno che colore avesse il cielo prima che s'innamorasse di te», cerca di strapparmi una risata.

«Azzurro. Il cielo è sempre e solo azzurro».

«Sbagliato, Norman. Il cielo è nero. Ma l'occhio umano è capace di questi e altri miracoli. Vede azzurro qualcosa che è solo nero… Io non ti sto dicendo che secondo me dovresti andare in Nepal, anche se una gita fuori porta ti potrebbe anche fare bene, ma magari scrivile», mi suggerisce.

«Scriverle? E cosa?», rido amaramente.

«Be', lettere per iniziare. Si usano ancora, no?»

«A dire il vero no, non credo siano più socialmente accettate. La gente registra messaggi, manda faccette, comprime parole e al massimo azzarda delle email ma no, le lettere ormai non si compongono più».

«Oh, che peccato. E pensare che le lettere sono una delle poche cose che ti rimangono... Tuo padre me ne ha scritte tante nel periodo del corteggiamento, te l'ho mai detto?».

Scuoto la testa. «No, non lo sapevo».

«Dovrei fartele leggere. Per farti capire, o almeno cercare di farlo. Che tu ci creda o meno, le lettere scritte a mano hanno un grande potete».

«Ah, ma io lo so», e le sorrido senza che lei possa comprenderne il motivo.

«In questo caso, perché non ci provi anche tu?», mi suggerisce.

«E poi cosa faccio? Le spedisco in Nepal?», chiedo sarcastico.

«Be', perché, in Nepal non hanno la posta?»

«A dire il vero non ho la più pallida idea di cosa abbiano e non abbiano in Nepal», le confesso.

Mia madre mi sorride, si alza dalla poltrona e apre la porta del mio ufficio. «Joanna, quella cartellina sul Nepal per favore?». Poi si volta nella mia direzione e mi sorride tutta tronfia.

Ok, ok... uno a zero per lei. E per la spia Joanna.

C'era una volta una ragazzina,
era tanto, tanto carina.
Le rime amava,
strani sentimenti provava.
Ok, ci rinuncio. Non so come tu abbia fatto a riempire così tante pagine di rime.

Come stai? Come si sta in Nepal? Domanda sciocca, ma questa storia della conversazione a senso unico è complicata. Comunque, questa prima missiva ha il non facile compito di farti entrare nell'ottica che ti scriverò altro, per tua sfortuna. Cerca di non prendere troppo freddo, non scalare montagne impossibili e per favore non fare pazzie.

Ma timilai prem garchu (lingua nepali).

Tuo, Norman

Ciao Alexandra,

di nuovo io. Sempre che queste lettere ti arrivino davvero e non le stia invece leggendo qualche funzionario nepalese, nel qual caso, buongiorno signor funzionario. Potrebbe gentilmente recapitare questa lettera ad Alexandra Tyler? La riconoscerà perché è la donna con il sorriso più bello che possa mai esistere.

Alexandra, na kirinla gaguidou (tibetano).

Tuo, Norman

Ciao Alexandra,

ho sentito al telegiornale che c'è stata una scossa di terremoto in Nepal e per poco non ci resto secco in palestra l'altro giorno. Sì, lo so, dovrei davvero abbandonarla per sempre.

Aidan mi ha assicurato che ti ha parlato e che stai bene, ma io non riesco comunque a dormire all'idea che ti possa succedere qualcosa. È un mio grosso limite: per quanto mi sforzi, non posso proprio immaginare un mondo in cui tu non ci sia. Non vorrei mai vivere in un mondo simile perciò, per favore, te lo chiedo in ginocchio, cerca di stare sempre bene.

Ma timilai prem garchu (nepali).

Tuo, Norman

Ciao Alexandra,

Aidan mi ha dato il tuo numero di cellulare nepalese. Non so perché l'ha fatto. Per torturarmi, di sicuro. Sono circa due ore che fisso il numero e m'interrogo su cosa mi risponderesti se ti chiamassi. Probabilmente mi manderesti al diavolo e, sia chiaro, faresti solo bene.

Tuttavia, per quanto io muoia dalla voglia di sentire la tua voce in questo istante, non posso fare a meno di confessarti quanto sia catartico scriverti una lettera ogni giorno. Uscire dall'ufficio e attendere in coda per spedirla. C'è una buffa signora allo sportello dove vado sempre che ha imparato a riconoscermi. Dice che non le è mai capitato di inviare così tante lettere in Nepal come questa settimana. Mi ha chiesto cosa ci sia di bello così lontano. Le ho risposto che c'è una ragazza speciale che si è portata via un pezzo del mio cuore. Anzi, se l'è portato via tutto.

Wo ai ni (cinese mandarino).

Tuo, Norman

Ciao Alexandra,

la mia amica della posta mi ha detto che l'altra sera hanno fatto vedere un documentario sul Nepal e sulle sfide per raggiungere le alte quote. Pare sia pericolosissimo. La signora spera che tu non ti lanci in simili imprese. Io le ho risposto che ognuno di noi ha una propria passione e che recentemente ho compreso che amare sia un grande atto di fede: si spera che l'altra persona ci ami nello stesso modo, che non le succeda mai nulla, che si riesca davvero a essere felici insieme, che si raggiunga la vetta. L'ho anche rassicurata che se c'è una persona in grado di qualsiasi impresa, quella sei tu. Perciò, hai la mia più totale fiducia. Sia in fatto di vette che di sentimenti.

Non solo, questa cieca fiducia in te mi sta facendo quasi ricredere su me stesso: forse ho sbagliato a dirti certe cose quella famosa sera, a non voler rischiare. In mia difesa, ero davvero convinto di agire solo per il tuo bene. Come vorrei sapere se senza di me stai male come sto io senza di te, oppure se ti sei ripresa...

Bi chamd khairtai (mongolo).

Tuo, Norman

Ciao Alexandra,

la signora della posta, la mia segretaria e mia madre (che, non so se te l'ho detto, è venuta a trovarmi qualche tempo fa e si è fermata a New York per "starmi vicino"), pensano tutte quante che forse dovrei prendermi una vacanza. A onor del vero non lo faccio da secoli. Ero solito andare a trovare mia madre in Europa di tanto in tanto, ma visto che questa volta ha pensato bene di prendere casa letteralmente a due isolati dalla mia, forse potrebbe valere la pena esplorare un po' il mondo. Hai suggerimenti? Vorrei un po' di avventura. No, non ho battuto la testa, prima che tu me lo possa chiedere. Una persona noiosa e prevedibile non può voler movimentare un po' le sue giornate tutte uguali?

Asakavit (groenlandese – sì, esiste, ho verificato).

Tuo, Norman

Ciao Alexandra,

sto imbucando questa lettera poco prima che passi la macchina che mi porterà in aeroporto. Ho deciso di raggiungere Kathmandu. Così, un posto come un altro, no?

Non so chi arriverà prima. Spero io, ma non si sa mai.

Se dovessi incontrare un folle tizio che non ha assolutamente idea di quello che sta facendo, ti prego, sii clemente. Ha passato dei mesi difficili e ha bisogno di tutto l'aiuto possibile.

Aishitemasu (giapponese).

Tuo, Norman

Capitolo 21

Alex

Il mio collega Mark è appena tornato dalla posta e tiene in mano una lettera. «Ma ne ricevi una ogni giorno?», ride mentre me la sventaglia davanti al naso.

Dal mio canto, cerco di fare il possibile per contenermi ed evitare di strappargliela di mano. Ci provo senza riuscirci, ahimè, perché l'autocontrollo non fa proprio parte del mio carattere.

«Da' qui», gli intimo molto più seria di quanto fosse mia intenzione. Lui sospira e finalmente me la cede, rimanendo però a breve distanza per tentare di carpirne il contenuto. Mi tocca convivere con gente incredibilmente ficcanaso... «Ehi, è una cosa privata!», lo richiamo all'ordine.

Mark non mi pare granché turbato dal mio tono. Scrolla le spalle a continua imperterrito a sporgersi in avanti per scorgere qualche parola. «Chi diavolo ti scrive ogni giorno? E perché ti scrive? Questo non è il Medioevo... abbiamo i telefoni, FaceTime, WhatsApp e persino Telegram, se fai parte della nostra amministrazione e hai segreti legami con i russi...», si diverte.

«Ahah, molto spiritoso, dottor Egelmann... Le lettere sono ormai così poco frequenti che andrebbero in qualche modo protette. Anche perché, diciamocelo chiaramente, la parola scritta di proprio pugno ha tutt'altro effetto rispetto a un banale messaggio composto mentre sei in fila in banca».

«Non si va più in banca, a proposito. C'è l'app», mi fa notare con perversa soddisfazione.

«Qui in Nepal no, ti tocca uscire di casa, grazie al cielo».

«Non cercare di confondere le acque e cambiare argomento. Quindi, chi è l'uomo misterioso che ti scrive?».

Con un gesto protettivo mi porto la lettera al petto. «Come fai a essere così certo che sia un uomo?»

«Perché, punto primo, arrossisci ogni volta che apri una di queste lettere e, punto secondo, ho sbirciato abbastanza da riuscire a riconoscere una calligrafia maschile. Allora, hai uno spasimante segreto e non ci hai mai detto niente?», finge di riprendermi.

Sono una delle poche donne che ha chiesto di prendere parte a questa spedizione organizzata dalla Columbia; sono sinceramente stupita dallo spirito cameratesco che si è creato quasi subito, a dispetto dei miei timori iniziali. Siamo quasi come una grande famiglia, e nel periodo in cui siamo stati confinati al campo base a oltre cinquemila metri d'altezza (sull'Everest esistono in verità due campi base: noi abbiamo soggiornato in quello ai piedi del ghiacciaio Khumbu a 5364 metri d'altitudine), abbiamo passato le serate a raccontarci numerosi aneddoti della nostra vita. Da circa dieci giorni siamo rientrati invece a Namche Bazaar, 3440 metri circa, la capitale della regione, del trekking e degli sherpa della zona. A dispetto dell'altitudine comunque imponente, di fatto è un vero villaggio, un importante centro di scambio con le vicine popolazioni tibetane. Inutile a dirsi, niente alberghi di lusso da queste parti: si dorme quasi come se ci si trovasse a fare il servizio militare, grossi stanzoni dove non si bada certo alla differenza tra uomini e donne. I normali confini della privacy si allentano quando si è costretti a convivere in queste situazioni.

In confronto al Nepal, la mia permanenza in Colorado è stata come bere un bicchiere d'acqua. Ah, se Norman potesse vedermi qui, mi ritrovo a pensare e poi smetto subito, perché ero stata discretamente brava a tenere il suo ricordo in una speciale zona del cervello che avevo etichettato come off limits.

Almeno, lo ero stata finché non hanno iniziato ad arrivare le sue lettere. Aperta la prima, ho pensato mi stesse scrivendo per salutarmi a tutti gli effetti, perché non ci siamo mai detti addio in maniera formale e Norman si può accusare di tutti i mali del mondo, tranne di essere un maleducato. Quella famosa mattina mi sono svegliata presto, concedendomi molti più minuti di quanto sarebbe stato saggio, date le circostanze, solo per osservarlo dormire e respirare. Sembra una banalità sconcertante, e lo sarà di certo, ma l'immagine del suo petto che si sollevava e abbassava mi ha donato una grande calma. Poi mi sono rivestita e sono uscita. Niente lacrime, niente recriminazioni e nessun rimpianto.

Conosco Norman da così tanto tempo che non mi ero fatta alcuna illusione. Era stato chiaro, anzi, cristallino, quando mi aveva avvertito. Sono stata io a scegliere di passare comunque la notte con lui e infatti non me ne pento. Nei primi giorni ho convissuto con il terrore di non poter andare avanti, ma invece quella notte mi ha aiutato. Non so quante altre spedizioni mi serviranno per voltare pagina a tutti gli effetti, ma non ho fretta. Sono quanto di più sereno ci si può considerare, date le circostanze.

Certo, non avevo messo in conto che Norman mi avrebbe scritto. O che, presa una certa decisione, facesse poi fatica a rimanere distaccato. Perché è evidente che non lo è affatto. C'è un tale affetto in quelle poche parole che mi ha scritto che solo uno stolto potrebbe non notarlo. E sebbene io abbia moltissimi difetti, non sono così sciocca. Gli manco. E, anche se lo scrive nelle lingue più improbabili del mondo, afferma di amarmi. Ho fissato per ore e ore quella prima dichiarazione in lingua nepali. Francamente solo a lui sarebbe venuta in mente un'idea così contorta.

«Aishitemasu?», esclama Mark, scoppiando a ridere. «Chi diavolo ti ama?»

Lo fisso impressionata. «Parli giapponese?»

«Tre parole in croce, apprese mentre cercavo di portarmi a letto una povera anima giunta negli Stati Uniti per uno scambio universitario», mi confessa ridendo.

«Uomini... siete tutti pessimi», lo riprendo.

«Sì, sì, siamo tremendi, lo so. Ma chi è che ti ama?», torna a domandare con insistenza, indicando la lettera che tengo in mano.

«Un uomo del passato».

«Scala montagne?»

«Cielo, no. Ha problemi anche con le buche a Central Park».

«È una battuta?»

«No, sono assolutamente seria. Comunque, perché lo vuoi sapere?»

«Perché mi pare dica di voler venire qui. Se potessi girare un po' di più il foglio verso di me...».

Richiudo la lettera e la metto al sicuro dentro la mia felpa, in attesa di poterla riporre insieme alle altre. Ora che ho qualcosa da custodire a mia volta, mi pare già meno strano che Norman abbia voluto salvaguardare le lettere che gli ho scritto da ragazzina. È toccante che qualcuno voglia perdere del tempo non solo per pensarti ma anche per mettere nero su bianco parte dei suoi pensieri.

«Fatti gli affari tuoi. E comunque quello di Norman è solo un modo di dire... non verrà mai in Nepal». Ci sono poche azioni che mi sentirei di definire meno probabili, ora come ora.

«Se uno ti ama, lo prende qualche aereo...», mi fa notare Mark.

«Qualche? Questo posto assomiglia pericolosamente alla fine del mondo».

«Perché lo è. Già solo il volo da Kathmandu a Lukla è una sorta di esperienza mistica», rabbrividisce al solo ricordo.

«Fifone... io non ho avuto alcun problema. A differenza di te, che hai pregato tutte le divinità delle montagne che ti sono venute in mente», lo prendo in giro.

Il mio collega ha fretta di tornare a parlare di me. «Se vuoi la mia opinione, dovresti scrivergli e invitarlo sul serio. Potrebbe essere una grande prova d'amore», mi fa l'occhiolino.

«Ti sembro una che ne ha bisogno?».

Mark si prende qualche attimo per studiarmi e poi emette il suo giudizio. «Mah, a me pare sinceramente che tutti ne abbiamo bisogno».

Non faccio in tempo a replicare perché Jonny, uno degli sherpa che ci sta aiutando in questi mesi, fa il suo ingresso nella stanza con passo deciso. «Miss Tyler!», mi chiama. Gli avrò intimato un milione di volte di chiamarmi solo Alex, ma qui il rispetto viene prima di tutto. «C'è un uomo! Arrivato da Lukla! Sentito male», mi sta dicendo con il fiatone. E questa gente non ce l'ha mai. Chi è che sta morendo, per la precisione?

«Un uomo? Chi? Uno dei miei colleghi?», gli chiedo confusa.

«No, anche lui americano. Strano. Ha detto Alexandra Tyler ed è svenuto».

Mark e io ci scambiamo un'occhiata allarmata. «Sì, ma ha detto il suo nome, almeno?»

«No, no, ripeteva Alexandra Tyler...».

Sono costretta a sedermi sulla dura sedia di legno che si trova a breve distanza. All'improvviso ne ho un disperato bisogno. «Ed è biondo?»

«Biondo, sì!».

«Ed è alto?»

«Alto!».

«E magari porta pure un completo fuori moda?», non resisto dal chiedergli.

Jonny mi osserva senza comprendere. «Lei, venire?»

«E certo che vengo...».

L'ospedale di Namche ha visto giorni migliori e pure uomini meno stupidi. Perché solo a un folle potrebbe venire in mente di avventurarsi a oltre tremila metri d'altezza senza essere fisicamente preparato: fino a Lukla sarà anche arrivato con un volo locale ma, una volta atterrato su una delle piste più pericolose al mondo, gli sarà toccato il sentiero di trekking fino a qui. Sono riuscita a scambiare due parole con la sua guida: pare che Norman si sia spacciato per un abile alpinista e che abbia chiesto espressamente di percorrere il sentiero da Lukla a Namche in una sola giornata, invece di due, come fa la maggior parte della gente poco abituata all'altitudine. La sua guida avrebbe dovuto rifiutarsi categoricamente. Voglio dire, basta dargli un'occhiata per rendersi conto che no, non è stato un alpinista né in una vita passata né in questa.

Per fortuna il medico che è passato poco fa mi ha rassicurato sulle sue condizioni generali e mi ha spiegato che la perdita dei sensi è da imputare alla scarsa ossigenazione, unita probabilmente alla stanchezza che un simile viaggio comporta. Insomma, niente di grave, grazie al cielo; Norman è destinato a riprendersi nel giro di qualche ora. Ecco, una volta che sarà di nuovo in sé, è il caso che inizi a correre, e pure di gran carriera, prima che io possa raggiungerlo per tirargli il collo.

Al momento sono più concentrata sulla rabbia che sul suo grande gesto – azzardato, irresponsabile, ma anche forte e impegnativo – perché l'idea che Norman sia arrivato fino in Nepal sta facendo mancare il fiato a me, che pure non dovrei avere problemi d'altitudine dopo quasi due mesi ad altezze simili.

Perché un uomo solitamente razionale e controllato ha mollato tutto per venire qui?

Dentro di me si è pian piano accesa una sensazione fastidiosamente simile alla speranza: è seducente come lo è stata altre volte, mi impedisce di essere ragionevole, di riflettere senza essere condizionata dall'emotività. Detesto sentirmi così, ma non riesco a farne a meno. Quante volte ci si deve bruciare prima di imparare finalmente a non offrirsi sempre per missioni incendiarie?

Mi avvicino e mi siedo sul suo letto; con una mano traccio il contorno della sua mascella, insistendo sulla sua barba di pochi giorni. Non credo di averlo mai visto in questo stato. È pallido, mi sembra dimagrito e in generale sofferente. È solo colpa del viaggio rocambolesco oppure c'è di più?

Rimango così per circa un'ora: gli tengo la mano, facendo scorrere il pollice sulla pelle secca, mentre i miei occhi si spostano dalla finestra al suo volto. In Nepal le nuvole viaggiano così spedite che quasi non fai in tempo a vederle.

Non vedo l'ora che Norman si svegli perché sento un'impellente necessità di raccontargli le moltissime cose di cui mi sono resa conto in questi mesi di distacco: per esempio, ho compreso che la vita è spesso un tale caos che finiamo per imputare al caso anche gli incontri più determinanti. E invece non amiamo affatto a caso o, come spesso si sente dire, quasi contro il nostro volere. No, amiamo con piena coscienza e se andiamo avanti a farlo è perché ci ritroveremmo a essere individui completamente differenti, se amassimo persone diverse. Perciò, per quanto non sia facile ammetterlo, è altamente probabile che a modo mio amerò sempre Norman. Mi piace la persona che sono diventata amandolo. E, a proposito, direi che è il momento di riconoscere che lo amavo anche quando fingevo altrimenti. Perciò, è ora che anche il numero venga rettificato a dovere: sono ben diciotto anni che amo quest'uomo. Siamo d'accordo, avrei avuto una vita molto più facile se non lo avessi mai incontrato. Facile ma di scarso impatto, perché in quel caso non avrei mai espresso appieno il mio potenziale di essere umano.

In queste settimane ho ripreso a leggere uno scrittore che Norman ha sempre letto con grande interesse, Philip Roth, e ho riflettuto molto sul suo modo di descrivere l'amore: sostiene infatti che ognuno di noi nasca intero e non come una metà destinata a vagare per il mondo in cerca dell'altro pezzo. Alla faccia di Platone e del mito della ricerca della propria metà, l'amore in realtà ci frattura in mille pezzi.

Ecco, credo che ci sia del vero. Ma, nello stesso tempo, penso che questa spaccatura ti permetta poi di rimettere insieme i cocci creando qualcosa di ancora più bello.

La sua mano inizia a stringere la mia e le sue palpebre a sollevarsi a fatica. Gli sorrido mentre cerca di mettere a fuoco e di identificare il luogo in cui si trova. «Alexandra?», mormora con voce roca. Pare quasi sorpreso di vedermi.

«Perché, non stavi cercando di raggiungere me? Avevi in mente altre persone quando sei partito per il Nepal?», non riesco a fare a meno di stuzzicarlo.

«Cosa? No! Certo che non avevo in mente nessun altro», s'indispettisce.

«Con te non si sa mai...».

«E invece si sa. Sono l'essere umano più scontato che sia mai esistito. Comunque, un po' di entusiasmo in più da parte tua non sarebbe sgradito», mi fa notare. «Ti ho scritto che sarei arrivato...».

«Stavo giusto leggendo la tua lettera quando mi hanno informato che eri stramazzato al suolo dopo essere giunto a Namche Bazaar. Te lo devo confessare Norman: pensavo tu stessi scherzando».

«E io pensavo di morire prima. Il trekking mi ha quasi ucciso. Ero già pronto a dettare il mio testamento allo sherpa», ricorda con espressione sofferente.

«A chi avevi in mente di lasciare l'appartamento, già che ci siamo?».

Norman mi lancia un'occhiataccia. Lo sa che sto scherzando, ma è comunque più forte di lui. «Questo non è assolutamente il genere di discorso che pensavo avremmo affrontato come prima cosa, una volta che ci fossimo rivisti».

Io scrollo le spalle. «Sai, sta finendo con il piacermi questo tuo non essere troppo banale».

«Sì, l'ho notato. Chi altri è dovuto arrivare in pellegrinaggio fino all'Everest per confessare i propri sentimenti?», borbotta rivolto più che altro a se stesso.

«Non lo so, ma a qualcuno deve di certo essere successo. Non sei sufficientemente originale per essere il primo».

La sua espressione è tutta un programma. «Mi pare di intuire che sono quasi morto per niente... E pure svariate volte. Hai una vaga idea di cosa significhi atterrare a Lukla?»

«Be', sì, avendolo fatto a mia volta», mi tocca ricordargli.

«Ma tu non fai testo; tu sguazzi nell'adrenalina. Io, invece, me ne tengo il più lontano possibile».

«Non si direbbe...».

«Lo so, ma sono tutti eventi che si sono verificati senza che io potessi farci niente».

«Intendi il Nepal?», chiedo educatamente.

«Tu, il Colorado. Tu, il Nepal. Tu».

«C'è una costante in questa tua sequenza di avventure, nel caso non te ne fossi accorto...».

Inarca un sopracciglio su quel viso sempre tirato ma molto più rilassato rispetto a prima. «Ma va? Intendi dire la mia poca attitudine alla montagna?», ironizza a sua volta.

«Anche. Fossi in te rivedrei seriamente il luogo prescelto per le tue vacanze».

«Ah, ma io sarei ben lieto di cambiare meta, se solo l'altra costante di tutte le mie avventure fosse un po' più disponibile a venirmi incontro...».

Mi sfugge una risata mio malgrado. «Un po' più disponibile? Intendi, più di così?»

«Al momento non mi sembri granché bendisposta, a dire il vero», si lamenta.

«Dovresti metterti nei miei panni per comprendere l'assurdità del momento: dopo *diciotto anni* tu prendi e ti presenti in Nepal. Sono in attesa che qualcuno sbuchi da quella porta e dica "scherzetto! Ci sei cascata!". Se sono un po' a disagio al momento, c'è da comprendere la mia reticenza, non trovi?».

Sbuffa sonoramente e incrocia le braccia al petto, dopo essersi messo a sedere nel letto. «Guarda che non sei l'unica che ha sofferto. Anzi».

«Cosa sarebbe, una gara a chi è stato peggio? E comunque, se mi permetti, io vinco a mani basse. Anzi, *stravinco*. Diciotto anni Normy...», gli rammento. Non avrei mai pensato che sarebbe arrivato il giorno in cui sbandierare questo ridicolo lasso di tempo potesse rivelarsi utile, eppure, eccoci qui: io, Norman, il Nepal e la maxi valigia contenente tutto il nostro passato travagliato.

«E certo che vinci! Se io avessi avuto pensieri impuri su di te quando avevi dodici anni, mi avrebbero arrestato!», si inalbera.

Da segnare in agenda: Norman odia perdere.

«Vero, vero, te lo devo concedere... Tuttavia, visto che siamo in Nepal a mille miglia da casa e a nessuno importa dei nostri trascorsi, mi piacerebbe un po' di sincerità. Eri o non eri attratto da me nove anni fa?». Pensavo di non voler sollevare il tema e di rimanere con la mia sacrosanta curiosità. Be', a quanto pare mi sbagliavo.

Deglutisce in evidente difficoltà. «Possiamo concentrarci sui già difficili tempi attuali?»

«Quello che siamo oggi dipende da quello che abbiamo

vissuto. O non abbiamo vissuto, nel nostro caso. Quindi rispondimi», mi tocca insistere.

Norman scuote la testa guardingo. «Certo che ero attratto da te. Ma...», e mi blocca con lo sguardo, intimandomi di non interromperlo, «...ma devi provare a metterti nei miei panni, a entrare nella mia testa. Lo sai come sono fatto. Pensi davvero che avrei mai potuto comportarmi in maniera differente? Per l'amor del cielo, eri poco più che una ragazzina e avevi una visione troppo romantica dell'intera faccenda».

Mi prendo qualche attimo per meditare sulle sue parole. «Io non ero romantica. Ero solo innamorata. Comunque, a distanza di anni, sono pronta a concederti che non avevi tutti i torti. E poi avrei dovuto aspettarmi che il tuo senso del dovere venisse prima di tutto...».

«È una specie di condizione debilitante, a proposito, questa impossibilità di fare la cosa sbagliata. È più forte di me», prova a spiegarsi.

Sospetto che proprio la sua stoicità caratteriale abbia esercitato un certo fascino su di me. Mi ha sempre attratto questa sua innegabile attitudine a fare la cosa giusta, anche se difficile. Perciò, per quanto spesso e volentieri il suo talento nel rimanere fedele a se stesso non abbia giocato a mio favore, mi rendo conto che non sarebbe corretto rinfacciarglielo. «Tu hai molte condizioni debilitanti, a quanto pare. Una su tutte, il fatto che la vita di montagna non fa per te. Eppure sei qui. Perché?».

Norman strabuzza gli occhi e mi osserva confuso. «Non hai ricevuto le mie lettere?».

Uomini... come dire e non dire nulla allo stesso tempo. Inspiro e cerco di non farmi trascinare dall'ira. «Sì, le ho ricevute. E francamente non ho ben compreso il motivo per cui me le hai mandate. L'ultima volta che io e te ci siamo visti mi hai detto delle cose molto forti, se ben ricordi».

Pare sinceramente dispiaciuto. «Non credo che potrei dimenticarmene nemmeno se cadessi di nuovo, battessi ancora più forte la testa e mi dimenticassi il mio nome», mi conferma. «Ma sono successe delle cose da quando sei partita...».

«Tua madre», lo anticipo, perché è una delle notizie che mi ha colpito di più dei suoi messaggi. Ho passato anni a osservare quest'uomo in modo quasi ossessivo e sono sempre stata cosciente di quanto si sia raffreddato il suo rapporto con la madre dopo che è venuto a mancare il padre.

«Già, io e mia madre abbiamo parlato. Per la prima volta dopo anni, a essere sinceri, perché fino a qualche settimana fa ci incontravamo di rado e anche quando succedeva, eravamo ben attenti a non toccare mai temi scomodi. Credo avessimo paura entrambi. O forse abbiamo solo avuto bisogno di tempo per metabolizzare certe cose. Mi ha fatto un grande regalo a presentarsi a New York».

Sono parole importanti e, per quanto mi faccia incredibilmente piacere che si sia riavvicinato a sua madre e che stia scavando alla ricerca dei suoi demoni, continuo a non comprendere il motivo per cui è qui. Norman non è il tipo di persona che agisce solo perché gli piace qualcuno, o perché si fa trascinare dai sentimenti. «E quindi... il Nepal?», gli domando con crescente impazienza. Non può aver fatto questo viaggio assurdo e poi limitarsi ad allusioni.

«Mi rendo conto che la mia presenza qui fa a pugni con quello che ti ho detto quella famosa sera, ma sono reduce da una lezione di vita sorprendentemente banale e potente allo stesso tempo: l'amore è un atto di fede».

«Ah, ti sei dato alla religione?».

Scuote la testa ridendo. «Non nel senso tradizionale. Tutte le religioni del mondo hanno in comune il fatto che non possono spiegare con le semplici leggi della natura quanto vedono e sentono, e quindi si affidano alla figura della divinità, perché colmi quel vuoto che sanno esistere. Ecco, detto in modo molto profano, tu sei un po' la mia divinità».

È un bene che sia saldamente seduta sul letto dell'ospedale, perché in caso contrario avrei rischiato di stramazzare a terra.

«Questo», e indico la distanza tra lui e me, «sarebbe il tuo personale atto di fede?», chiedo a scanso di equivoci. Ho già frainteso troppe volte.

«Esatto. La mia nuova religione mi ha portato a dubitare di tutte le mie certezze pregresse perciò, per quanto io sia cosciente dei miei limiti e delle mie inclinazioni caratteriali, mi sento abbastanza coraggioso per un atto di fede. Per un viaggio in Nepal. Per un trekking quasi mortale. Nulla di tutto ciò è realmente nel mio carattere, eppure ho trovato la voglia e la forza di farlo. La spinta per uscire dalla zona d'ombra sei sempre stata tu e non vedo perché questo debba cambiare. Perciò, se te la senti di darmi una vera, concreta possibilità dopo diciotto anni... ecco, io te ne sarei molto grato». Mi osserva con occhi che parlano quasi meglio di quanto non abbia appena fatto lui stesso con le parole. «Certo, sempre che tu non abbia cambiato idea dopo tutto questo tempo. Perché sarebbe assolutamente normale averlo fatto...». Deve aver scambiato il mio silenzio per una forma di rifiuto e si sta ora rifugiando nella sua vecchia abitudine di abbassare lo sguardo.

Gli afferro anche l'altra mano e, tirandolo verso di me, lo

costringo a guardarmi bene in faccia. «Ehi, ehi, vediamo di non esagerare con il melodrammatico. Nessuno dei due ha più l'età per sospiri e tormenti, mio caro».

«Mio caro?», ripete, tornando a sperare.

«Be', diciamo che se ora ti rispedissi a New York, sempre che tu fossi sul serio in grado di sopravvivere al trekking di ritorno a Lukla, mi sembrerebbe di buttare via il ridicolo tempo che ho speso per conoscere in maniera approfondita ogni tua virgola, ogni tua mania».

«In poche parole, mi stai dicendo che potremmo provare a stare insieme solo perché hai fatto troppa fatica e ora non hai più voglia di strapazzarti con qualcun altro? È questo che mi stai dicendo?», chiede confuso e offeso.

Ah, che carino, è persino indignato alla sola idea...

«No, scemo. Devi imparare a guardare oltre l'apparenza. Per quante parole misurate io riuscirò mai a pronunciare oggi, dentro di me non c'è assolutamente nulla che sia controllato, prudente o sobrio. Nemmeno per sbaglio. I miei sentimenti per te erano e sono, ahimè, sfrenati, eccessivi e del tutto esagerati. Sto solo cercando di non spaventarti e di andarci con i piedi di piombo. Ti è chiaro ora?». Temo di essermi appena sputtanata. La mia speranza è che sia per una buona causa.

Lui azzarda prima un timido sorriso e poi prende coraggio e scoppia a ridere. «Davvero? Sfrenati, eccessivi e del tutto esagerati?». Da come ripete le mie parole intuisco che abbiano lasciato un certo segno. «Mai pensato di essere il tipo d'uomo capace di ispirare simili sentimenti...».

«Non ti sottovalutare, Normy. Sono nota per avere buon gusto».

«No, a dire il vero sei nota per essere una pazza completa...».

«Anche. Ma tu non farci caso. Quindi, ora cosa pensi di fare? A che punto è il tuo livello di ossigenazione?», voglio sapere. Avrei questa mezza idea di baciarlo fino a stordirlo del tutto e non si dica mai che io non penso alla sua salute: prima di togliere di nuovo il fiato alle persone voglio sempre assicurarmi che lo abbiano recuperato.

«Non lo so e non m'importa», mi risponde afferrando il mio volto con le sue mani. Proprio quando sono certa che stia finalmente per baciarmi, si ferma a un centimetro dalla mia bocca. «A proposito, nel caso non si fosse capito, sono venuto qui per dirti in una lingua che conosci che ti amo alla follia».

Dentro di me c'è una ragazzina che sospira estasiata. «Norman, basta parole. Baciami, dannazione», gli intimo ridendo.

Norman mi bacia. E va avanti per un lungo, lunghissimo tempo...

Capitolo 22

Norman

Giugno dell'anno dopo

«Ma chi diavolo si sposa in Colorado?», mi sta chiedendo Aidan, battendo sonoramente i denti. «E per di più in cima a una montagna?». Si passa ripetutamente le mani su tutto il corpo nella speranza di scaldarsi. Lo confesso, la temperatura non è esattamente amichevole a quest'altitudine, ma non nevica, a differenza di quanto accadeva solo una settimana fa, perciò mi sento decisamente un uomo fortunato. E per mille ragioni.

«Guarda che potevi tenerti il giaccone. Non sei mica lo sposo». Quasi non riesco a pronunciare l'ultima parola, tanta è l'emozione e il groppo in gola.

Aidan non se ne accorge o è magnanimo a sufficienza da fingere. «Scherzi? Forse non sarò lo sposo, ma si dà il caso che sia il testimone dello sposo! Nonché il fratello della sposa! Ho un doppio compito. Ergo, sono quasi più importante di te…».

«Tua sorella avrebbe qualcosa da ridire a proposito».

«Questo perché Alex ha da ridire su tutto. E non è l'unica. È uno dei difetti peggiori delle donne. Sei proprio sicuro di volerne sposare una?»

«Cosa proponi come alternativa, un uomo?», gli domando ridacchiando.

Solleva le spalle. «Perché no? Di certo un uomo non avrebbe sclerato come hanno fatto tutte le donne della mia famiglia in questi ultimi mesi. Perché l'organizzazione di un banale matrimonio avrebbe dovuto mandarle così tanto fuori di testa?».

Gli poso una mano sulla spalla. «Perché, sebbene noi c'illudiamo diversamente, questa è una cosa grossa... E poi non volevi sposarti anche tu a breve?»

«Sto aspettando di vedere con i miei occhi se ne esci vivo», mi confessa con straordinaria sincerità.

«Perché, mi vedi male?», gli chiedo mentre aggiusto il colletto della mia camicia bianca e raddrizzo per l'ennesima volta la cravatta grigia.

«Ti vedo innamorato. Convinto. Felice. Tre stati d'animo che temevo non avrei mai visto sul tuo volto», risponde sincero.

«Quindi, tutto bene quel che finisce bene, no?»

«Certo, ma sia chiaro che io non dimentico: ci avete fatto soffrire le pene dell'inferno in questi ultimi anni. Hai una vaga idea di quanto sia stato difficile osservarvi da lontano mentre fingevate prima d'ignorarvi e poi di essere grandi amici? Io vi voglio bene, ma siete stati davvero atroci... Mio padre ha pianto dalla gioia quando ha scoperto che eri andato in Nepal a riprendertela, giuro».

«Tuo padre non mi pare il tipo da pianto», mi permetto di fargli notare.

«Ho pianto anch'io, cosa credi. E nemmeno io sono un sentimentale. Comunque, erano lacrime dovute alla fine della sofferenza. Certo, mio padre ha anche pianto perché sapeva che si sarebbe liberato presto di Alex...».

«Liberato? Intendi dire che eravate certi che ci saremmo sposati?», gli domando curioso. È sempre interessante scoprire come gli altri, anche quelli che senti più vicino, vedono dall'esterno la tua relazione.

Aidan mi lancia un'occhiata significativa. «Per favore, era evidente che vi sareste sposati subito. E infatti ti ho concesso il primo turno. Sono molti più anni che attendi».

«Non ho atteso anni», cerco di argomentare, ma il mio amico quasi scoppia a ridermi in faccia. «Ok, forse, e dico forse, c'è un po' di verità nelle tue parole...».

«Solo un po'? Norman, te ne sei rimasto lì in attesa come uno stoccafisso. Guarda che io sono realista: o sposavi mia sorella o non avresti sposato nessuno. E anche lei...».

«Alexandra avrebbe sposato qualcuno, se non ci fossimo chiariti».

«No, mio caro. Non credo proprio. Magari avrebbe fissato le nozze, ma poi sarebbe scappata a gambe levate. Perché è una Tyler: di base abbiamo abbastanza buon senso da riconoscere una cazzata poco prima di compierla. E perché siamo gente seria: quando diciamo "per sempre", è davvero per sempre».

«A proposito di fuggire a gambe levate, siamo certi che tua sorella non voglia fare esattamente quello che hai appena ipotizzato?». Ricontrollo nervosamente l'orologio, perché ormai sono passati oltre dieci minuti dall'orario prefissato e, in tutta sincerità, Alexandra non è mai stata in ritardo di un solo minuto da quando stiamo insieme. Anzi, è quasi sempre in anticipo, con il risultato che lo sono anch'io, perché un uomo che si rispetti non lascia la sua donna sola ad attenderlo.

Aidan ghigna. «Alex, scappare da te? Non trovi che la sola frase sia totalmente ridicola? Mia sorella sogna di sposarti da quando era una bambina. Credimi, non ha la minima intenzione di lasciarti su questo pezzo di roccia ancora a lungo».

Non fa quasi in tempo a finire la frase che in fondo al sentiero che ci ha condotto in questo punto sopraelevato e da cui si gode una straordinaria vista su tutte le cime del circondario, si intravedono due figure: sono il signor Tyler con Alexandra al braccio. Il vento solleva parte dei suoi capelli scuri, che ha lasciato sciolti per l'occasione. In testa ha una coroncina di fiori di montagna ed è assolutamente da togliere il fiato. Non smette nemmeno per un secondo di sorridermi, come se questa fosse a tutti gli effetti la giornata più felice della sua vita. Di certo è la mia.

Spero, anzi, *so*, che questa è solo una delle tante. Vorrei poter affermare di sentirmi in qualche modo pronto alla mia nuova vita con Alexandra, ma non lo sono affatto e va bene così. Non voglio essere pronto. Voglio che la mia vita con lei mi stupisca di continuo. Voglio dire basta alla prevedibilità e vivere inspirando a pieni polmoni. Voglio sposarmi in cima a una montagna anche se non sono assolutamente il tipo. Voglio andare in Nepal anche se svengo. E voglio amare questa donna come non è mai stata amata prima, anche se non me la merito. Pazienza. Le ho concesso un'infinità di occasioni per fuggire e se oggi è qui, a pochi passi da me, e mi sorride, è perché lo vuole anche lei.

Il signor Tyler si ferma quando ci raggiunge e mi porge la mano di sua figlia. C'è un piccolo momento di panico perché all'improvviso inizia a girarmi la testa. Forse sposarsi a quattromila metri d'altitudine è stata un'idea un po' azzardata per un tipo con la mia emotività.

Alexandra si accorge del mio malessere e mi stringe forte

la mano. «Ehi, tutto bene?», mi chiede osservandomi da vicino.

«Incredibilmente bene», la rassicuro con un sorriso, dopo che mi passa il capogiro. «È stato l'effetto del vestito», scherzo, ma solo fino a un certo punto, perché il suo pizzo bianco è sorprendentemente luminoso all'aria aperta.

«Sotto ho gli stivaletti da camminata», mi rivela ridendo. Solleva appena la sua lunga gonna e mi mostra la scelta inusuale. O forse, invece, comune per chi si sposa in montagna.

Per quanto possa essere difficile da credersi, non siamo affatto i primi a cui sia venuta una simile idea. Abbiamo anzi dovuto attendere il nostro turno e pianificare un matrimonio meno impulsivo di quello che forse avremmo voluto. Ma Alexandra mi ha rassicurato che quando una attende diciotto anni, aspettare ancora un po' non è chissà quale problema. Perciò, invece che farlo a fine aprile, eccoci qui due mesi dopo. Ero certo che con la nostra fortuna ci sarebbe di certo stata una tempesta di neve, mentre oggi il cielo è terso, sebbene le temperature siano comunque piuttosto rigide per chi proviene dalla città come noi, e qualche lontana cima è ancora bianca a sufficienza da risultare un meraviglioso sfondo.

L'officiante ci introduce e racconta in poche parole la nostra storia, facendo ridere tutti i presenti, ma io proprio non riesco a seguirlo. Continuo a guardare Alexandra e a sorridere come un ebete. Mai sorriso così tanto. Non ci sono affatto abituato e i miei muscoli facciali si lamentano.

«E ora le vostre promesse», ci dice.

Mi schiarisco la voce, indeciso se prendere il foglietto su cui mi sono appuntato tutto in caso di black out della mente o se provare a recitare senza aiuto. Alla fine decido che, male che vada, posso sempre improvvisare. «Alexandra...», inizio sospirando, ma la mia voce si incrina pericolosamente.

Lei mi stringe la mano per darmi forza e mi sussurra: «Prova con Alex, è più breve».

Razionalmente sono cosciente che ogni coppia di sposi deve provare la nostra stessa emozione, ma questo non serve né a calmarmi né a rendere il momento meno eccezionale. «Alex, a dispetto di quello che ci si può attendere da uno che svolge la mia professione, non sono granché bravo a tradurre in parole i miei sentimenti, perciò ti chiedo scusa già adesso». Il sottofondo di risate da parte dei nostri amici e familiari mi conferma che posso andare avanti. «Ci sono numerosi elementi di eccezionalità in questa giornata: in primis proprio il fatto che mi sposo. Non ho mai immaginato di arrivare a farlo. Mai. Non so se depone a mio favore o meno il fatto che avrei potuto sposare solo te. E no, non è una frase fatta. Davvero Alexandra, o te o nessun'altra. Perciò ti prometto che farò sempre del mio meglio per dimostrartelo giorno per giorno. Sarò il tuo fan numero uno, qualsiasi cosa tu decida di fare nella vita. O qualsiasi montagna tu ti metta in testa di scalare. Sarò con te, per quanto possibile. O ti scriverò, dove lo sforzo atletico andrà oltre le mie reali possibilità. Ti chiedo solo di non dimenticare mai che ti amo, specie nei giorni più difficili».

Alexandra non è il tipo di persona da commuoversi di fronte agli altri, ma questa volta nei suoi occhi noto brillare una lacrima. Sa benissimo cosa provo per lei, ma per quanto una persona possa comprenderlo alla perfezione, sentirselo dire scatena sempre una sorta di reazione poco controllata. Anche perché fino a questo momento le ho sempre scritto quasi tutte le cose importanti che ho sentito durante la nostra relazione. Le ho scritto anche quando le ho chiesto di sposarmi; certo, le lettere fanno un po' parte della nostra storia, ma sono anche state un modo per riuscire a esprimermi. Ecco perché le parole che ho pronunciato oggi sanno vagamente di eccezionale e Alexandra lo sa bene.

Ora è il suo turno e il rossore delle guance mi svela ancora prima della voce quanto sia agitata.

«Avremmo dovuto scriverci anche oggi», le dico ridendo.

Lei scuote la testa. «No, no, ce la posso fare». Inspira sonoramente prima che il suo sguardo si faccia determinato. «Norman, questo è un momento davvero strano, perché raramente le persone finiscono per sposare il loro primo amore. Capita di tanto in tanto, ma non così. Nel mondo normale il primo amore è una specie di rito di passaggio, un dolce ricordo, un volto quasi dimenticato. Oppure è una relazione di lunghissimo corso che riesce a resistere alle intemperie e a prevalere sulle avversità. Be', per me nulla è andato secondo i piani. Recentemente la scienza ha scoperto l'esistenza di buchi neri che vivono in coppia; ruotano uno attorno all'altro e quando si scontrano, scuotono i pilastri dell'universo. Letteralmente, tanto da generare onde gravitazionali. Ecco, io mi sono sempre sentita così quando si trattava di te: incapace di uscire dalla tua orbita. Tu sei il mio buco nero, inteso nel senso più romantico che possa esistere. Perciò, nel caso non fossero bastate un centinaio di ridicole lettere in rima, te lo ripeto qui oggi davanti a tutti. Ti amo Norman, e che sarà per sempre non è davvero una sorpresa per nessuno dei presenti. Sì, c'è stato un periodo in cui ho disperatamente sperato che "per sempre" fosse solo un modo di dire, ma oggi la vedo in maniera molto diversa. E sono grata a te, alla nostra storia, alla mia estrema incapacità di essere un po' più volubile, perché nel mio amore per te c'è così tanto di me stessa che davvero non avrei saputo come andare avanti se avessi dovuto rinunciarci. Avrebbe significato dovermi ricostruire e, in tutta franchezza, sono affezionata a chi sono diventata amandoti. Perciò, grazie di permettermi di andare avanti a essere chi sono. Grazie, davvero».

La cerimonia non prevede che io la possa baciare prima della fine della funzione, ma lo faccio ugualmente. Al diavolo le regole. È un bacio breve ma sentito, è un modo per rassicurare entrambi.

«Prima gli anelli», mi sta sussurrando Aidan alle mie spalle con voce scossa dalle risate. Ahimè, temo abbia ragione. Perciò mi volto nella sua direzione e apro il palmo della mano perché mi possa passare la scatoletta. Lui fa finta di non riuscire a trovare gli anelli; per la cronaca, non mi agito nemmeno un po'. A dispetto delle apparenze, Aidan è una persona di cui fidarsi, specie nei momenti importanti. E poi sua sorella lo farebbe a pezzi.

Alexandra mi porge la sua mano e io infilo la semplice fede di oro bianco. Lei fa altrettanto con me e poi mi sorride tirando un sospiro di sollievo. Questa volta è mia moglie che mi bacia ancora prima che l'officiante ci abbia dato il permesso. Sono troppo preso da altro, ma spero che sia lui che i nostri invitati stiano ridendo.

Dopo avermi baciato come si deve, Alexandra si stacca appena da me e scruta le montagne all'orizzonte. «Lo sai? Credo proprio che mi piacerebbe baciarti su tutte le cime possibili e immaginabili. Dici che si potrebbe fare?», mi prende in giro.

Io sono invece incredibilmente serio mentre la stringo, incapace di allentare la presa. «Dico che si può fare tutto».

«Tutto?», domanda inarcando un sopracciglio.

«Tutto quello che vuoi», affermo senza il minimo timore.

In quel preciso momento mia madre si avvicina per scattarci una di quelle foto destinate a rimanere per sempre nella memoria: due persone in cima alla montagna, parecchio vento e infiniti sorrisi. È così che dovrebbe essere, no?

Epilogo

Cosa fa una moglie appena rientrata dal viaggio di nozze sulle Ande? Intendo, oltre a ripetere fino alla nausea a suo marito che lo amerà in eterno per aver acconsentito a deviare leggermente dalle classiche mete del turismo di massa per permettere alla consorte geologa di visitare Vinicunca, la famosa montagna arcobaleno in Perù?

Lo so, lo so, in luna di miele non si dovrebbe quasi mai uscire dalla camera da letto, ma vuoi mettere fare l'amore dopo una giornata di trekking perfetto? E vuoi mettere sposare un uomo che è felice di camminarti accanto, nonostante le scarpe da montagna non gli siano così familiari?

C'è da dire che per essere un esemplare cittadino dalle dubbie doti atletiche, mio marito si è dimostrato un grande: mi ha corteggiato in Nepal, si è sposato a oltre quattromila metri e mi ha conquistato per sempre con il viaggio di nozze. Chiaro, l'avrei sposato e amato alla follia anche se avesse espresso il desiderio di non mettere mai più piede su una montagna e avesse insistito per la classica spiaggia bianca, ma con questa ultima mossa inaspettata ha proprio rapito il mio cuore, la mia mente e tutto quello che ancora rimaneva da conquistare. Non molto, in effetti, se hai detto sì alla persona che amavi *da sempre*. Però, da oggi non esiste ufficialmente una sola cellula del mio corpo che non sia totalmente, perdutamente innamorata di Norman Morrison. Come non capirle…

Lo sapevo che ero precocemente dotata di gran gusto in fatto di uomini. Anche se, a onor del vero, mi rimane ancora da sistemare un'ultima, piccola cosuccia...

«Dài, esci e fatti vedere una buona volta», lo supplico nella speranza che si decida ad aprire la porta del camerino in cui si è nascosto con i jeans che ho scelto per lui.

«Ma perché insisti con questa follia?», lo sento borbottare come da copione e armeggiare con i pantaloni. «Il tessuto dei jeans è rigido, scomodo e sinceramente non chissà quanto degno di nota».

«La follia sarebbe volerti vedere di tanto in tanto con un paio di jeans?», rido.

«Esatto. Non sono mai stato un tipo da abbigliamento casual...», mi ricorda.

«Perché, eri tipo da matrimonio?».

Questo lo convince a uscire finalmente dalla sua tana. «Io rimango un tipo "non da matrimonio", cara. Nel frattempo ho solo scoperto di essere tipo da Alexandra. Perché non vorrei che ci fossero dubbi a tal proposito: sei l'unica donna in mezzo a circa quattro miliardi di esemplari del tuo sesso a cui avrei potuto giurare amore per la vita, sappilo».

Gli sorrido come un'ebete ogni volta che mi sorprende con affermazioni simili. È drammaticamente più forte di me e no, finora il tempo non sta affatto attenuando il fascino del signor Morrison. D'altronde, se il tempo non mi ha aiutato finora – diciotto anni o giù di lì – è da escludere che lo faccia in futuro. «Appunto, esempio perfetto, mio caro: non eri tipo da Alexandra e lo sei diventato. Non eri tipo da jeans, ma puoi sempre convertirti», peroro la mia tesi.

Mi osserva poco convinto, mentre io invece faccio vagare i miei occhi lungo tutto il suo corpo. E lo so che probabilmente ogni neosposa lì fuori pensa esattamente le stesse cose del proprio marito, ma avete per caso visto il mio? No? Be', vi perdete un grande spettacolo: fasciato in un paio di jeans assolutamente perfetti che sembra odiare senza motivo, il suo fondoschiena risalta come mai prima d'ora. Non mi ero nemmeno resa conto che avesse dei glutei così perfetti prima di spogliarlo, a causa del taglio dei suoi pantaloni. E pensare che avrei potuto passare anni a fantasticarci sopra...

Norman deve intuire almeno in parte la direzione che hanno preso i miei pensieri perché mi si avvicina e mi cinge con le braccia. «Cosa stai pensando?», mi chiede ridendo.

«Sono solo positivamente colpita. Molto, molto positivamente».

«Addirittura? Potrei farmeli quasi piacere i tuoi beneamati jeans, allora...».

«Comunque, visto che ci siamo sposati e la sincerità viene prima di tutto, devo confessarti che tendo un po' ad assumere la stessa identica espressione inebetita ogni volta che poso gli occhi su di te. Certo, in genere evito di fartelo notare».

«Perché?», chiede sinceramente confuso.

«Hai presente l'amor proprio?».

Scuote la testa come se avessi appena detto chissà quale sciocchezza. «Ah no, non so cosa sia da un sacco di tempo», mi confessa abbassando il tono della sua voce, unitamente al suo volto, che si ferma a baciarmi sul collo.

«Mai quanto me», devo insistere.

Lui fissa i suoi occhi sui miei e mi scruta. «Se vince chi è messo peggio, allora io continuo a vincere».

La mia incredulità è palese. «Cosa sarebbe questa, una gara?»

«No…», risponde sorridendo, ma non mi pare lo intenda sul serio.

«Norman Morrison, amore della mia vita, ti ho scritto settantaquattro lettere in rima. Settantaquattro!».

Cerca di rimanere serio ma è più forte di lui: alla fine cede a una sonora risata liberatoria. «Ok, ok… hai ragione, non c'è confronto. Però posso prometterti che farò tutto il possibile per rendermi ancora più ridicolo. Ho dalla mia il tempo. Posso batterti».

«Diciotto anni, Normy!», gli ricordo con perversa soddisfazione.

Mio marito non pare granché colpito, a dire il vero. «Ne parliamo tra trentotto, va bene?», mi propone senza la minima esitazione.

«Affare fatto», gli rispondo prima di baciarlo. Non sia mai detto che io mi tiri indietro di fronte a una sfida…

Colonna sonora

Elliott Smith, *Between The Bars*
Rachael Yamagata, *Be Be Your Love*
Sade, *By Your Side*
Sia, *Breath Me*
Rachael Yamagata, *I Wish You Love*
REM, *Everybody Hurts*
Duran Duran, *Ordinary World*
Antony & The Johnsons, *Bird Gerhl*
Tame Impala, *Yes I'm Changing*
Vancouver Sleep Clinic, *Someone To Stay*
Nina Simone, *Here Comes The Sun*
Ingrid Michaelson, *Corner of Your Heart*
Lana Del Rey, *Change*
Sara Bareilles, *She Used To Be Mine*
Eurythmics, *Miracle Of Love*
Modest Mouse, *Sleepwalking*
My Darkest Days, *Without You*
Landon Pigg, *Falling In Love At A Coffee Shop*
Tom Waits, *Hope I Don't Fall In Love With You*
Garbage, *You Look So Fine*
Cigarettes After Sex, *Apocalypse*

Ringraziamenti, varie ed eventuali

Inizio con il confessarvi di essere rimasta profondamente colpita dal vostro affetto nei confronti di Norman, che è seguito alla pubblicazione di *È solo una storia d'amore*. Pensavo che quella verso l'enigmatico agente letterario fosse solo una fascinazione personale (giustificata dal fatto che il signor Morrison è pur sempre frutto della mia fantasia), ma invece sono stata subito inondata di messaggi d'apprezzamento nei suoi confronti a da richieste in merito alla sua storia. Vi ringrazio soprattutto della pazienza perché, sì, so di aver scritto altri due romanzi prima di decidermi ad affrontare la storia di Alex e Norman. È rimasta chiusa nella mia testa tanto di quel tempo che stavo quasi iniziando a dubitare di volerla "mettere su carta". Per fortuna, quando mi sono seduta a scrivere, è tutto fluito come sempre.

Ho ricevuto moltissimi messaggi riguardo ad Audrey e colgo l'occasione per spendere due parole anche su di lei: sì, sto considerando di dedicarle un romanzo a parte ma non garantisco nulla. Vi terrò aggiornati!

Come sempre, un grazie di cuore a chi collabora con me da anni nella scuderia Newton: Alessandra, Raffaello, Antonella, Gabriele e tutti gli altri. La riedizione dei miei vecchi romanzi, vestiti con copertine nuove, è stato un bellissimo gesto.

Inoltre, sono davvero grata a tutte le persone che gravitano nella mia vita e che, in un modo o nell'altro, ispirano piccoli dettagli. E tanti particolari che alla fine danno il sale alle storie. Perciò, per chiunque si riconosca in qualcosa, non faccio il vostro nome, ma è come se l'avessi fatto. ;-)

Sono profondamente riconoscente a chi legge ormai da anni le mie storie e mi segue con straordinario affetto: a ognuno di voi appartiene un pezzetto del mio cuore. Questa folle avventura nel mondo della scrittura non sarebbe mai stata così divertente se non avessi avuto al mio fianco tutti voi. Grazie!

La mia unica fonte social è Instagram (@anna.premoli), ma potete anche scrivermi all'indirizzo email anna@premoli.net o visitare il mio sito www.annapremoli.com.

Indice